마지막
노을빛의 약속

마지막 노을빛의 약속

펴 낸 날 2025년 06월 18일

지 은 이 김홍석
펴 낸 이 이기성
기획편집 서해주, 이지희, 김정훈, 최인용
표지디자인 서해주
책임마케팅 강보현, 이수영
펴 낸 곳 도서출판 생각나눔
출판등록 제 2018-000288호
주   소 경기도 고양시 덕양구 청초로 66, 덕은리버워크 B동 1708호, 1709호
전   화 02-325-5100
팩   스 02-325-5101
홈페이지 www.생각나눔.kr
이 메 일 bookmain@think-book.com

- 책값은 표지 뒷면에 표기되어 있습니다.
  ISBN 979-11-7048-893-4 (03810)

Copyright ⓒ 2025 by 김홍석 All rights reserved.
· 이 책은 저작권법에 따라 보호받는 저작물이므로 무단전재와 복제를 금지합니다.
· 잘못된 책은 구입하신 곳에서 바꾸어 드립니다.

마지막 노을빛의 약속

김홍석

생각나눔

목차

1장	. . . .	6
2장	. . . .	8
3장	. . . .	18
4장	. . . .	25
5장	. . . .	34
6장	. . . .	56
7장	. . . .	61
8장	. . . .	66
9장	. . . .	69
10장	. . . .	80
11장	. . . .	87
12장	. . . .	92
13장	. . . .	97
14장	. . . .	106
15장	. . . .	113
16장	. . . .	119
17장	. . . .	133

18장	140
19장	149
20장	163
21장	170
22장	176
23장	198
24장	205
25장	211
26장	221
27장	236
28장	242
29장	248
30장	267
31장	277
32장	280

작가의 변 · 288

"꽈자래?"

오른쪽 눈을 윗머리가 반쯤 덮인 빵장은 거친 오른손으로 머리를 유유히 쓸어 넘기며 한 템포 숨을 죽인다.

"초벌이랍니다. 술 꺾다가 곤조통이 발동해서 사시미로 복창을 푹 쑤셨답니다."

빵장은 대충 어림짐작이 가는 듯한 표정으로,

"초짜니, 4급이겠구만. 그려. 오면 신고식 화려하게 해주고. 난 수꿈이나 꾸러 가니 그리 알고."

빵쫄인 덕철은 자못 신삥이 오후에 입소한다는 소식에 마음이 한껏 들떠 있다. 반년을 산 빵쫄도 오늘이면 끝장이다.

"넵. 걱정 붙들어 매시고 편한 시간 되십시오. 형님."

하며 폴더 인사를 한다. 때마침 교도관들이 막대기로 철창을 툭툭 치며 복도를 걸어오고 있다. 나무와 쇠의 부딪침에서 나오는 둔탁한 소리는 교도소 안을 출렁이며 속속들이 파고들었다. 파장은 너울대며 삼십여 미터 떨어진 빵에까지 퍼진다. 오후 다섯 시가 다 되어가는 즈음이었다. 폐방을 하고 일석 점호가 가까워졌다는 표식이다.

영수는 포승줄에 묶인 채 서너 번의 철창문을 통과해 저벅저벅 젊은 교도관과 복도를 동행하고 있다. 겨우 지탱하며 걷는 종아리는 누가 살짝만 건드려도 이내 푹 사그라질 듯하다. 일차 철창을 들어오기 전, 검신과 검취를 마치고 교도소 생활 주의사항을 다시 한번 듣고 들어오는 중이다. 감방마다 새로운 수감자를 눈바라기 하느라, 고개를 빼고 동물원 원숭이처럼 날뛰고 난리이다. 갇혀있는 자들이 밖을 유유히 지나가는 존재를 구경하는 꼴이 참 우습다. 자리를 잡은 거지가 떠도는 행인 거지를 떨떠름하고 가련하게 보는 눈빛이다. 영수는 순간 눈을 지그시 감고 만다. '아! 내 신세가…. 그날 가지만 않았었더라면…'

영수는 십수 년을 동고동락하며 자란 동네 친구 철우의 횟집 개업식에 갈 수밖에 없었다. 마누라는 당일 오랜만에 귀한 홍삼과 흑삼이 옆집에서 선물로 들어왔다며 사랑하는 남편과 저녁 식사를 함께하고자 했던 참이었다. 마누라는 영락없는 남편바라기였다. 소싯적 밤 해변 축제에서 우연히 합석이 되어 어울리다가 결혼까지 골인한 인연이었다. 미용실에서 기술을 막 배우던 마누라는 앳되고 순진무구한 아가씨였다. 별스럽지 않은 이야기도 호호거리며 잘 웃었고, 영수와 불현듯 눈이 마주치면 부끄러워 바로 눈꼬리를 아래로 깔았던 그런 사람이었다.

　　　　　18년 전, 남해안 소천면의 여름밤은 뜨겁기만 했다. 가마솥을 달궈 놓은 듯 해변은 설설 끓어 올랐고, 뙤약볕에 길가 해당화는 밥솥에 찐 호박잎처럼 축 늘어져 있었다. 붉고 향기로운 해당화 꽃잎을 어촌 아낙들은 따다가 밥에 넣어 지으면 마치 팥밥을 지어 재액을 물리치듯 주술적인 힘이 있다고 믿었다. 조수간만의 차이가 완만하고 물미역이 맑은 바닷물 속에서 바깥 날씨에 아랑곳하지 않고 영글어갈 때, 영도군의 이벤트 행사로 준비된 소천 수산물축제는 성대하게 펼쳐졌다. 소천은 그해 전복을 비롯해 문어, 굴, 톳이 지천으로 잡히고 올라왔다. 고희를 넘은 동네 어르신들은 자기 생애 이런 어획량은 없었다며 수산물 대풍이라고 입을 모았다. 영도군은 이백여 개의 크고 작은 섬들이 무리를 이루어 완만한 리아스식 해안을 에둘렀고, 파도가 일궈낸 침식 작용이 곳곳에 비경과 곶을 만들어냈다. 광활한 갯벌이 해안선을 따라 죽 펼쳐져 있고, 바닷속은 미역, 김, 다시마, 매생이가 똬리를 틀면서 듬성듬성 숲을 조성해 놓았으며 바닥에는 맥반석과 초석이 댕돌같이 자리를 잡고 있었다. 그래서인지 전국에서 가장 청정지역임을 자랑하며 영도군청에서는 큰 행사를 기획했던 것이고, 이때를 맞춰 소천면 주민들이 행사 준비에 정신없는 나날을 보냈다. 소천면은 영도군의 두 번째 큰 해안 양식장을 가진 지역으로 군 매출의 반 이상을 좌우할 정도로 수산물의 천국이었다. 자고로 그러한 면모를 예전부터 알아서인지, 통일신라 때에는 청해진이 근처에 설치되었고, 고려 시대에는 삼별초가 주둔지로 삼았다. 이런 소천면은 사천 명이 옹기종기 모여 취락을 이루고 환갑을 넘은 노인들이 이천 명을 훨씬 넘게 여생을 이어가고 있었다.

 갓 군대를 제대하고 취직에 앞서 잠시 집에서 쉬다가 하루 이틀 허송했던 그때. 온 마을이 해변 축제 준비로 들떠서 여기저기 뜯어고치고 이런저런 수산물을 모으는 일에 몰두하던 그때. 7월 말 우리나라 여기저기서 그야말로 비 오기 전 개미 떼처럼 몰려든 인파로 입추에 여지없듯 소천면 해안은 발 디딜 틈이 없었다. 낮엔 소천 해수욕장이 파라솔과 텐트 속에서 도떼기시장을 방불케 하면서 왁자지껄했고, 해가 지면 사람이 더 늘어, 숨어있던 칠게가 모래 펄을 기어 나오듯 바닷가 모래 위를 서성였다.

 그날 저녁 어려서부터 찰거머리처럼 붙어 다녔던 철우, 칠성과 무더위를 식힐 겸 해변에 나온 셋은 동네 선술집인 선우네 집에서 소주 몇 잔이나 걸치자고 의기투합해서 나왔다. 셋은 또래 친구가 동네에 셋만 있어서 어울렸을 뿐이지, 싸우고 겯고틀며 시기하고 질투하면서 또 화해하면서 살아온, 그야말로 지긋지긋한 관계이다. 셋 다 군대를 일찍 마치고 20대 중반이 되도록 번번한 직장을 잡지 못하고, 부모님 그늘에서 일손이나 조금씩 돕고 눈칫밥 술이나 얻어먹는 그런 부류들이었다. 철우는 그나마 영수랑 짝이 맞는 편이었으나, 칠성은 여영 영수와는 갈마들면서 겉돌았다. 경제, 정치, 문화 어느 면에서도 둘은 상반되었다. 영수는 찢어지게 가난한 어촌 부부 사이에서 태어나 노동 품값으로 근근이 삼시 세 때 먹기가 사치였지만, 칠성은 어촌계를 주름

잡았던 아버지 후광에 유복하게 태어나 포실하게 끼니 걱정 없이 자랐다. 영수는 빈자들을 우선하는 재야 단체를 열렬히 옹호하지만, 칠성은 지주나 지배층을 지지하며 정부 시책을 반대하는 이들을 모두 빨갱이로 몰아붙이는 극우였다. 이성관도 상반되었다. 영수는 또 다른 객체로 존중과 배려를 중시하는 관계가 올바르다고 보지만, 칠성은 전통적으로 여자와 북어는 삼 일에 한 번씩 조져야 한다는 고답성과 여필종부의 사고관이 뇌리에 쇠못처럼 박혀있었다. 그나마 둘 사이의 갈등을 윤활유로 기름칠해 준 것이 철우였다. 그는 어느 편도 들지 않고 늘 중도적 입장에서 처신하고 원만한 사이가 되도록 온 힘을 쏟았다.

낮 동안에 그토록 날카롭게 내리꽂던 햇살이 해거름을 지나고 나니, 기세가 한풀 꺾이고 염분 가득 품은 바람이 모래 위를 쓸고 다니는 저녁 어스름. 한 시간 동안 소주 각 2병씩 해치운 세 사람은 무료하고 지루한 밤을 맞이하기 위해 선우네 집을 나와 수많은 인파 속으로 스멀스멀 기어들어 갔다. 사람들은 무엇에 그리 신이 났는지, 시끌벅적하고 삼삼오오 짝을 이루어 놀러 온 청년들은 기타 하나에 의지해 노래까지 부르며 아수라장이다. 경상도말, 전라도말, 충청도말, 서울말이 뒤섞이고, 주기적으로 외치는 파도 소리까지. 전국의 모든 이들이 "나 피서왔다네!"를 자랑삼아 지껄이는 모습에 세 사람은 덩달아 흥이 돋는다.

뜬구름에 올라탄 기분으로 어슬렁거리다 자기들과 수적으로 같고 연배로 비슷한 아가씨 셋을 보게 된다. 굶주린 하이에나가 먹잇감을 발견한 듯, 셋은 서로 눈을 깜짝이며 행동을 모은다.

"저 깔치들, 어뗘? 한번 낚아볼랑가?"

한 아가씨는 짧은 단발머리에 짙은 눈썹을 두르고 턱선은 폭포수가 떨어지듯 날씬하게 흘러내렸고, 한 아가씨는 치렁치렁하게 긴 생머리를 등 가운데까지 늘어뜨리고, 달걀만 한 링 모양의 귀고리에 입술은 선홍 핏빛처럼 빨가며 얼굴 전체의 화장이 화려했다. 나머지 아가씨는 웨이브 파마로 어깨선까지 살뜰히도 머리끝이 내려앉았고, 갈색 염색으로 미국의 여느 여배우처럼 황금빛을 발산하며 백육십 센티의 조그마한 신장이었다. 영수, 철우, 칠성은 각자 자신의 취향대로 아가씨를 선택했다. 칠성은 짙은 화장녀를, 철우는 단발머리 아가씨를, 영수는 웨이브 파마 아가씨로 골랐다. 이제 이 아가씨를 낚기 위한 낚시질만 남았을 뿐. 이런 것에 이골이 난 칠성은 자처해서 자기가 아가씨 셋을 꾀어 오겠다고 장담하고 보무도 당당하게 길을 나섰다. 이를 십여 미터 발치에서 지켜보며 가슴을 졸이는 가운데, 과연 저놈이 잘 해내려나 두근거렸다. 칠성은 어슬렁거리다 적당한 틈을 봐서 그녀들 틈새에 끼어든다. 자신만만한 행동이다. 오른손으로 머리를 넘기면서 손으로 이런저런 제스처를 펼치더니 그녀들이 호호거리며 웃기 시작한다. 역시 칠성이 놈은 여자 후리는 데는 도가 튼 놈이었다. 몇 마디 더 조잘대더니, 오 분이 되지 않고 영수와 철우를 향해 오른손으로 성사되었다는 손 동그라미를 자신 있게 건넨다. 칠성은 어릴 때부터 친구들 사이에서 자주 사분거리는 행실로 학생과에 끌려가 어지간히 혼나기도 많이 했던 놈인데, 그 능력이 쓸데없지는 않아 사람을 다루는 기교가 남 못지않다. 둘은 서로 얼굴을 마주 보다 기쁜 나머지 눈가에 실지렁이 같은 주름을 지으며 그녀들에게 자연스레 다가갔다.

"지 소싯적부텀 깨댕이로 깨벗고 다닌 불알친구들인디, 괜찮은 자식들이에요. 야! 각자 소개들 혀봐?"

쭈뼛하게 뒷머리를 긁적이던 철우가 먼저 자신을 소개했다.

"김철우라고 합니다. 이 동네에서 사는디, 만나서 반갑습니다."

세 아가씨는 모두 철우의 입을 보며 위아래를 빠른 속도로 훑는다. 이윽고 영수의 차례가 오자 재빨리 영수의 몸도 눈알을 바지런히 굴리며 훑는다.

"지는 이영수라고. 셋이서 동네 동갑 친구들이에요. 반갑습니다."

초면이라 철우와 영수는 표준어를 구사하며 촌티를 벗어 던지고자 했으나, 어감도 그렇고 성량도 그렇고 마치 양복에 갓 쓴 꼴이다.

세 아가씨도 이어서 소개를 준비한다. 쑥스러운 듯 눈을 아래로 깔고 오른발로 모래 위를 앞뒤로 왔다 갔다 한다. 성마른 모습의 화장녀가 마치 셋 중 자신이 대장이라도 된 듯, 셋을 대표하는 자세로 가장 먼저 나선다.

"저는 옥희라고 해요. 우린 서울 송파 문정동에서 헤어디자이너를 꿈꾸는 친구들이에요. 아직 정식은 아니고 일 배우는 견습생이랄까."

옥희를 찍은 칠성은 '분때기가 과해서 그렇지, 생김이 억실억실하니 괜찮어부러.' 하고 속말을 한다.

옥희는 단발머리녀에게 눈치를 주며 다음 소개를 떠맡긴다.

"에~ 미키라 해요. 미키 마우스할 때 그 미키요. 예명인데, 본명은 촌스러워 예명만 말할게요. 여하튼 반가워요. 호호~."

얼굴에 비해 목소리는 걸걸하니 어울리지 않지만, 철우는 얼굴이 초강초강하니 날렵해 보여 내심 마음에 든다. 마지막 남은 웨이브 파마녀도 계면쩍은 표정에 기어들어 가는 목소리로,

"순희라고 해요. 이름이 좀 많이 그렇죠? 저도 예명을 지을까 하는데, 아직…."

세 남자는 '크훗' 하고 나오려는 웃음을 억지로 손을 막으며 참는다. 칠성은 대뜸, '요즘 시대에 순희가 뭐냐, 참! 얼굴하고 안 맞네. 낯짝은 그냥저냥 그렇게 흐뭇하진 않아도 촌스럽지는 않은디…' 하는 생각이 든다. 그러나 영수는 푼더분한 얼굴에 말투가 조신조신한 게 썩 마음에 든다. 스스로 참 골랐다고 자화자찬까지 한다. 칠성은 자신만만한 폼으로 주위 다섯 사람을 향해 나폴레옹이 결전을 선언하는 듯 결연하게 말한다.

"우리 젊은 사람들끼리 이러쿵저러쿵 재지 말고 자리를 옮겨 조곤조곤 이야기나 해봅시다. 어떠요?"

세 아가씨는 서로 눈 맞춤을 하더니, 싫지 않은 표정으로 고개를 끄덕인다. 세 청년도 질질 끌지 말고 바로 자리를 옮겨 술 한잔하는 것이 어떨까 하는 눈짓을 해본다. 칠성이 앞서며 소천 토박이만 아는 핫플레이스로 향한다. 우선 편의점에서 맥주와 오징어, 육포, 과자를 사 들고 해수욕장 동편 끝 절벽 바위로 간다. 그 바위를 비껴 좁다란 통로를 끼고 돌면 십여 평의 모래사장이 펼쳐지는데, 남해가 확 트여 전망이 좋을 뿐만 아니라, 기암괴석과 소나무가 오목하게 에워싸고 어우러져 동양화 속에 들어앉은 격이었다. 외지인들은 막다른 길로 생각해 바위 앞까지만 오지, 바위틈을 끼고 돌면 나오는 이곳을 동네 사람들만 아는 아지트 같은 비경이었다. 그날따라 달빛은 유난히 밝았다. 샛노랗게 발광하며 내뿜는 빛살은 송곳처럼 해변으로 내리꽂고 있었다. 바다 표면에 얼비치는 달빛은 바위 옆 덩치 큰 해송 이파리에 살포시 자리를 잡았고, 찰랑대는 파도 소리는 근처 갈매기 소리에 묻혀 괴괴하기만 했다. 수평선 근처에는 어두컴컴하지만, 선박 하나가 멀리서 지나가는지 고동 소리가 간간이 울려 퍼졌다. 모랫바닥에 맥주 캔과 과자봉지, 육포와 오징어 안주를 널브러지게 배열했다. 영수는 갑자기 초등학교 다닐 때, 옆집 미순이랑 소꿉놀이했던 기억이 되새겨진다. 남자 셋은 바다를 등지고 앉았고, 여자 셋은 바다를 향해 엉덩이를 내려놓았다. 세 남자에게 늘상 보는 바다가 세 여자에게는 경이로운 자연 현상을 대하는 큰 눈과 다물지 못하는 입으로 그 모습을 대신했다.

습을 잔뜩 머금어 끈적한 공기와 은은하고 호듯한 달빛, 스멀거리는 연한 맥주 알코올 취기와 트림, 이리 휘청, 저리 휘청대는 몸 사위. 여섯은 실컷 웃고 떠들고 노래 부르고 울었다. 젊음이 좋아서 신났고 젊어서 아프고 앳되어서 힘들었다. 인생을 달관한 이들처럼 서로 북돋우며 용기를 주고 나니 서서히 마음이 하나가 되었다. 젊음을 특권으로 단 몇 마디로 통하는 세계의 사람들이었다. 마치 예전부터 만나온 관계처럼 그들은 바로 하나였다. 한 시간이 채 지나기 전에 통하는 자신들이 너무 즐거웠다. 젊음은 뜨겁고 도전적이었으며, 아무 이유 없이 웃을 수도 있지만 투덜거리는 병자이기도 했다. 그들의 귀는 삶의 찬미를 듣고 눈은 자연의 황홀을 간직했다. 짭조름한 갯내는 콧속 깊숙한 세포를 짓이겨 놓기도 했다. 새벽까지 이어진 여섯의 행락은 시간이 아쉽고 짧았다. 그들은 여명을 뒤로하고 아침 해장 컵라면을 먹고자 슬리퍼를 질질 끌고 몇은 신발을 든 채 맨발로 지친 육신을 어깨동무로 팔을 가로지르며 소천 슈퍼 앞 툇마루 끝에 걸터앉았다. 익히 아는 슈퍼 주인 어르신에게 부탁해 얻은 뜨거운 물로 설익은 컵라면 한 사발씩을 먹어 치우고 세 여자는 잠을 자기 위해 자기들 숙소로 지친 육신과 이별의 아쉬움을 안은 채 향했고, 사내 셋 또한 지친 몸을 누이고자 각자의 집으로 갔다. 오늘 저녁에 호감 있으면 같은 장소에서 또 보자는 기약 없는 약속을 뒤로한 채.

영수는 신순희와 긴긴 대화를 나누었다. 나이는 자기보다 네 살 밑. 은근슬쩍 나이 차부터 기분이 좋다. 결혼하는 사람 간에 네 살 차이는 궁합도 보지 않는다는 말이 되새겨진다. 이거, 천생배필을 만난 기 아닌가 하는 생각에 기분이 들떴다. 고등학교 졸업 후 친구인 미키를 따라 상경하여 서울 문정동 미용실에서 시다 일을 한 지 육 개월이 갓 넘었다고 했다. 아직 가위 한 번 잡아보지 못하고 미용실 청소와 손님 두발 세척만 한단다. 영수가 본 순희의 손톱 둘레는 밍밍하게 둥글뭉수레한 것이 연분홍 속살을 고스란히 지니고 뭉개져 닳아버린 흰

손이었다. 그녀의 가냘프고 여린 손처럼 성격도 온화하고 배려심이 깊어 보였다. 영수의 시답잖은 농담에도 활짝 핀 함박꽃으로 반응했다. 낯빛이 뽀얗고 손발도 자그마했으며, 백육십 정도의 키에 오십 킬로그램 내외의 늘씬한 몸매였다. 가장자리가 약간 치켜 올라간 횟눈썹에, 별똥별처럼 앙증맞은 코가 야무졌다. 볼은 갸름하게 흘러내렸고, 입술은 연분홍빛에 도톰하고 작았으며, 가끔 보이는 볼우물이 매력적이었다. 눈빛은 동그랗게 타원형을 띤 토끼 눈으로 쌍꺼풀이 없이 맑고 또렷했다. 영수는 사람을 볼 때 눈 맑은 사람에 늘 호감을 지녔다. 눈만 봐도 그 사람의 모든 것이 나타나고, 눈알의 선명도에 따라 건강상태도 가늠할 수 있었다. 순희의 눈알은 밝고 생기가 넘쳤다. 그러면서도 욕심이 가득 차고 매사에 전념을 다 하는 성격이 고스란히 담겨 있었다. 순희도 영수를 그다지 싫어하는 눈치는 아니었다. 영수의 유머와 위트가 맘을 편하게 해주었고, 솔직담백한 속내를 자연스레 드러내는 성정이 순진하고 착한 사람으로 보였다. 미래에 대한 꿈도 탄탄하게 준비하는 모습에 깊은 인상까지. 그는 부모님의 가업을 이어 수산 유통업에 대한 장대한 포부를 지녔다. 소천면의 풍부한 수산물을 체계적으로 공급하고 수익을 창출하리라는 계획이었다. 대학까지 진학해 쓸데없이 학비를 내버릴 바에야 일찍부터 자리를 잡고자 했다. 사실 대학이야 인근 전문대학 쪽에는 미달 사태가 다반사인 상황에서 학벌보다는 생업에 하루라도 빨리 뛰어들어 돈을 벌고 싶어 하는 사고방식은 순희와도 일맥상통하였다.

영수는 모골이 송연한 채 문 앞을 들어섰다. 이른 아침부터 어머니는 근해 아랫녘에서 잡아 왔을 미역을 손질해 말리려는 중이었다. 영수를 본 어머니는 보자마자 지청구를 따발총으로 쏘아댄다.

"어디서 발서슴하다 이제야 집구석에 처들어왔다냐? 지발 좀 어데 쏘댕기지만 말고, 집안일이라도 좀 돕고 그랴. 맨날 메칠 야생 길괭이처럼 어슬렁거리며 허송허지 말구야."

말대꾸해 보았자, 말만 길어질 뿐 별 소득이 없다고 생각한 영수는 한 귀로 듣고 다른 귀로 쏜살같이 흘려보내며 무덤덤하게 자기 방으로 소라게가 기어서 들어가듯 숨어버린다. 방에 들어가는 영수의 등짝을 대고, 마지막 한마디를 덧붙인다.

"내 한뉘팔자가 왜 이 지경인지…. 저눔의 쌔끼라도 빨랑 자리를 잡아야지, 허구헌 날 술만 처먹고 외박이나 허고 댕기니, 집구석 꼬라지가 여엉 말이 아니랑께."

듣는 시늉도 안 하고, 방에 들어가 냅다 큰 대자로 누웠다. 눈꺼풀이 둔중하게 내려앉았다. 순희의 얼굴을 그리니, 입가에 싱긋 웃음이 맴돌았다. 조용히 눈을 감았다. 뽀얀 낯과 맑은 눈동자가 선했다.

"밥 처먹어! 뭔 큰일 한답시고, 대낮부터 퍼자고 자빠지기만 허냐? 낮 해도 벌써 서녘으로 기울었응께 퍼뜩 일어나랑께!"

 울화통이 터지는 어머니의 큰 목청에 소스라치게 놀라며, 몸을 뉘엿뉘엿 움직여본다. 손목시계를 올려보니, 오후 4시가 지났다. 한결 가벼워진 육신을 툴툴 털며 곧추앉아본다. 정신을 가다듬고 곰곰이 머릿속에 잠긴다. '그래! 이제 몸 컨디션도 깨송허니 괜찮네.' 하며 어깨를 들썩들썩 스트레칭까지 해본다. 배가 '꼬르륵' 배식 요청을 한다. 헛헛하니 시장기가 돌면서 입안에 침이 흥건하게 고인다. 점심 겸 저녁으로 곡기를 채우고, 세수하고 어제보다 좀 멋진 옷을 차려입고 저녁에 소천 해수욕장 바위 뒤 해변으로 갈 생각에 입꼬리가 살짝 들린다. 부엌 앞 널마루에 차려놓은 밥상으로 다가선다. 흰쌀 고봉밥에 톳무침, 미역국, 매생이전이 올라와 있다. 미역국에는 노란빛을 내며 말똥성게알이 날 잡아 잡슈 하고 있다. 흰 쌀밥 두 숟갈을 큼직하게 떠서 미역국에 쑤셔 넣는다. 입에 넣을수록 시장기가 더 든다. 곤하게 자면서 새벽까지 먹었던 음식물은 말끔히 소화되었나 보았다. 먹을수록 배가 불러오는 것이 아니라, 밑 빠진 독에 물 붓듯 부족하고 더 식욕이 당긴다. 남은 밥 전체를 국에 말았다. 숟가락질도 하지 않고 국그릇을 입에 대고 후룩후룩 마셔버린다. 어머니는 입이 좀 거칠어서 그렇지, 손맛 하나는 역시 아마 근동에서 최고이리라. 짜지도 싱겁지도 않은 간에 싱싱한 해초들을 맛깔나게 버무리고 무쳤다. 입안에 들어간 미역과 밥알을 오물오물 몇 번 씹지 않고 식도로 넘겨버린다. 급하게 넘긴 탓인지 밥알 중 몇 놈이 기도를 건드려 '콜록콜록' 사레가 걸린다. 사레를 다스리기 위해 물 한 잔을 천천히 씹는다. 멈추지 않았던 사레의 기세는 서서히 잠잠해진다.

　마파람에 게 눈 감추듯 해치운 밥상을 들어 부엌 설거지통 근처에 내려놓고 다시 자기 방으로 간다. 세 평 남짓한 방이 오늘은 퀭하니 낯설어진다. 세간이라고 놓인 책상과 의자 한 벌, 옷장 하나, 날개 하나가 부서진 선풍기 하나가 전부이다. 오른쪽 담벼락에 놓인 비키니 옷장의 지퍼를 쓱 내려본다. 춘하추동 옷이 뒤죽박죽 섞여있다. 동네에 살면서 그 옷이 그 옷이고, 그 누가 자기 옷에 신경 쓰는 사람이 있을까 해서 무색 면티에 껌정 밴드 바지만 줄곧 입고 다녔다. 간혹 도회지 시장이나 갈 참이면 그중 메이커로 시내 명동거리에서 산 ○○셔츠와 최근 유행이라며 점원이 추천해 산 줄무늬 바지는 그가 제대로 된 외출을 감행할 때 입는 유니폼이었다. 그래도 그 옷은 입고 다닐 때 조심스레 앉고 관리하며 빨래 후에는 군대에서 배운 다림질로 유일하게 줄 다림을 해놓은 터라 옷맵시가 제법 볼 만했다. 빠르게 그 옷을 찾아 훑는다. 역시 한쪽 구석 옷걸이에 고이 걸려있다.

　전에 그토록 당당하게 대표 옷으로 지정하고 입었던 옷이 오늘은 왜 그런지 디자인이 맘에 차지 않고 색도 바랬으며, 보풀까지 한두 개 보인다. 그러고 보니 이 옷도 산 지 근 2년이 넘었다. 지금이라도 부리나케 시내로 가서 새 옷을 장만할까 하다가 이내 접는다. 돈도 없을뿐더러 어머님께 손 벌리면 또 지청구를 감내해야 함은 당연한 일. 그만 두기로 한다. 어머님의 잔소리는 화수분처럼 끝없이 솟구쳤고, 한 말 또 하고 또 하고. 수많은 반복으로 귀에 인이 박일 정도였다. 그동안 비상시 쓰려고 둔 비상금을 헐어볼까 했으나 시간도 촉박하고 영 마음이 내키지 않았다.

'기냥 있던 옷을 다시 한번 다림질혀서 입고 가지, 뭐.'

비키니 옷장의 옷을 가만히 꺼내 상의 셔츠부터 다시 다림질했다. 오른쪽 목 중간부터 팔꿈치까지 내려오는 소매를 다리미로 힘을 질끈 주어 칼 줄을 잡았다. 반대편도 마저 줄을 잡았다. 보통 이 정도면 외출 시에 무난한 편이었으나, 오늘은 등 주름도 잡아본다. 등어리에 한 줄 잡고 그 선에 직각으로 세로줄을 하나 잡았다. 군대에서 배운 세 줄까지 잡아볼까 했으나, 너무 심란이나 유난을 떠는 것 같아 한 줄로 대신했다. 줄 바지도 툭툭 털어 세로줄을 손으로 미리 잡아본다. 전에 다려놓은 선이 선명하게 그어져 있으나, 다림질 판에 바로 눕히고 물 뿌리개로 곳곳을 뿌린 후 오른손에 힘을 가해 빳빳하게 줄을 세운다. 줄을 잡고 바지를 세워보니, 의도한 것보다 줄이 날 서있다. 이내 흡족해지며 흐뭇하게 입 끝에 잔주름이 생긴다. 손목시계를 내려본다. 오후 5시가 다 되었다. 오늘 새벽바람에 헤어진 두 친구에게 전화를 넣어본다. 먼저 칠성이다. 뚜뚜 두 번 신호 벨이 울리고 기다렸다는 듯이 칠성이 목소리가 핸드폰의 울림막을 통해 들어온다.

"어쨔, 준비됐냐?"

칠성은 다 아는 얘기이지만 거들먹거린다.

"뭔 말이다냐?"

의뭉스러운 칠성의 성격을 아는 영수는 다 예기(豫期)된 사실이 아쉬울 것 없는 이처럼 말한다.

"뭐긴 뭐여? 오늘 저녁 아지트에서 새벽의 그 아가들 또 만나기로 했잖은가 베."

칠성은 별 신경 쓰지 않았던 것처럼 그제야 알았다는 듯 시큰둥하게,

"이잉! 그 깔치들. 왜 오늘도 만나볼랑가? 난 내 짝이 벨루 맴에 안 들어 안 가불라고 혔응께 신경을 안 썼지야. 그려, 니는 오늘 밤에도 한 번 더 가볼랑가?"

칠성의 능구렁이 속을 영수는 모르는 바가 아니었으나, 자기마저 무신경인 것처럼 대응하면 파투 날 가능성이 있어,

"가봐야지 않겠어? 난 갸들 기냥저냥 괜찮은 거 같은디."

칠성은 그 결정을 미루면서 철우를 갖다 댄다.

"철우랑 야그 한 번 혀보지. 뭐…. 그눔이 가믄 나도 천상 가야겄지. 안 그냐?"

3장 21

연락은 칠성이 취해 보기로 하고, 영수는 그리하자는 말로 전화를 끊었다. 자기가 철우에게 연락해 본다고 할 걸 하는 아쉬움이 남았다. 영수는 자신도 모르게 조급하고 몸이 달았다. 순희에 대한 잔정도 남았고, 아직 궁금한 것도 많아 더 만나 은근하고 끈덕지게 탐구하고자 했다. 오늘 새벽 헤어질 때의 순희 눈망울이 되새겨진다. 못내 아쉬운 표정을 감추고 이따 다시 볼 것을 염두에 둔 표정이라 확신했다.

십여 분이 지나갔다. 영수는 한 시간 이상이 지난 것 같았다. 철우에게 온 전화다.

"칠성이헌티 전화가 와뻤겼는디, 지는 내가 간다면 지도 간다고 허길래 기냥 나는 또 가보자고 혔응께 니는 어쩔 거시여?"

영수는 안도의 속 숨을 쉰다. 그러나 대답은

"나야, 니그덜이 간다면야 가야 않겄냐? 나두 가지, 뭐."

철우는 알았다는 듯 단답의 응답을 한 후,

"그럼, 이따가 저녁 묵고 일곱 시경에 거서 봐야. 회비가 있응께로 니두 니 몫으로 차비 없이 오진 말고. 시간에 땡겨 싸게 처오니라."

핸드폰을 기껍게 끊고 영수는 갈 채비를 하나씩 차린다. 더디 가던 시간도 6시 반이 거지반 되었다. 느릿느릿 신발을 신는다. 새까만 단화를 마당에 탁탁 두드리며 발등과 뒤꿈치에 묻은 흙을 떨어내고, 그래도 지워지지 않는 얼룩은 마당가 수돗가로 가서 물질을 한다. 천천히 걸어가도 이십 분이면 족히 가고 남을 거리. 잠깐 나갔다 온다는 일방적 통보를 어머니가 있는 부엌 쪽으로 외치고 무람없이 대문을 나선다. 어머니의 잔소리가 뭐라 뭐라 들리지만, 한쪽 귀로 흘려보내고 만다. 뻔한 이야기일 테니까. 발걸음이 사뿐사뿐, 발뒤꿈치부터 발가락까지 호를 그리며 땅을 지르밟는다. 땅의 묵직함과 푸근함이 발바닥으로 다가온다. 한 마장쯤 걸었을까. 천연덕스럽게 휘파람을 불며 축제가 펼쳐지는 소천 해변에 어느덧 다다랐다. 모래사장으로 이제 발바닥을 옮긴다. 푹푹 빠지면서 모래알이 부딪치고 짓이겨진다. 소천 해변의 모래알은 좀 투박한 면이 있지만, 깊이 파보면 잔 솜털처럼 잔잔하다. 그 솜털에 발을 살포시 담그면 그야말로 어머니 젖무덤처럼 푸근했다. 해는 거의 수평선에 맞닿아 있다. 빨강과 노랑 물감에 물을 잔뜩 풀어놓은 듯이 흐물거리면서 연하게 퍼지는 노을빛이 뭉게구름과 어울려 뛰논다. 아름다운 저물녘이다. 늘 보고 또 보지만 질리지 않는 황혼. 바람이 세거나 비가 오는 날에 보는 그 노을도 나쁘지 않지만, 청명하게 맑고 푸른 날의 저녁노을은 그때마다 신천지요, 한 폭의 비경이다. 해가 수평선에서 대기권을 통과하는 빛의 길이가 길어 산란이 잘되는 파란색만 버리고 밝은색만 취한다는데, 지나가는 구름이 있으면 더 붉게 만드는 심술이 찬란하고 슬퍼서 어린 왕자는 노을 보는 것을 좋아했다는 초등시절 동화책의 구절이 그럴듯하다. 그러나 오늘의 영수는 그 어린 왕자가 아니다. 외롭고 슬픈 육신이 아니라, 내일 아침이 밝으리라는 약속의 황홀경이라 할까. 이 노을이 자신의 오늘을 행복의 약속으로 지켜주리라. 영수는 홀가분하게 마음을 정리하니, 온몸에 힘이 불끈 솟는다.

바위 뒤 아지트에 아직 온 사람은 없었다. 영수는 주위를 휘돌며 간밤에 보지 못했던 쓰레기를 주섬주섬 치웠다. 스티로폼, 페트병, 비닐 쪼가리를 비롯해 그물이나 부표, 줄 등의 어구 부속물이 너저분하게 널려있다. 주위 모습에 어울리지 않게 바위틈 습이 찬찬하게 고인 곳에 흰색 돌가시 꽃이 땅에 바짝 엎드려서 피어있다. 흰색 꽃잎에 노란 꽃술이 손을 들어 파이팅을 외치듯 솟아있는 모습이 애처롭다. 해양오염이 심각하다 심각하단 말뿐이지, 그 해결을 위해 노력하지 않는 인간들이란. 초등학교 시절만 해도 쓰레기가 이 정도는 아니었다. 요즘은 심지어 먼바다의 중국 쓰레기까지 해류를 타고 넘나들었다. 점점 썩어가는 물 탓인지 갑자기 양식장 어류가 집단 폐사하거나 조개들도 입을 쩍쩍 벌리고 나자빠지는 경우가 허다했다. 마을 주민들이 한 달에 한 번 환경정화 운동을 펼치지만, 턱도 없이 쓰레기양이 많아 늘 시늉만 내는 꼴이었다.

어스름한 저녁엔 후각과 청각이 발달한다. 낮 동안 느끼지 못했던 냄새가 들어오고, 들리지 않았던 소리가 울린다. 갯벌 냄새가 짭조름하게 맡아지고, 파도와 갈매기 소리, 바람에 흔들리는 이파리 소리가 귀청을 두드린다. 보이는 것들이 많이 사그라지지만 그리하기 때문에 혼란스럽지 않고 차분해진다. 먼 곳에서 긴 그림자가 길게 깔리며 영수의 귓속에 전갈을 보냈다.

"나가 먼첨인지 알았고만, 영수 니가 벌써 와부렀네?"

희망교도소 정문은 다섯 길의 높이로 준엄하고 웅장했다. 버스가 드나들기 적당한 높이다. 정중앙 짙푸른 바탕의 간판에 떡 하니, '미래를 여는 선진 교정의 구현'이라는 열한 자가 흰색으로 선명하고, 진청색 철문이 세 길 높이로 달아있다. 그 옆으로는 사람들이 드나드는 보통 크기의 철문이 달린 사무실이 2층으로 자리 잡았다. 그리고 그 사무실에 연이어 서너 길 높이의 담벼락이 에둘러 있는데, 사람 키만 한 글씨로 '법질서 확립'이 거만하게 박혀있다. 담벼락 위에는 뫼비우스의 띠 형태로 가시 박힌 철망이 뚤뚤 둘러쳐 있다. 이삼십 미터 간격으로 팔각 형태의 유리문 망루가 서치라이트를 갖추며 거만하게 자리 잡고, 담장 밑에 난 잡초들도 일반 잡초와 달리 각지고 빳빳하게 줄기를 세웠다. 토양도 진한 고동빛을 띠며 일렬종대로 줄지어 서있다. 교도소 철문을 들어서고 버스에서 내린 영수는 신분 확인과 건강 진단, 목욕 등을 마치고 교도소 방에서 사용할 물품을 받았다. 이윽고 십여 명의 신입 수용자들을 한곳에 모아두고 수용시설에 대한 안내를 들었다.

주간에는 임의로 탈의하거나 목욕을 하지 말란다. 거실에서는 지정된 자리에서만 취침할 것이며, 취침 시간 외에 허가 없이 취침도 하지 말란다. 벽면에 낙서나 허가된 부착물 이외는 그림이나 사진을 부착하지 말란다. 거실에 임의로 빨랫줄을 설치하지 말고 화장실 문을 수

건 등으로 절대 가리지 말란다. 취침 시 다른 수용자보다 넓게 잠자리를 차지하거나 불편을 주지 말란다. 거실 청소, 설거지, 배식 등은 공정하게 이루어지도록 순번을 정해 실시한단다. 접견, 목욕, 집회 등으로 이동할 때는 대열을 맞춰 보행하고 뛰는 행위를 금지한단다. …

   기초 질서를 지키는 내용만 안내하는 데도 이십여 분이 지났다. 온통 하지 말라는 내용이다. 숨통이 답답하게 조여온다. 그래도 엉뚱한 맘이 생기긴 한다. 하지 말라고 하는 것들이 이렇게 많은 것은 역으로 하는 사람들이 많이 있기 때문이리라. 구십 도로 수용자 간 인사하거나 기상 전후, 식사 전후 다른 수용자에게 큰 소리로 인사하지 말고 신고식에 폭행이 발생하는 경우, 상처의 경중이나 합의 여부와 관계없이 징벌과 입건 송치가 되니, 이 점은 특별히 유의하기를 바란다는 점을 안내 교도관은 마지막으로 강조해 덧붙였다. 그리고 기타 기본사항에 대해서는 바로 나누어 줄 유인물을 꼼꼼히 읽고 그대로 지키라고 당부한다. 영수는 내심 그나마 신고식 때 있을 폭행을 염려했건만 다행이라는 안도의 한숨을 쉰다.

   영수는 욱하는 마음에 죽마고우였던 칠성의 복부를 횟집 칼로 찔러 2년 형을 확정받았다. 칠성의 가족 측에서 합의를 거부하는 바람에 초범이지만 특수상해 혐의가 적용되었다. 분류 심사를 통해 희망교도소로 배정받은 것인데, 희망교도소는 국내 유일의 남녀 교도소였다. 그렇다고 교도소 공간을 같이 쓰는 것은 아니고 반으로 나누어 왼쪽은 여자들만 생활하는 교도소, 오른쪽은 남자들만 생활하는 교도소였으며, 교도소 건물과 각 시설은 오륙 미터의 담으로 정확히 이분되었다. 교도관만 그나마 유일한 통로를 통해 상호 왕래가 가능하였다. 다른 교도소와 다른 점은 오전과 오후 각 삼십여 분 운동시간에 저편 여자 교도소 쪽에서 여자 목소리가 간혹 들린다는 것뿐이었다. 영수는 흰색 명찰의 방 번호 '4하5'을, 죄수 번호로 '204'를 부여받았다. 4동 건물 아래 5번 방에서 204라는 번호로 불리는 수형 생활의 시작이었다. 같이 신입으로 들어온 수용자 중에는 노란색 명찰 2명과 빨간색 명찰 1명도 끼어있었다. 노란색은 요시찰 수용자를 뜻해 큰 사건을 저지른 자에게 배부되고, 빨간색은 사형수로 중죄인을 표시한다. 마약쟁이를 표시하는 파란색도 있는데, 마침 이에 해당하는 자는 없었다.

 그날 철우는 근 이십 년 동안 고생해서 모은 돈으로 동네에서 노포라 소문난 횟집을 인수하면서 개업 행사를 열었다. 영수도 그간 결혼하고 악착같이 돈을 모아 일이 년 안에 자기만의 수산물 유통 사무실을 차릴 예정이었다. 주위 자기 또래들이 이삼십 대에 악바리로 돈을 모아, 이제는 하나둘 약간의 빚이나 부모님의 찬조로 자기 사업장을 개업하는 추세였다. 그날 불알친구인 칠성도 초대된 건 당연했다. 그런데 칠성은 아직도 아버지 그늘 밑에서 허우적대고 있었다. 가진 자의 여유랄까. 칠성은 그렇게 그럭저럭 살아도 아버지가 반드시 사업을 차려줄 것이라는 뒷배를 믿고 술렁술렁 살았다. 영수와 철우는 자기 밥그릇을 어지간히 마련했다면 칠성은 그러지 못했다. 칠성은 삼대독자로 어려서부터 유독 애지중지하게 자랐다. 아버지가 동네 유지에다가 할아버지 때부터 물려받은 근해용 대형 선망 어선과 논밭도 옥토로 이십 마지기나 있어, 동네에서는 방귀깨나 뀌는 형편이었다. 칠성은 쉽게 얻은 아들이 아니었다. 두 번의 유산 후에 생긴 독자로 태어나자마자 동네의 스타가 되었고, 칠성 아버지는 동네에서 소 한 마리를 잡아 잔치까지 벌였었다. 칠성은 배 위에 북두칠성 모양으로 까만 점이 나열되어 있어, 돌림자를 따르지 않고 오랫동안 무병장수와 자손 번영을 위해 '칠성'이라 이름을 지었다. 그 덕인지 유년 시절부터 칠성은 잔병치레 없이 잘 자랐으며, 너무 집에서 오냐오냐 키운 탓으로 성품이 되바라져 늘 친구들과 시비를 붙고 비아냥거리길 잘했고 시기 질투가 누구보다도 많았다. 마흔이 훌쩍 넘었는데도 안하무인 격으로 건방진 성격 탓인지 동네는 물론, 인근 처자들과 성혼이 이루어지지 않았다. 칠성 어머니는 먼 타지의 중매쟁이를 동원해 수십 번 선을 보아도 칠성은 좋다고 했지만, 여자 쪽에서 달라붙는 경우가 없었다. 반면에 철우와 영수는 바로 결혼 생활을 꾸렸다. 철우는 도회지에서 소개받은 아가씨와 눈이 맞아 십 년 전에 화촉을 밝혔고, 영수는 25살 때 소천 수산물축제 때 해변으로 놀러 온 미용실 아가씨 중 '순희'와 짝이 되어 이 년간 교제하고 결혼한 지 십팔 년 되었다. 칠성은 자기보다 인물, 재력 어느 하나 탁월한 면이 없는 것들이 척척 결혼해서 애 낳고 사는 것이 못내 배알이 쑤시고 못마땅했다. 자기는 반드시 미스 코리아 뺨치고 지혜까지 겸비한 고상한 여자를 만나 반드시 콧대를 꺾어주리라 벼르고 벼렸다.

 철우 횟집 개업식은 참으로 인산인해를 이루었다. 가까운 이웃 동네를 비롯해 객지에 사는 학교 동창들까지 축하하기 위해 모여들었다. 이른 나이에 자기만의 사업장을 차린 철우를 모두 부러워하며 아낌없는 찬사를 보냈다. 영수도 개업 축하 선물로 두루마리 화장지 서른여섯 통을 들고 개업 집을 찾았다. 그러나 칠성은 넉넉한 살림인데도 불구하고 그냥 맨손이었다. 철우는 내심 서운했으나 워낙 어릴 때부터 같이 놀던 사이라 오늘이 아니라도 다른 날 준비하거나 혹 주지 않는다 해도 그동안의 우정이면 되었다 했다. 칠성은 철우가 개업식을 한다는 자체가 싫었고, 자기 자신이 와준 것만 해도 감지덕지란 생각이었다. 그래서 빈손이지만 당당하게 찾아들었다. 영수는 칠성의 처사가 좀 걸리지만 그러려니 했다.

식당 테이블 여기저기서 소주병이 올라가고 잔 부딪치는 소리가 끊이지 않았다. 영수와 칠성은 동석해서 한 자리를 잡고 부어라 마셔라 하며 술을 주워 담는다. 술 한 잔에 인생이 있고, 술 한 잔에 우정이 있고, 술 한 잔에 기쁨과 슬픔이 모두 녹아있는 듯 목에서 떨어지는 알코올은 식도를 벽에 두고 폭포수처럼 쏟아지고 쏟아졌다. 철우는 축하객들을 맞이하고 인사를 나누느라 동에서 번쩍, 서에서 번쩍. 발이 땅에 붙을 새가 없었다. 철우는 힘들어하지만 기뻐하는 낯빛이 얼굴에 그득했다. 영수는 힘든 줄도 모르고 땀을 삐질삐질 흘리는 철우가 안쓰러우면서 부러웠다. 반면에 칠성은 못내 불만이 가득 찬 얼굴로 뾰로통해 있다. 어렵게 시간을 내서 방문했건만 말 한마디 다가와 살갑게 나누지 않는 푸대접이 무시당한다고 치부했다. 투덜대는 칠성을 달래면서 동석한 영수는 내내 부담스럽고 그의 행태가 못마땅했다. 달래고 타이르고 했으나, 막무가내였다. 그냥 술이나 실컷 먹고 가자고 결론 맺고 소주를 한두 병씩 들이부었다. 개업 손님들에게 홍합탕에 미역 초무침이 풍성하게 제공되었고, 잡어 회무침도 곁들여있었다. 홍합은 실하게 덩치가 커서 큰 것은 어지간한 초등학생 손 크기였다. 홍합은 원래 바닷가에서 정력이 부족하거나 허리와 다리에 힘이 없는 경우에 특효약으로 최고였다. 특히 그 생김새가 여성의 음문과도 흡사해 정력과는 떼려야 뗄 수 없는 조개였다. 생굴과 전복도 자양강장제로 그만이지만 씹히는 식감을 생각하면 어촌 사람들은 홍합을 그 첫째로 쳤다.

　본래 칠성은 주량이 얼마 되지 않았다. 배포로야 어느 사람에게 지지 않으려는 성격 탓에 두둑한 척하지만 심하게 과음하면 추태가 심하고 술주정도 과했다. 옆 사람이나 앞사람의 약점을 아주 이상하게 끄집어내서 기분 상하게 하는 묘한 재주가 있었고, 그것이 발화되어

시비가 붙게 되면 심한 욕설과 함께 난폭한 행동을 저질렀다. 그날도 유독 주정이 심했다. 옆 사람에게 괜히 욕하고 시비 걸기는 일쑤였고, 동석한 영수에게도 처음부터 끝까지 욕으로 시작해 욕으로 끝났다. 영수는 점점 부아가 치밀었지만, 이 좋은 날 어금니를 물고 참아야 함을 아는지라 먹던 술을 그만두고 꾹꾹 참는 찰나. 때마침 자기 마누라, 순희에게 전화가 왔다. 별다른 내용은 아니지만, 과음을 걱정하고 되도록 이른 귀가를 종용하며 부탁하는 안부 전화였다. 그런데 이게 칠성에게 도화선이 되었다.

"근디 뭐다러 전화가 왔다냐? 니 마누라가 후딱 집에 오라냐? 왜 목욕 제계허고 깨깟이 닦고 지달린다냐?"

영수는 아무리 친한 친구이지만 친구 마누라를 놀리는 칠성의 고약한 말본새가 여엉 신경에 거슬렸다.

영수는 '저거 술주정으로 또 시비 붙는구나!' 하는 생각에 간단히 넘어가려 했다.

"아녀? 언제 오냐고, 걱정되야서 그라제 별 거시기가 있어 헌 건 아녀잉."

칠성은 아무렇지도 않게 대응하는 영수의 모습에 더 열 받아 핏대를 올린다. 그렇지 않아도 어느 놈 하나 잡아 싸움이나 실컷 하고 개업 집에 깽판을 놓을 참이었는데, 아주 잘 걸렸다고 생각했다. 만만한 게 홍어좆이라고.

"그려, 니 마누라가 가랭이 쩍 벌릴 테니, 빨랑 오라는갑다. 여기 홍합탕 홍합처럼 실허고 통통허니 쩍 벌어져서 말여."

영수는 화가 머리끝에 치밀어지며 곤두섰다. 굳이 마누라 성기까지 운운하며 홍합을 갖다 붙이지를 않나, 이건 심해도 보통 심한 언사가 아니라고 판단했다. 얼굴이 후끈 달아오르고 오른쪽 손에 주먹이 쥐어졌다.

"아따, 참말루 니는 그게 뭔 소리다냐? 말이면 단줄 안다냐, 이 좆만한 새꺄. 느자구 없는 것 잠 보소. 말뽀다구가 그게 뭐다냐? 아가리를 팍 찢어 미싱으로 조사불랑께."

칠성은 '그려, 너 잘 만났다.' 흥에 겨워 물고기가 물을 만난 듯, 맞대응한다.

"이 좆같은 새꺄, 그려 서울 미장원 후다라시 하나 꿰차고 히야까시 해서 애새끼 펑펑 내질르면서 밤새 떡질혀고 사니께 좋다냐?"

영수는 벌떡 자리에서 일어났다.

"뭐! 후다라시? 울 마누라 아다라시여 이 새꺄. 후다라시는 무슨 후다라시."

칠성은 코웃음을 '큭' 한다.

"그니께 니는 벵신이지. 딱 보면 몰라야? 그때 서울서 첨 내려왔을 띠 걸음걸이 보니께 혔어서 수십, 아니 수백 번은 떡질한 후다라시였는디 뭐."

영수는 순간 머리 꼭대기가 쭈뼛해지면서 눈알에 핏줄이 쫙 올라왔다. 숨이 점점 가빠지고, 몸이 울렁울렁했다. 목소리가 커지자 주위 사람 한둘이 이를 보고 쫓아와 말리고 난리다. 영수는 말리는 주위 사람의 손을 뿌리치고 개업 집 주방으로 그냥 막무가내로 들어갔다. 그리고 그중에서 날렵하게 생긴 회칼 하나를 들고나왔다. 사람들은 잘못하면 큰일 저지르겠다는 표정과 말투로 그러면 못쓴다고 참아야 한다고 지껄였지만, 영수의 귀에 통 들어올 리 만무했다. 칠성은 횟집 주방에서 들고 온 영수의 회칼을 보고, 비아냥거리며 화를 더 돋웠다.

"찔러봐, 이 씨벌눔아. 니까짓게 그런 용기나 있을까나? 어디서 풍신나게 개폼 잡고 있어, 이 문딩이새꺄."

영수도 이에 질세라 악이 받쳐,

"그려, 이 씨벌눔아! 사시미로 육포를 내 떠줄랑께 지둘려."

말이 끝나기 무섭게 칠성을 향해 다가섰다. 그리고 거침없이 그의 배를 향해 회칼을 푹 찔러 버린다. 상황이 급속도로 흐르면서 주위 사람들은 미쳐 말릴 틈도 없었다. 정말 순식간에 벌어졌다. 배에 회칼을 맞고 '억'하며 칠성이 고꾸라졌다.

"니가 징말로 사시미를 쑤셔부려야."

이를 이제야 알고 달려든 철우도 속수무책이었으나 사시나무 떨듯 흔들리는 손으로 신속하게 119에 전화를 걸었다. 주위 동네 어르신이 급하게 112에도 신고를 마쳤다.

"이를 어쩐다냐, 이를 어쩐다냐…."

그야말로 개업식장은 아수라장이 되었다. 몇몇 여성은 괜스레 사건에 휘말리거나 처참한 광경을 보기 싫어 재빨리 자리를 뜨고, 이웃 어르신들도 못 볼 것을 본 양, 혀를 끌끌 차며 자리를 벗어났다. 그때야 뒤집혔던 눈이 제대로 돌아온 영수는 한 많은 늑대가 온산을 뒤집는 아우성을 내듯, 크고 깊게 악 받친 탄성을 내질렀다. 그리고 칠성의 상태를 내려본다. 칠성은 몸을 바르르 떨면서 눈이 서서히 감기고 있었다. '이거 죽는 거 아닌갑소, 야! 이거 큰일나부렀소, 나가 살인자?' 하면서 제일 먼저 마누라 순희의 얼굴과 열여덟 살 된 외아들 '전일'의 모습이 선했다. '망했다, 이제 다 망했다. 내 인생은 이제 끝나부렀다. 기냥 쪼까 겁이나 한 번 주고 그 못된 주댕이 버르장머리나 좀 고치려던 폼새였는디, 아주 아작이 났구나.' 하며 영수는 고개를 떨구었다. 곧바로 119구급차가 시끄러운 사이렌 소리와 함께 등장하고, 응급 들것이 들어와 날쌔게 칠성을 태우고 병원으로 향했다. 곧이어 신고를 받고 출동한 동네 파출소 김 순경은 현장범으로 영수의 손목에 수갑을 채우며, 미란다 원칙을 고지했다. 철우는 좀 챙기지 못한 죄책감으로 우선 칠성의 구급차를 따라나섰다. 우선 생명의 소중함이 우선이라 생각해서이다.

　　　　　　두 번째 만난 영수와 순희. 서먹한 사이가 호전되어 마치 오랫동안 사귄 연인처럼 서로 시시덕거리고 즐거웠다. 그날 밤 아지트엔 철우 짝인 미키와 영수 짝인 순희만 나왔다. 칠성도 밤 여덟 시가 다 되어 나왔지만, 그 짝이었던 옥희는 몸에 탈이 나 불참을 선언했고, 이 소식을 들은 칠성은 같이 잠시 머물다가 귀가하였다. 철우는 자기 아버지 자가용을 빌려 나와 오늘은 야간 드라이브를 하는 게 어떠냐고 제안했다. 모두가 좋다고 해서 그들은 써금써금하고 십 년 지난 중형 세단에 몸을 실었다. 십 년밖에 지나지 않았지만, 차대가 바닷가 염분 탓으로 녹이 슬고 덜덜거렸다. 그래도 그들은 봄볕에 소풍 나온 햇병아리들처럼 신나고 긴장했다.

　　철우는 네 명을 태우고 근처 청두리 구경짝지로 향했다. 활 모양의 해안선을 따라, 오랜 세월 파도에 깎여 자갈밭이 용돌을 숱하게 만들어 놓고 곳곳에 기암괴석을 만든 곳. 백여 미터에 펼쳐진 자갈밭에 밤알이나 대추 알만한 용돌을 수없이 깔아놓고 파도에 이리저리 쓸리면서 깔아놓은 자갈밭이 아홉 계단을 이루어 '구경'이었다. 그 자갈밭 뒤편으로는 곰솔을 비롯해 감탕나무와 가시나무가 병풍처럼 에둘러 있고 그 밑에 옹기종기 상록수와 태산목, 단풍나무까지 버젓이 서있다. 해안가 모래가 다 끝나는 곳에선 보랏빛 갯무꽃과 자주개자리까지 무더기로 피어서 자태를 뽐내고 있다. 그래서 신라 시대에는 이곳을 녹원지로 봉했다는 기록까지 있는 곳이었다. 단점이라면 이곳으로 오는 길이 워낙 험하고 구불구불해 교통편이 편하지 않아 토박이 중 아는 사람만 즐겨 찾는다는 점. 맞은편 바다 한가운데에는 주도가 위엄있게 서있고, 그 섬을 중심으로 멀찍하니 오른쪽에 섬 두 개, 왼쪽에 섬 하나를 곁에 두었다. 그 섬 넷을 통틀어 이곳 사람들은 사형제 섬이라고 했다. 모양새도 비슷했지만, 부모를 풍랑에 잃은 사형제의 전설이 남아있는 곳이었다.

　차를 해변의 서너 평 남짓한 공터에 세우고 내렸다. 달빛은 어느새 동녘에서 밝은 빛살을 내리꽂으며 해변을 구석구석 비췄다. 여름이 한창이었지만 그곳을 찾은 사람은 불과 대여섯이 전부였다. 가족 일행 한 부류와 청춘 한 쌍이 조용히 해변을 서성였다. 짝을 지어 넷은 해변으로 내려섰다. 파도가 밀려오고 빠질 때마다 용돌들이 서로 부딪치며 자그락자그락 소리를 냈다. 몸을 서로 문지르고 굴리고 맞대면서 끊임없이 내는 소리는 용돌들의 하나 됨을 자랑이라도 하듯 정겹고 이국적이었다. 환한 달빛은 하얗게 부서지는 파도를 만들고, 파도가 지나간 용돌의 물기는 달빛에 반사되어 하얀 눈밭을 만들어 놓았다. 파도는 주름치마가 일렁이듯 연이어 밀려왔다 쓸려가면서 흰 포말을 뱉어냈다. 파도의 흰 포말, 얼비친 해수 표면, 반사된 용돌 달빛이 어우러진 구경짝지 모습은 환상적이었다. 이를 본 순희와 미키는 벌린 입을 다물지 못하고 연신 '세상에!, 세상에!'를 연발하며 멍하니 눈 호강에 취해 서있을 뿐이었다.

　철우는 흡족했다. 서울 아가씨들이 놀랄 거란 예측을 했으나 이 정도까지는 아니었다. 차를 몰고 가면서 어디 가냐는 영수의 물음에 구경짝지라 말은 했지만, 영수는 '뭐, 거기까지 굳이.' 하는 소리에 이거 괜히 도를 넘어서 가는 게 아닌가 생각했다. 토박이들이야 맨 파도요, 해변이요, 돌이요, 모래사장이요, 기암괴석이었다. 너무 많고 흔하니까 그다지 소중하고 귀한 마음은 없다. 늘 보고 스치는 경관이요, 모습일 뿐. 그래도 철우는 구경짝지를 택한 건 용돌들의 굴림소리가 특이하고 백사장만 보다가 자갈밭 해변을 보는 것도 나쁘지 않으리란 판단이 섰기 때문이다.

순희와 옆에 서서 파도로 향해 걷던 영수는

"여기가 좀 그렇죠?"

하고 의향을 묻는다. 순희는 입을 다소곳이 오른손으로 가리고, '호호.' 하면서 얇은 웃음을 자아낸다.

"좀 그렇다뇨? 무슨 뜻이에요? 엄청 좋아요. 정말 색다른 곳이에요. 잡지나 사진에서 이런 비슷한 곳을 본 적은 있으나, 직접 와서 보니 정말 남달라요."

영수는 흡족해하는 순희의 얼굴을 다시 한번 본다. 수정체에 둥근 달이 앙증맞게 자리 잡았다. 똘망하며 촉촉한 눈알이 유리알처럼 빛났다. 잠시 그 눈동자에 취해 버리다가 '이게 무슨 짓인가?' 하며 정신을 바로 세우고 편안하게 말을 건넨다. 사투리는 안 쓰면서 말을 해야 한다는 강박 속에서

"우린 자주 와보는 곳이라, 뭐 그리 남다르고 색다른 건 없어요. 흔한 게 파도고 돌이고 해물이고…."

순희는 뭘 좀 이해하겠다는 듯,

"그렇겠네요. 전 바다가 없는 충청북도 내륙인 옥천이 고향이에요. 거기에선 넓은 호수나 좀 볼 수 있을 뿐이죠. 어릴 때부터 바다는 꿈의 고향이고, 늘 그리워했던 이상향이었어요. 바다라는 확 트인 풍경에다 가슴 속에 묻힌 아주 작은 걱정덩어리마저 일순간에 확 풀어놓을 수 있는 곳이었거든요. 산의 푸르름을 늘 보고 자랐지만, 파란 바다의 넉넉함과 여유로움, 역동적인 파도는 제게 보이지 않는 힘을 불어넣어 줘요."

말하면서도 신난 자신이 못내 쑥스럽다. 바다도 못 본 촌티를 꾸밈없이 드러내놓고 있는 자신이 갑자기 부끄럽기까지 하면서 얼굴이 발그레해진다. 멋쩍어하는 순희를 간파한 영수는 바로 말을 낚아챈다.

"옥천이 고향이세요? 대전 밑에 그 옥천! 저도 알아요. 제 군대 후임이 그곳 애였는데, 저랑 아주 죽이 잘 맞아 친했었고, 그 친구 따라 휴가 때 가본 적이 있었거든요."

순희는 옥천을 안다는 이야기에 환한 낯빛으로

"그러세요? 참 좋은 곳이죠. 물 맑고 땅 비옥하고. 어머니 품처럼 아늑하고 포근한 곳이죠. 그런데 정작 어릴 적 삶은 그렇지 못했어요."

순희는 '아차!' 싶었다. 너무 이야기가 깊이 갔다. 만난 지 이틀밖에 되지 않은 사람에게 자칫 어린 시절 자신이 고생한 이야기를 할 뻔했다. 이를 눈치챈 영수는 바로 자신의 이야기를 먼저 해서 그의 수줍

음을 풀어주고자.

"저는 산이 참 좋아요. 계절마다 색이 다르고 내뱉는 향도 다르잖아요. 굴곡이 있어, 오름이 있으면 내림도 있고. 바다는 넓고 확 트이기만 했지, 항상 똑같아요. 봄·여름·가을·겨울 그 색깔에 그 향이죠. 단, 제철마다 올라오는 수산물이 다르기는 하지만…. 참! 순희 씨는 무슨 수산물을 좋아하시나요?"

순희는 이 사람의 말속에 자신을 은근히 배려해 주는 푸근함에 빠진다. 상대방을 편안하게 해주는 마음 씀씀이가 요즘 남자들답진 않았다. 파도에 밀려오는 용돌 중 눈에 느긋하게 들어오는 몇 알을 주웠다. 만질만질하며 윤기가 나고 부드럽다. 잘 닦여진 찐 달걀 한 알을 손아귀에 넣은 듯, 포근히 감쌌다. 그리고 슬리퍼 끝에 조금씩 닿고 사라지는 바닷물의 감촉을 품었다. 차지만 시원했고, 밀려 들어오지만 안아주고 싶은 물살이었다. 영수는 순희의 몸짓을 지켜보며 가만히 걸었다. 그녀는 바다를 안고 싶어 했고, 누리고 있었다. 파도는 철썩철썩 일렁이며 이들의 데이트를 손뼉 치며 응원했다. 밤 갈매기는 이를 시기하듯 주위를 천둥벌거숭이처럼 마냥 휘젓고 있었다. 영수는 순희에게 어디 가서 좀 앉아 쉬자고 하며, 해안가 끝 너럭바위로 안내했다. 주상절리처럼 우뚝 솟은 바위 군락이 있고, 그 밑에 조그맣게 엉덩이 둘 걸칠만한 너럭바위 하나가 당당하게 주위의 웅장함에도 아랑곳하지 않고 낮게 차지하고 있었다.

바위에 앉자 바닷바람이 한결 수그러들었다. 주위를 에워싼 바위들이 방풍석이 되면서 아늑하고 잔잔했다. 해변을 쳐다보니, 철우는 미키와 반대편을 향해 서로 뛰면서 웃고 난리다. 속으로 '뭐가 저리들 신났는지, 자발머리없이…'. 영수는 환한 달을 올려보았다. 눈이 하얘졌다. 그렇게 뜨거웠던 햇빛을 반영하듯 오늘은 더더욱 밝고 하얬다. 오늘 방아질을 하는 옥토끼도 마실을 갔는지, 그늘 없이 아주 깨끗한 달이다. 영수는 그 빛깔에 취해 그냥 자연스럽게 달에 시선을 고정한 채 한 마디 읊조렸다.

"달이 참 하얘요."

이 말을 들은 순희도 고개를 들어 달을 넋 놓고 하염없이 올려보며,

"그러네요. 참 깨끗하고 밝네요."

무람없이 영수는 말을 잇는다.

"저는 달이 참 좋아요. 어두운 밤을 비춰주는 점 때문만은 아니고, 온전히 그 모습을 볼 수 있을 뿐만 아니라 늘 밝지만, 때에 따라 슬픔이 깃든 것 같아서요. 인생을 하루하루 살아보니까 돈에 눈이 뒤집혀 정신없이 살지만 자기 전에 휘영청 밝은 달을 보면 하루가 어느덧 깔끔하게 정리되고 되돌아볼 수 있는 여유를 주거든요."

순희도 공감하는 말이었다. 자신도 늘 태양보다는 달이 자기 맘에 들었다. 수많은 별도 좋지만 외롭게 떠서 세상을 이끌어가는 모습이 자신의 인생에 빗댈 만했다. 적막한 가운데 갈매기의 날갯소리와 나무를 스치는 바람 소리, 물살이 오락가락하면서 내는 파도 소리, 옥

돌들이 뒹굴면서 내는 마찰음이 하나 되어 바다의 오케스트라를 구성해 내는 해변의 교향악은 잔잔한 해수면에 물수제비를 띄우고 마음을 차분히 가라앉혀 주었다.

두 사람은 멍하니 목을 젖히고 달만 보고 있었다. 순희는 분위기에 젖어 가슴이 울먹여진다. 옆에 앉은 영수가 어깨를 토닥거리지 않았으면 금세 눈물이 쏟아질 듯했다. 그때 어디선가 하모니카 소리가 갑자기 들려온다. 들숨과 날숨을 통해 바닷바람에 실려 섬집아기 노랫가락이 춤을 춘다. 순희는 자신도 모르게 노랫말을 응얼거리기 시작한다.

엄마가 섬 그늘에 굴 따러 가면
아기가 혼자 남아 집을 보다가
바다가 불러주는 자장 노래에
팔 베고 스르르르 잠이 듭니다.

부르면서 참 슬프고 어쩌면 무서운 노래란 걸 새삼 깨닫는다. 사랑스러운 아기를 홀로 남겨둔 채 생업을 위해 굴 따러 간 모정과 엄마를 애타게 그리워하지만 기다림에 지쳐 스르륵 잠이 들고 마는 아기의 모습. 가느다란 하모니카 소리는 어둠 속 바람에 실려 먼바다로 날아가 버렸다. 순희는 슬며시 옆에 앉은 영수의 어깨에 머리를 눕힌다. 그리고 물먹은 눈으로 하늘의 달을 올려다본다. 달그림자가 서서히 동으로 지면서 시간은 천천히 아주 완만하게 흘렀다. 영수는 자기 어깨에 놓인 순희의 머리칼에서 짙은 바다 향이 났다. 참 애처롭고 가냘픈 여인이구나 했다. 어린 나이에 서울이란 객지에서 눈칫밥 먹으며 살아가는 인생의 고단함을 상상의 나래 속에서 도화지에 그려보았다.

어느 정도 시간이 흘렀을까. 너무 밝아서 오히려 그렇게 처량하기만 했던 달은 서쪽으로 기울어가고 칠흑 같은 밤이 피부까지 다가왔다. 오랜 시간 묵묵부답 속에 몸을 내팽개쳐 둔 탓인지, 살짝 피부 곁에 오돌오돌 한기가 돋자 영수는 순희에게 술 한 잔을 제의했다. 순희도 덜덜 떨리는 냉기를 내쫓고자 흔쾌히 오케이를 했다. 철우와 미키도 함께할까 했으나 방해를 하느니 각자의 방식대로 놀도록 배려하기로 하고 둘만 근처 선술집에 들어섰다. 선술집 입구는 어디서 그리 나타났는지, 중년들 서너 그룹과 청춘 남녀 두 그룹이 벌써 자리를 잡고 있었다. 세상의 모든 고통을 짊어지며 힘들게 신세 한탄하는 자도 있고, 함박꽃을 머금고 흥에 겨워 나불대는 청춘들도 있다. 이들의 입장을 눈여겨보던 주인장은 아들의 후배인 영수의 얼굴을 알아보고 환하게 웃다가 곁에 딸려오는 아가씨의 모습에 알은체를 중단하고 눈만 끔뻑인다. 두 사람은 왼쪽 구석에 마침 나있는 의자 두 개 놓인 테이블에 앉는다. 모퉁이 안쪽이라 좀 한가하고 다른 손님들의 말소리가 섞이지 않는 곳이다. 마침 저녁때 들어온 물이 좋고 싱싱한 전복 몇 마리와 톳무침을 푼푼하게 내놓으며 주인장은 주문받았다. 소주와 뜨끈한 해물탕 하나를 주문했다.

주인장의 눈치를 보면서 영수는 안주를 기다렸다. 주인장도 자꾸 영수 쪽 분위기를 힐끔힐끔 쳐다보며 둘의 관계를 신기한 듯 관찰했다. 우선 본 안주 전에 미리 깔린 밑반찬으로 소주 한 잔씩 속을 데웠다. 한기로 쌀랑했던 몸의 식도를 타고 짜르르 내려가던 알코올은 서서히 몸을 달궜다. 잠시 후 소담스럽게 수산물이 들어간 해물탕이 부루스타 위에 놓였다. 대합, 홍합에 오징어, 암꽃게, 새우, 콩나물, 애호박, 쑥갓, 팽이버섯⋯. 주인장이 동네 사람이라고 오징어와 꽃게의 씨알이 굵다. 작은 것을 시켰는데, 두 사람이 아니라 네 사람이 먹고도 남을 양이다.

푸짐한 냄비 속을 들여다보며, 순희는 눈이 똥그래진다. 싱싱한 것은 말할 것도 없지만, 냄비에 담긴 해산물이 정감 있고 후덕하다. 어렸을 때 내륙에서는 흔한 해산물이라고 해보았자 새우젓에 간고등어가 고작이었건만, 이곳은 소금에 절인 발효품이 아니라, 바로 얼마 전에 죽은 생물이 손 크게 듬뿍 담겨있지 않은가. 어머니는 귀한 조기 한두 마리 사면 사기그릇에 담아 밥솥에 같이 쪄서 아버지 고봉밥 앞에만 두었기에, 비린내만 실컷 맡았지, 국물 한 방울, 비늘 하나 먹어보지 못했었다. 작은 콩고물이라도 있는 것은 오로지 막내 외아들 순철이뿐.

영수는 부루스타 화력을 최대로 키운다. 1차 주방에서 간단히 익혔지만, 진한 국물 맛을 혀에서 느끼려면 자글자글 끓여야 한다. 제대로 된 국물의 참맛을 위해. 팽이버섯과 콩나물이 가장 먼저 풀이 죽는다. 이어 새우와 꽃게의 키토산이 빨갛게 변했고, 반투명한 오징어 빛깔도 서서히 하얀 팥빙수 속 얼음 색으로 달라졌다. 끓어오르는 육수는 금방이고 냄비를 이탈하고자 분수처럼 위로 뿜고 냄비 가에는 이를 주체하지 못한 몇 방울의 국물이 거품과 함께 넘쳤다. 순희는 얼른 부루스타 손잡이를 돌려 약하게 불을 줄인다.

"작은 불로 오래 끓여야 더 국물이 진해요. 시간 많겠다, 술도 많겠다, 세월아 네월아 하면서 찬찬히 먹죠, 뭐."

순희는 세상 다 산 사람처럼 달관한 폼을 잡고 영수의 눈을 보며 빙그레 웃는다. 영수도 그런 순희가 맘에 쏙 들어 눈을 살짝 껌뻑였다. 이를 서너 발 뒤에서 지켜본 주인장은 고개를 끄덕이며 '푸훗.' 하고 속웃음을 짓는다. '이것들이 뭔가 있긴 있구나.' 뜨끈하게 데워진 국물을 숟가락에 담아 한 모금씩 입안에 털었다. '캬아!' 언제나 먹어도 질리지 않고 늘 그대로의 그 감미로운 맛. 달싹대며 매콤한 게 역시 일품이다. 소주잔을 들어 둘은 건배를 했다.

"아름다운 미래를 위해!"

두 사람은 술잔을 힘있게 맞대며 의기투합했다. 신바람 나고 아름다운 밤이다. 몸에 들어온 알코올은 지친 몸에 힘찬 에너지를 주며 힘을 돋우었다. 연거푸 소주잔이 기울어지고 어느새 두 병째이다. 시원한 바다 공기와 얼큰한 국물 탓인지 도통 두 사람의 정신은 혼미해지기는커녕 점점 더 또렷해진다. 각자 자기 주량을 토로한다. 영수는 소주 한 병, 순희는 반병. 어허 그런데 벌써 주량을 넘어섰지만 제정신이다. 좋은 사람과 만나 먹으면 알코올 도수도 빵인가 보다.

밤이 깊어지고 기우는 달도 이제 숨어버린 지 오래. 다른 테이블에 앉았던 사람들도 하나둘 자리를 뜨고 이제 남은 거라곤 두 사람이 전부다. 주인장은 옆으로 와 너스레를 떤다.

"둘이 뭔 관계랑가?"

영수는 순희와 눈을 마주치며, 그냥 웃고 있다.

"글씨요? 가차븐 오누이라 할랑가요?"

이야기하면서도 또 웃기다. 서로 크윽 하며 또 웃는다.

"내 보기사 둘이 보통 사이가 아닌갑다. 허구헌 날 만낼 사인 아닌 거 같구, 안 그냐? 영수야?"

"거시기 뭐 기냥 그런저런 관계랑께요. 낭중에 야그해 뻔질게요잉, 아자씨. 낭중에…"

주인장 그제야 알았다는 듯,

"그라지. 알았다고마. 밤이 늦어뻔졌으니께 차차 시마이들 혀고."

영수는 선술집 주방 위의 벽시계를 올려다본다. 교통 안내를 하는 경찰관의 직각 팔 모양으로 새벽 두 시를 가리켰다.

"야. 쬐금만 지둘리쇼잉. 바로 시마이헐 것잉께."

영수는 순희에게 마지막 술병을 들어 막잔을 붓는다. 어느덧 소주 다섯 병이 독수리 오 형제처럼 일렬로 늘어서 있다. 의자를 뒤로 밀고 일어서려는 찰나, 어깨를 누가 짓누르는 듯 휘청한다. 테이블 위의 간장 종지가 손에 밀려 바닥으로 떨어지며 둔탁한 플라스틱 소리를 냈다. 이를 보며 술 취한 영수를 못마땅해하는 순희가 벌떡 일어서며 한마디 거든다.

"영수 씨! 남자가 이것 갖고 벌써 취했어요?"

하면서 당당하지만, 그녀 또한 휘청거리며 의자 위에 다시 철퍼덕 내려앉는다. 맘대로 움직여지지 않는다. 정신은 말똥말똥한데, 몸이 뇌

신경에서 내리는 명령을 거부한다. 주인장은 마침 이러한 둘의 모습을 보면서 혀를 끌끌 찬다.

"많이들 취해뻔졌응께 정신들 채리고마."

순간 영수는 선배의 아버지인 주인장께 민폐를 끼치는 죄송스러움이 왈칵 밀려온다. 온몸이 서서히 허물어졌다. 단단한 두부가 흐물대더니 순두부처럼 내려앉기 시작했다. 어느덧 자신도 주량을 넘어서 요단강 근처까지 간 듯했다. 그렇지만 순두부에 간수를 넣어 다지듯 종아리의 힘줄을 끌어당겼다. '죄송스러부요잉.' 하면서 순희의 오른쪽 어깻죽지를 자신의 왼쪽 어깻죽지에 휘감는다. 그리고 똑바로 서려고 안간힘을 쓰면서

"순희 씨! 정신차리시요잉? 이제 갑시다. 힘내소."

순희는 영수의 말이 아주 맑게 고막을 건드리는데, 자신의 혀가 말을 듣지 않는다.

"그래요."

둘은 약속이나 한 듯 어깨동무를 하고 선술집을 나섰다. 시원한 여름 밤바람이 낯짝을 사정없이 후려친다. 정신이 좀 말짱해진다. 영수는 '이를 어쩐다냐?', 주위를 휙 둘러본다. 인기척이란 아무것도 없다. 철우와 미키도 사라졌다. '이것들은 치사하게 지덜치리 어딜 가뻔졌다냐?' 자기 몸도 묵직하니 한 걸음 한 걸음 내딛기가 힘겹다. 졸리고 사

지를 가누지 못하겠다. 순희 씨마저 풀 죽은 미역처럼 늘어졌다. 우선 주위에서 가장 가까운 곳을 찾아 몸을 눕히고 쉬는 것밖에 생각이 나지 않았다. 순희 씨를 내쳐 불러보면서 정신줄 놓지 않기를 호소했으나 순희 또한 제정신이 아닌, 꽐라다. 선술집에서 십여 미터 앞에 조그만 간판 불빛이 눈에 들어온다. 썬비치 모텔. 광주에서 살던 외지인이 차린 모텔인데, 과거 여인숙이었던 집을 리모델링해서 외벽을 하얗게 도포하고 실내를 화려하게 꾸며 최신식은 아니어도 어지간한 정도의 모텔방이다. 십여 미터를 줄곧 가는데 너무 멀게 느껴진다. 왜 그렇게 졸리고 순희 씨는 왜 그렇게 무거운지….

해는 중천에서 깜냥껏 빛을 발하고 두 사람은 침대에서 뒤엉킨 채 누워있다. 모텔비를 치르고 방에 들어와 어떻게 곯아떨어졌는지 통 기억이 없다. 무의식중에 서로 술기운으로 뜨거워진 몸의 열을 식히고자 속옷 차림으로 드러누워 잔 듯했다. 순희 씨는 영수의 왼팔 베개에 머리를 눕히고 온몸을 웅크리고 영수의 왼쪽 품에 폭 안겨 가는 숨을 쉬고 있다. 순간 '아뿔싸'. 서로 속옷 차림이었으나 별일은 없어 보인다. 순희도 영수의 바스락거림에 온몸을 한번 가볍게 떨더니, 실눈을 뜨며 잠에서 깼다. 어느새 여명의 빛이 창문 틈을 비집고 들어온 지 한참 지났고, 한여름의 열기가 훅 몰아쳤다.

"에구머니나!"

그래도 천만다행인 건 나체는 아니었다. 속옷은 갖춰 입었으니, 그나마 덜 민망하다. 영수도 난감하기는 그만이었다. 순희는 부리나케 자기 겉옷을 찾는다. 냉장고 위에 아무렇게 던져진 자기 옷을 발견하고 쏜살같이 다가가 옷을 주섬주섬 입는다. 영수와 순희, 서로 얼굴을 보지 못하고 데면데면하다. '어쩌다가 이리되었나.' 하는 표정이었다. 영수는 미처 고개를 들지 못하고,

"어찌 되었거나 일이 이렇게 됐으니, 할 수 없구요. 세수나 간단히 하고 해장국이나 먹으며 속을 좀 풀까요?"

순희는 부끄러워 말을 잇지 못했다. 속이 엄청나게 쓰리고 머리도 금방이라도 손만 대면 빠개질 듯 지끈지끈했다. 그러나 이 민망한 상황에 또 얼굴을 맞대고 해장국집에 가는 건 죽기보다 싫었다.

"아니에요. 그냥 전 제 숙소로 친구들 찾아갈게요. 오늘 일은 없던…"

기어들어 가는 목소리로 말을 끝맺지 못한다. 그런 순희를 보며,

"걱정하지 마셔요. 우리는 사실 어제 아무 일도 없었어요. 그냥 술에 취해 잠만 같은 침대에서 잔 것뿐인걸요. 저도 이 일에 대해 더 이상 함구할 테니, 걱정 붙들어 매시고요."

"고맙습니다. 전 그럼 이만…"

순희는 흩어져 있는 샌들을 얼른 찾아 신고 뒤도 돌아보지 않고 모텔방을 나섰다. 순희가 떠난 휑뎅그렁한 방. 영수는 철우에게 바로 핸드폰을 넣었다. 신호음이 채 두 번도 울리기 전에 철우의 목소리가 급하게 넘어왔다.

"아따, 이제야 전화혔뿐졌네. 어치케 돼브렀다냐?"

영수는 철우의 대응에 순간 짜증 섞인 목소리로,

"뭔 소리냐? 니는 어치케 돼브렀고?"

"어치케 되긴 뭘 어치케 돼. 기냥 자정까정 쳐먹고 델러 달라혀서 개 숙소에 보내고 나야 집에 들왔지. 니는?"

'철우는 그냥 늦게까지 술 먹고 각자 자기 갈 길로 들어가 잤구나.' 영수는 내심 오만한 마음이 생긴다. 그래도 자기는 별일 없었지만, 같이 자긴 하지 않았던가.

"나도 니랑 도찐개찐이지. 새벽녘에 들어간 것만 좀 다를 뿐이지."

"우째야 쓰까잉~ 우덜 둘 다 벨 소득 없이 양 지나부렀어야."

영수는 그러나 여기서 전화를 끝내지 않고 잠시 여운을 남겼다.

"근디, 철우야! 나 자꾸 내 짝인 순희 씨가 꿘있어야. 딱히 눈에 띄게 이쁘진 않은디 자꾸 눈이 가구 생각나부러야. 이를 어쩐다냐?"

철우의 풋하하하 하는 너털웃음 소리가 핸드폰에서 흘러나왔다.

"그랑께 니가 시방 사랑에 빠져버린갑다. 겁나 보고 싶구 순희 씬가 뭔가 혀는 가시내가 니 맴을 돌라간 모냥 같은디…. 이거 솔찬히 심각헌거 아니당가? 크큿."

영수는 찰나지만 얼굴이 뜨거워진다. 누가 곁에 없어 다행이지, 있었으면 더 부끄러워졌을 것이다. 영수는 분위기를 빨리 전환했다.

"실없는 뻘소리 허지 말구, 해장국이나 묵으러 갈랑가?"

"지금 때가 언젠디…. 해가 중천을 넘어 오후도 한참 뒤여. 니가 사주면 아직 점심 못 묵었응께 그 대신으로 가지. 어딜로 갈꺼나?"

"매생이국밥 어뗘? '소천 그집'서 보자잉."

영수는 서둘러 택시를 타고 매생이 국밥으로 유명한 '소천 그집'에 도착했다. 아직 철우는 도착 전이었다. 미리 두 그릇을 시켰다. 떡국 떡 몇 점에 흰쌀밥 한 덩이가 들어가 있는 국밥이 잠시 후 양푼에 담겨 나왔다. 머리카락보다 가는 매생이는 하늘거리거나 뭉쳐있고, 그 가운데 놓인 조개 몇 알은 '맛나게 드슈.' 하며 입을 쩍 벌렸다. 그 속에 살며시 자리 잡은 흰쌀 덩어리는 양갓집 규수처럼 얌전하게 위치했고, 그 옆에 몇몇 여종들이 안방마님을 호위하듯 떡국 떡이 펑퍼짐하게 둘려 있다. 핸드폰을 들어 철우의 위치를 알아본다. 가게 앞에 다 왔다는 이야기를 듣고 기다릴 것 없이 영수는 국물 한 숟갈을 먼저 크게 떴다. 짭조름하면서 들쩍지근한 국물이 식도를 훑으면서 내려갔다. 자동 반사적으로 감탄이 한마디 나왔다.

"캬아, 이 맛. 증말 시원허당께."

감탄이 끝나기 무섭게 철우가 식당 안에 들어섰다.

"뭇이당가? 지랄혀고 지면첨 처먹고있네. … 그라제. 해장국은 뭐니 뭐니 혀도 매생잇국이제."

영수는 숙였던 고개를 들어 눈인사하고 마저 두 번째 한술을 떴다. 그리고 곁 반찬으로 나온 물김치 그릇을 들어 국물을 들이붓는다.

"아지매! 싱건지 멀국이 끝내부러. 한 뚝배기 더 주소."

주방 한 편에서 그릇을 설거지하던 아주머니는 물김치 한 그릇을 냉큼 떠서 두 사람의 탁자 한가운데 놓는다.

"아나, 니가 좋아하는 싱건지, 앵간치 처먹지 어지간히 먹어부렀난갑다."

영수는 감사의 뜻으로 연신 머리를 두어 번 조아렸다.

"하면요, 이런 좋은 시상, 술 안 처먹고 살 수 있을랑가요?"

영수의 대거리를 보며 철우는 '이게 뭔 일이랴? 영수눔이 씬바람이 나부렀네.' 했다.

"참말로 니가 옴팡지게 기분이 업되어부렀구마이잉. 지난밤 그 깔치랑 만리장성 쌓은 거 아니당가?"

영수는 뜨끔하지만 억울하다는 표정으로,

"안 그라제. 벨일읎이 기냥 헤어지뻔졌다니께."

철우는 동의해도 웃고, 그렇지 않다고 해도 웃을 일이었는데, '푸흡' 하며 비웃음 섞인 입으로,

"뭘 잘했다고 떠들어쌌냐? 아님 말구지."

영수는 공세를 역전해 되묻는다. 그러나 철우 또한 별일 없이 끝난 것을 아쉬워하는지, 입을 쩝쩝 다시며,

"니나 내나 벵신이다. 벵신. 안 그냐?"

영수는 반응하지 않고 매생잇국만 한입에 쑤셔 넣는다. 철우도 자리를 본격적으로 잡고 매생잇국을 먹기 시작했다.

"그 깔치들, 오늘 밤에 서울 올라 간다는디, 어쩌쓸거나?"

그냥 지나가는 인연 같지는 않았는데, 오늘 밤 상경한다는 철우의 말에 영수는 고민에 빠진다. 해장국을 먹고 나간 뒤 핸드폰으로 순희 씨에게 연락해서 다음 약속을 기약해야 하나 아니면 마나. 스물다섯

해를 살아오는 동안 스쳐 지나간 여자는 다섯 손가락 안으로 꼽을 만했다. 그러나 이번 인연 말고 나머지는 풋사랑에 짝사랑이거나 했지, 이토록 가슴이 아리는 애틋함은 없었다. 심지어 아무 일 없었지만, 같이 자기까지. 서둘러 매생이 해장국을 먹고 있는 철우를 뒤로한 채 값을 치르고 밖을 나섰다. 일단 문자로 먼저 메시지를 넣었다.

"서울 가시기 전에 얼굴 좀 잠깐 볼 수 있을까요?"

이심전심이었을까. 답신이 오 분이 채 지나기 전에 도착했다. 오후 3시, 소천 버스정류장 옆 커피숍에서 보잔다. 그렇다면 시간은 좀 여유가 있었다. 곧바로 집으로 달려가 가슴에 담아놓은 말을 편지로 정리해 전하겠다고 다짐하고, 발걸음을 재게 놀렸다. 아버지와 어머니는 벌써 일터나 밭으로 나가셨는지 집 안은 텅 비었다. 자기 방으로 들어가, 우선 생각나는 대로 메모지에 하고픈 말을 휘갈겨 썼다.

- 첫날, 둘째 날의 추억을 영원히 간직
- 서로 외로운 마음을 기댈 상대로 생각
- 헤어지면 보고 싶을 듯.
- ~~더 맛있고 멋진 장소를 많이 알고 있다.~~
- 멀리 떨어져 있어도 마음만 하나라면….
- 서울로 내가 자주 찾아가겠다.
- 수산 유통업을 탄탄히 준비 중이다.
- 이년 내로 내 사업 가능하다. ……

쓰고 지우고 다시 쓰고 어휘 정리하고 또 읽어보고 어색하거나 쪼

잔해 보이는 것은 지우고 또 쓰고…. 일단 할 말을 막 두서없이 써놓고 보니, 손댈 게 한둘이 아니었다. 이를 정교하고 애잔하게 가다듬어 연애편지처럼 순희 씨의 심금을 울려야 할 텐데…. 이 말들을 구구절절 다 쓰면 내용이 간단명료하지 않아 전하고자 하는 마음이 제대로 전달되지 않을 듯도 했다. 우선 현재의 이야기를 쓰고, 다음으로 과거 자신의 이력을 간단히 제시하며 마지막으로 미래의 꿈을 제시하는 방식으로 쓰고자 결심했다.

순희 씨 보십시오.

소천의 하늘이 유독 맑은 날이었죠. 불알친구들과 소천 해변을 하이에나처럼 서성이다 꽃다운 그대들을 만나는 순간, 우리 셋은 마치 미리 준비한 것인 양 각자 자기 짝을 맞추고 만남의 시간을 가졌죠. 말발이 특출난 칠성이 어떻게 꼬셨는지 그대들이 우리 쪽에 눈길을 주는 순간 가슴이 막 뛰었답니다. 그리고 이어서 각자의 짝을 우리는 맞추었죠. 저는 순희 씨를 눈여겨보던 차라 같이 짝이 된다는 것 자체가 무지 황홀했었습니다. 가슴이 터질 듯했거든요. 첫날, 각자 서먹서먹했지만, 젊음을 서로 이야기하며 지낸 밤바다의 추억은 저에게 끝없는 은혜이고 행복이었습니다.

그리고 어젯밤. 평생 잊혀지지 않을 아름다운 추억거리를 순희 씨는 안겨주셨습니다. 만난 지 단 이틀이지만 우린 서로 마치 몇 년 동안 사귄 연인처럼 서로 북돋우고 위로하고 격려했죠. 그때 느낀 푸근함과 따듯함, 제 가슴 한가운데 크게 생채기를 남겼습니다.

오늘 밤에 서울로 가신다고요? 너무 아쉬워 못 보낼 것 같습니다. 아니, 못 보냅니다. 비록 육신은 떠나시더라도 절대 순희 씨를 잊지 못하고 저와 함께 있을 것입니다.

큰 용기를 내서 무례하게 드리는 말씀 이해해 주시기 바랍니다. 전 비록 짧은 시간이었지만 많이 생각하고 생각했습니다. 단도직입적으로, 순희 씨와의 인연을 지속하고 싶습니다. 행복한 미래를 제가 펼쳐드리고 싶습니다. 서로 열심히 각자 일에 최선을 다하며 맡은 분야에서 최고의 전문가가 되어서 훌륭한 짝이 되고 싶습니다. 멋진 곳, 맛있는 집도 제가 많이 압니다. 꼭 순희 씨와 함께 그곳도 다니고 싶습니다. 서로 멀리 떨어져 있지만, 항상 저는 순희 씨 곁에 있다고 생각하고, 수시로 제가 상경해 찾아뵙겠습니다.

지금 제 소원은 딱 하나입니다. 당신과 영원히 만나고 싶다는 것. 부족하지만 제 마음을 받아주세요. 정말로 당신을 사랑합니다. ♥
두서없이 많이 부족한 글 끝까지 읽어주셔서 감사드립니다.

이영수 드림

펜을 다 쓰고 놓았다. 엄지와 검지가 알알했다. 무지 긴장해서 힘을 주고 썼나 보다. 뻐근했다. 그러나 그게 뭐 대수이겠는가. 순희 씨에게 자신의 마음 중 반이라도 잘 전해졌으면 하는 바람이었다. 다 쓰고 난 편지지는 영 걸려서 깨끗한 종이에 다시 한번 글씨를 한 자 한 자 정성을 다해 썼다. 그리고 바람개비 접기로 마무리를 한 후 맨 끝부분에 하트를 빨간펜으로 그려 넣었다. 좀 유치한가 싶었지만, 사랑을 전하는 데 유치함이 뭔 대순가. 편지를 접고 시계를 보았다. 2시 반. 얼추 정류장 커피숍에 나가면 3시 10분 전엔 도착하리라. 집에 있던 새 옷으로 갈아입고 신발을 신었다. 오늘도 신발이 영 걸린다. 마당 한쪽 가에 있는 수돗가에서 신발 등과 테두리를 손에 물을 묻혀 흙을 떨어냈다. 좀 낫다. 신발을 탈탈 털고 대문을 나선다. 벌써 두근대는 심장

소리에 자기 귀가 먹먹할 정도이다.

 오후 2시 50분. 소천 정류장 옆 커피숍이다. 간판엔 영어로 'Small sky Coffee shop'이라 흰 배경에 큰 알파벳 문체가 새겨 있다. 오른쪽 구석에 커피잔에서 김이 올라오는 그림 하나만 까맣게 그려있다. 소천을 영어로 맘대로 해석해 명명한 커피숍. 소천은 한자명이 素川으로 굳이 풀이하자면 '흰 내'이며, 바다로 흐르는 개천이 하도 맑고 깨끗해 붙여진 이름이었건만, 커피숍 주인은 자기 맘대로 '小天'이라 생각해 이름을 그렇게 지었다. 한자를 아는 동네 어르신들은 저 무식의 소치를 보라며 손가락질한 지 오래지만, 변변한 다방마저 없는 소천에 그럴싸한 커피숍이 들어앉은 것만으로도 다행이라 그냥 내버려 둔 커피숍이다. 한 오 분여 지났을까. 저기서 저벅저벅 순희가 걸어온다. 커피숍에서 영수는 다가오는 순희를 눈여겨 지켜본다.

긴급하게 종합병원 응급실에 도착한 칠성은 외과 의사의 신속한 집도 아래 명치 밑 복부를 꿰매고 긴급 수혈을 마쳤다. 빠른 수송과 처치 덕분에 다행히 목숨을 건졌을 뿐만 아니라 창자를 참으로 다행히 빗겨나가 큰 수술까지는 가지 않고 복부 표피를 봉합하는 것으로 일단락지었다. 철우는 칠성 부모님과 함께 수술실 환자 대기실에서 수술을 마칠 때까지 기다렸다. 칠성 아버지는 "영수, 이 쥑일눔, 내 이 눔을 가만두나 보자. 이 쥑일눔."을 연발하며 대기실을 왔다 갔다 서성였고, 그의 아내 또한 "우리 칠성이가 얼마나 귀한 앤데, 감히 어느 눔이 칼을 대, 칼을 대기를…" 하며 울부짖다 지쳐 잠시 멈추다 또 "영수 이 쥑일눔. 내 이를 어찌 웬수갑소, 이 쥑일눔."을 연이어 떠벌였다. 그 옆에 죄인처럼 서성이는 철우는 같은 공간에 있다가 오히려 화를 당하거나 칠성 부모가 흥분할까 싶어 대기실 밖 벽에 기대어 가만히 앉아 마음 졸였다. 다섯 시간의 수술. 더디 가고 오만 가지 생각이 드는 장구한 시간. 어느덧 새벽을 여는 해가 동쪽 신방산 어깨를 빼꼼히 쳐다보며 바삐 오르는 즈음, 수술 집도 의사는 피곤한 몸을 이끌고 수술방을 나오며, 보호자에게 수술 결과를 알렸다. "창자를 비껴가 천만다행으로 복부 표면만 수술하게 되었으며, 수술은 아주 잘 되었다."라고 간단히 말하고 자리를 떴다. 칠성 어머니는 "아이고, 하느님, 부처님, 천지신명님, 감사합니다. 감사합니다.

감사합니다."를 반복했고, 칠성 아버지도 그때야 안도의 깊은 한숨을 땅이 꺼질 듯 뱉어냈다. 물론 철우도 곧이어 편안하게 숨을 고르고 그나마 천만다행임을 행운으로 알았다. 그리고 혹 도움이 될까 싶어 영수 어머니께 수술 결과를 전화로 알렸다. 영수 어머니는 "아이구, 다행여, 다행여, 참말로 천만다행여. 고맙다잉, 철우야." 하며 전화를 끊었고, 동네 이장도 아침 일찍 전화가 들어와 그대로 사정을 전했다.

 한편 소천 파출소로 연행된 영수는 곧바로 큰 사건이라 시내 영도경찰서로 이감되었다. 피의자로 수갑을 찬 채 가는 영수는 때 지난 후회막급을 느꼈지만, 이젠 쏟아진 물이요, 건널 수 없는 강을 건넜구나 했다. 한편 이 소식을 늦게 전해 받은 순희는 아들 전일을 시부모께 부탁하고 혼비백산한 가운데 소천 파출소로 향했으나 결국 영도경찰서로 이감되었다는 말에 풀썩 주저앉으며 '이를 어쩌나'를 반복하며 영도경찰서로 차를 몰았다. 쉼 없이 가슴을 들썩이며 크게 뛰는 심장 소리를 달래며 이럴 때일수록 정신 바짝 차려야 한다고 자기 최면을 걸고 운전대를 잡았다. 거리의 가로수도 모두 사람처럼 보였고, 이제 어떻게 하냐는 사람들의 동정과 손가락질투성이 환영으로 보였다. 수전증으로 숱하게 떨리는 손이 핸들의 진동을 더 흔들리게 했다. 오직 아스팔트 길만 주시하고 전방만 주시한 채 정신없이 가기만 했다.

 영도경찰서 취조실에 들어간 영수. 사건의 자초지종을 있는 그대로 모든 것을 성실하게 진술했다. 담당 형사도 그동안의 치정에서 비롯된 것이 아니라 우발적인 범행임을 파악하고 차분하게 진술서를 작성했다. 담당 형사는 진술서를 기반으로 구속영장을 신청하고 일단 조사를 마친 영수는 유치장에 수용되었다. 부모님과 마누라, 그리고 한 점

혈육인 아들이 그리웠다. 집안의 대들보로 가계를 책임지며 근근이 살아온 가정이다. 점점 갈수록 가세가 피고 조금만 더 모으면 자기 사업도 든든하게 할 미래였다. 이렇게 공든 탑이 한순간에 무너지는구나 했다. 어제의 행동은 자신 스스로도 이해하지 못했다. 내가 그 정도로 악하고 모진 놈이었던가. 그냥 우스갯소리로 치부에 눈 한번 지그시 감고 귀 한번 꼭 닫으면 될 것을. 그동안 칠성이와 동네를 벗어나지 않고 오랫동안 사귄 친구라 그런지 쌓인 고운 정도 많지만 억눌렸던 악감정도 있었나 보다. 자신의 마음 기저에 그를 해코지해 보고 싶은 마음이 켜켜이 쌓여있다가 나온 돌발 행동이 아닐까. 그러나 그렇다고 해도 커오면서 수시로 그때그때 풀었어야 했다. 그러지 못하고 짓눌린 상태로 꾹꾹 참고 살아오다가 오랫동안 몽우리 진 고름이 제대로 터져버렸다. 그러나 이제 어쩌겠는가. 다 끝난 일이요, 자빠진 달걀 꾸러미였다. 지금이라도 칠성을 만난다면 무릎 꿇고 용서를 구하고 싶었다. 그 부모님께도 큰 누를 끼쳤다. 병원에 실려 간 칠성의 상태는 어떤가 걱정도 되었다. 참으로 그 순간은 미쳤었나. 어떻게 사시미 칼로 배까지 찌를 생각을 했는가. 유치장에 혼자 벽을 마주 보고 이런저런 생각에 머리가 지끈대고 깨질 듯했다. 벽에 누가 쓴 낙서 글귀 하나가 보인다. "죄가 미울 뿐이지, 사람이 밉겠는가?". 어느 선행자가 자위를 위해 넋두리로 써놓은 듯했다. 그 글귀에서 한 뼘 밑으로 또 한 글귀가 적혀있다. "에잇, X 같은 세상. 될 대로 되라지, 뭐". 자포자기 상태인 사람의 글이었다. 과연 자신은 지금, 이 순간을 문장으로 쓴다면 뭐라고 적어야 할까. '미쳤어, 돌았어. 내가…'라고 쓸까, '미안하다, 칠성아.'라고 쓸까, '여보, 난 이런 사람이야. 정말 미안하구먼.'이라 쓸까. 착잡함을 문장으로 옮기기가 여간 시답지 않았다. 그때 어디서 우당탕하는 소리와 함께 한 여자의 성마른 목소리가 들렸다.

"영수 씨, 전일 아빠 어딨어요? 영수 씨! 이영수 씨!"

아내 순희의 화급한 목소리는 정신이 올바로 박힌 그것이 아니었다. 머리채는 누구에게 뜯긴 듯 헝클어져 있고, 눈동자는 흰자가 반 이상으로 돌아갔다. 순희를 몇몇 젊은 의경이 제지하고 말렸지만, 순희는 막무가내로 밀고 들어왔다. 실성한 여자 꼴이었다. 담당 형사가 순희에게 다가가 이러면 수사에 방해만 되니, 일단 집에 가있으라고 당부하지만, 좀처럼 들어먹지 않는 상황이었다. 이를 유치장에서 지켜보는 영수의 눈에는 소리 없는 두 줄기 눈물이 볼을 타고 줄져 내렸다. 거칠 것 없이 불도저로 들어온 순희. 결국 유치장 앞에서 철창을 사이에 두고 두 부부는 대면했다.

"아이고, 이게 뭔 일이래요. 당신이 왜 거깄소? 왜. 당신처럼 법 없이 살만한 사람이 왜."

미친 사람처럼 하소연하던 순희는 영수의 축축한 눈가에 자기 손을 철창 안으로 밀어 넣어 눈시울을 닦아준다. 영수도 손을 뻗어 철창 밖 아내의 어깨를 토닥인다.

"씨알 데 없는 야그는…. 마누라! 걱정 마. 내 몰골이 풍신나쟈? 흐흐. 나는 괜찮아브러. 싸게싸게 죗값 치르고 나갈팅께, 암시랑토 안항게 걱정 말고 부모님이랑 애나 잘 챙겨브러. 바로 나갈팅게. 쪼까 참고 있어야."

가장의 든든함이 무너진 지 벌써였지만 한 가락 남은 자존심에 빗대어, 당당한 위용을 영수는 보였다. 결국 경찰서 직원들에게 둘러싸여 케모마일 차 한 잔을 들이켜고 순희는 눈알이 제대로 돌아왔다. 담당 형사와 이런저런 이야기는 했지만, 별 뾰족한 수가 있진 않았다. 지금은 조사 중이고, 차후 진행 과정을 안내할 테니, 집에서 생활하면서 기다리란 말뿐이었다. 순희는 담당 형사의 당부를 끝으로 자리를 일어서 마지막으로 유치장 창살 앞에 섰다. 그리고 영수에게 단단한 다짐과 자세를 마지막으로 부탁했다.

"저나 집은 아무 걱정 마시고, 당신이나 몸 성히 잘 관리해요. 내 당신을 위해 모든 것을 바쳐 옥바라지할 테니 딴생각 마시고 아무 걱정도 말고 밥 잘 드시고 몸 성히 계세요. 자주 들를게요."

촉촉한 눈가에서 곧 떨어질 것 같은 눈물이 시울에 걸려 투명하게 그렁그렁했다. 영수도 솟구치는 눈물을 이를 악물고 견뎌냈다. 둘은 그렇게 헤어졌다. 등을 보이며 자꾸 뒤돌아보는 순희도 그렇지만, 눈바라기를 하는 영수의 모습도 처량하기는 매한가지였다.

소천 정류장 옆 커피숍에서 서서히 다가오는 순희를 보던 영수는 갑자기 무엇인가 잘못됨을 느꼈다. 순희는 가던 길을 갑자기 뒤돌아서더니, 빠른 걸음으로 반대편을 향해 뛰다시피 달아났다. 참으로 신기했다. 잘 오다가 되돌아간다는 것이. 영수는 커피숍을 부리나케 뛰쳐나왔다. 그리고 한 오십여 미터 떨어진 순희 씨를 불렀다. 분명히 들릴 정도의 거리였다. 그러나 순희는 뒤도 한번 돌아보지 않고 잰걸음으로 걸어갔다. 영수는 혹시 갑자기 '생리가 터졌나, 아니면 장염이나 배탈이 생겼나?' 하는 생각까지 했다. 무슨 사정이 갑자기 생긴 것은 분명했다. 핸드폰을 급하게 찾아 눌렀다. 순희는 받지 않았다. 무슨 일이 나긴 난 건데…. 영수가 순희의 뒤를 따라 뒤쫓을 수 있긴 했다. 그러나 무슨 사정이 분명히 있는 듯한데, 이를 뒤쫓는 것은 예의가 아니라고 판단하고, 조용히 커피숍을 나와 집으로 발을 옮겼다. 집으로 가는 길은 유난히 먼지가 뿌옇게 일었다. 항시 그랬을 것이지만 오늘은 그 먼지가 너무 성가시고 귀찮다. 손으로 코와 입을 막으며 동네 어귀 느티나무 앞에 다다랐다. 그리고 나무 그늘에 놓인 벤치에 철퍼덕 앉았다. 그리고 멍한 상태로 들녘을 쳐다보았다.

'뭔가? … 어디 급하게 아파서 그랬겠지. 혹 나와 만남을 부담스러워하는 것인가, 왜? 아니야. 아닐 거야. … 갑자기 탈이 나거나 무슨 사정

이 있어 급히 발을 돌린 것이지, 나와의 만남을 거부하는 건 아닐 거야.'

영수는 자신과의 만남을 거부하지 않을 거라 자의적 판단을 내렸지만, 마치 똥 누고 밑 닦지 않은 것처럼 뒷맛이 개운치는 않았다. 바지 뒷주머니에 곱게 접어 넣은 편지를 다시 꺼냈다. 다시 한번 읽어볼까 하다가 관두고 그냥 뒷주머니에 다시 집어넣었다. 그리고 엉덩이를 툭툭 털며 느티나무 그늘에서 벗어났다. 그냥 여기서 뜬금없이 기다리는 것도 일과가 아니라 판단하고 자기 방을 향해 발걸음을 내디뎠다. 터벅거리며 온 집 안에 다행히 아무도 없었다. 인기척 없는 괴괴함에 황량할 뿐이었다. 때마침 옆집 고양이가 담벼락으로 느릿느릿 발자국을 옮겼다. 그 걸음걸이가 오늘은 왠지 거만하고 거들먹거리는 게 썩 내키지 않았다. 영수는 목의 핏대를 세우며 큰 소리로

"저리 꺼져! 에잇 재수 없이…"

애꿎은 고양이에게 화풀이하고 자기 방 여닫이문을 우격다짐으로 열어젖혔다. 방 한쪽 구석에 포개놓은 이불 하나를 집어 방바닥에 내팽개쳤다. 그 위에 덥석 누웠다. 천장에 거꾸로 들러붙은 파리 한 마리가 윙 하며 자리를 떴다. 그리고 어디서 나타났는지 다른 파리 하나가 같이 있더니, 둘이 하나가 되어 붙어있다. 심술이 난 영수는 곁에 있던 베개를 잡고 휙 하니 천장으로 던졌다. 파리 한 쌍은 아주 사뿐히 베개를 피하고 어디론지 급히 날아가 버렸다. 이런저런 생각 탓인지 맘이 몹시 불편할 뿐이었다. 이리 뒤척 저리 뒤척거리며 방바닥을 나뒹굴었다. 갑자기 술 생각이 간절해졌다. 냉장고에 아버지가 사다 놓은 소주를 꺼내러 부엌으로 향했다. 세로로 된 냉장고 문을 힘주어 열고 음료 대를 쳐다보았다. 소주 한 병이 아주 착실하게 자리 잡고 있었다.

오른손으로 소주를 집어 들었다. 그리고 찬장 안의 숟가락 하나를 꺼내 마개를 지렛대의 원리로 거뜬하게 따버렸다. '펑' 하고 상쾌한 소리를 내며 알코올은 흔들렸다. 여린 웃음을 띠며 소주 주둥이를 입안에 쑤셔 넣었다. 한 모금, 두 모금, 세 모금. 소주 반병이 찰나에 비워졌다. 목 밑대의 알코올은 '커억'하는 트림을 만들어냈다. 씁싸래한 맛이다. 기분이 꿀꿀해서일 것이다. 친구들과 하루 일을 끝내고 선술집이나 해변에서 막 먹을 때는 그렇게나 다디단 소주였다. 그러나 오늘은 씁싸름한 게 원맛이 이러했던가 의구심이 들었다.

한 삼십 분 지났을까. 강소주를 한 병 까고 영수는 자기 방에서 살포시 잠이 들었다. 핸드폰에 메시지가 들어왔다는 알림음이 딩동 했다. 잠귀가 어두운 영수가 그 작은 소리에 깬 자체가 별스러웠다. 반은 잠을 덜 깬 상태에서 핸드폰 액정을 쳐다보았다. 긴 문자가 들어와 있다. 순희의 메시지다. 얼른 자리에서 일어나 고쳐 앉고 메시지를 확인하기 시작했다.

"미안해요. 영수 씨. … 아무리 생각해도 안 될 듯. 영수 씨는 참 좋은 사람이에요. 그러나 자꾸 만나면서 정을 쌓는 것이 두려워요. 전할 일이 많아요. 자격증도 얼른 따고 돈도 벌고…. 그냥 한여름의 스치는 인연이라 생각해요. 정말 우리가 참된 인연이라면 다시 한번 어느 때, 어느 곳이라도 다시 만나겠죠. 그럼 안녕."

영수는 '아! 이거였구나. 이거.' 하며 그때야 알았다는 듯 고개를 끄덕였다. 영수는 문자 답신을 어찌 보내야 하나 망설였다. 그리고 일단 다음과 같이 보냈다.

"네. 일단 알겠습니다. 제가 다시 연락드릴게요."

발송 버튼을 누를까 말까 고민하다 그냥 우선 보내 보자고 판단하고 눌러버렸다. 그런 일이 있고 난 뒤 세 시간이 흘렀다. 한여름의 추억을 남기고 여자 셋은 서울로 떠났다. 순희도 당연히 떠났다. 영수는 실연의 아픔 속에서 헤어나지 못했다. 그냥 스치는 인연으로 치부하기 싫었다. 자신은 천생배필을 놓친 것이 아닌가 하는 마음에 사로잡혀 있었다. 이 여자 아니면 평생 결혼은 못 하리라. 그동안 스쳐 지나간 여자 몇이 있었지만, 이번처럼 가슴에 훅 당기는 그런 여자는 순희가 처음이었다. 영수는 두고두고 생각하고 생각해 보아도 이 순희를 마지막 여자로 두고 싶었다.

　일주일을 허송으로 멀쭝하게 보냈다. 아버지를 돕던 어판장 일도 도대체 손에 잡히지 않았다. 내내 순희와 해변에서 함께했던 시간만 그리워지고 그럴수록 순희가 더더욱 보고 싶었다. 해변에서 찍었던 사진 몇 컷으로 그리움을 대신했지만, 그건 그냥 사진일 뿐 그리움을 달래지는 못했다. 이런 영수의 상황을 이해 못 하는 아버지는 영수가 넋 나간 사람처럼 눈이 게슴츠레한 몰골을 보며 더위 먹었나 하며 보양식을 먹이고 이런저런 이야기를 했지만 도통 멀쩡한 상태로 돌아오지 않아 노심초사했다. 영수도 더 이상 이렇게 살아서는 안 되겠다고 생각했는지, 아버지와 어머니에게 일방적으로 통보했다. "나 하루 이틀 서울 좀 댕겨오겠다."라고.

　영수는 소천에서 영도로 가는 시내버스에 올랐다. 심란하고 좀 두려움도 있지만, 그리움에 비할 바는 아니었다. 그리고 전에 전하지 못한 편지도 품 안에 고이 간직했다. 무작정 올라가는 상경길. 스쳐 지나가는 가로수는 짙푸른 빛깔로 영수를 위해 응원하는 사람들이 열을 지어 서있는 듯했다. 일박을 생각하고 여비도 좀 넉넉히 준비했다. 서울 송파구 문정동으로 무조건 올라가는 것이다. 순희는 그곳에서 헤어숍에 근무한다고 했으니, 연락이 안 되면 문정동 헤어숍을 전부 뒤져서라도 찾고야 말겠다는 계획이었다. 그래도 우선 그곳에 도착하면 일단 순희에게 전화를 할 요량이다. 전화를 바로 받으면 자신은 서울 문정동에 와있으니, 잠깐 시간 좀 내달라고 부탁할 생각이었다. 연락이 되지 않으면 동 하나를 찾아 이 잡듯이 헤매면 그거 하나 못 찾을까 했다.

이런저런 생각 속에 도착한 영도시외버스터미널. 서울행 버스표를 끊었다. 무정차에 고속도로로 가는데도 다섯 시간이나 걸렸다. 오후 1시에 출발하니, 서울은 아마 6시경에 도착하리라. 강남 시외버스터미널에서 문정동까지 택시를 타고 가도 한 50분이 걸릴 것이다. 저녁 7시. 전화를 순희에게 걸고 받아주면 천만다행이고, 안 되면 그날 문정동에서 숙박을 해야 했다. 걱정 반, 기대 반, 설렘 반, 기쁨 반. 혼란스럽지만 과히 나쁜 심리상태는 아니었다. 어떻게든 순희와의 관계를 회복할 수 있다는 강한 믿음을 가졌다. 시외버스에 올라 정해진 좌석에 자리를 잡았다. 들뜬 마음 탓인지 낮잠을 청했으나 잠이 쉽게 들지는 않았다. 영도 시내를 버스는 가위질하듯 가르며 질주하기 시작했다. 국도를 십여 분 타더니, 이내 고속도로로 진입했다. 엊그제 모내기를 한 것 같은데, 벼들은 이제 제법 자라 무릎 크기까지 다다랐다. 차창 밖 풍경은 풍성하고 환하기만 했다. 들판이나 산이나 진초록으로 세상을 덮었다. 얼마 전 입추가 지나갔다. 산들바람은 들녘의 꽃에도 힘을 불어넣어 주었다. 해바라기는 잔뜩 햇빛을 머금고 무거운 고개를 치켜 꼿꼿하게 올리고자 애를 썼고, 푸르름을 오가는 벌레들도 한낮 햇빛에 지쳐 조용히 풀숲에 내려앉았다. 한가한 늦여름의 풍광 속에서 그간 많았던 생각도 차곡차곡 다듬어졌다. 그러면서 서서히 눈꺼풀이 내려앉았다. '나는 간다. 순희 만나러.'

영수의 선고 공판일. 파란 죄수복을 차려입고 법정 피의자석에 앉아있는 영수. 관중석에는 순희와 영수 부모 내외, 칠성이 부모 내외, 동네 이장, 철우가 목을 가느다랗게 빼고, 귀를 쫑긋하며 앉아있다.

결국 영수는 위험한 물건을 사용해서 타인에게 상해를 입힌 특수상해죄로, 형법 제257조의 1(상해, 존속상해), 제258조의 2(특수상해)에 의거, 징역 2년을 선고받았다. 칠성의 부모님과 합의하고자 영수의 부모는 일주일을 꼬박 찾아갔다. 그러나 칠성의 부모는 막무가내였다. 절대 용서하지 못한다고 하며, 굳이 합의하고자 한다면 일억 원을 합의금으로 요구했다. 통상 일천만 원가량이면 합의금으로 적당한 금액이었으나, 칠성의 부모는 돈이 아쉬운 사람들이 아니었다. 일억 원을 제시했다는 것은 결국 합의해 주지 않겠다는 의사였다. 순희는 이웃, 친정, 친구들에게 아쉬운 소리를 내어 합의금을 마련해 보고자 했으나, 고작 이천만 원이 다였다. 이천만 원을 들고 칠성 부모 앞에서 무릎 꿇고 사정을 하며 이삼일이 멀다 하고 합의를 부탁했으나, 칠성의 부모는 꼼짝도 하지 않고 냉정하기만 했다. 영수의 변호를 맡은 국선변호사는 차선책으로 형사공탁을 제시했으나, 정작 영수는 버럭 소리를 내며, "쓸데없이 돈 쓰지 말고, 그 돈으로 아들내미 고기도 사 주고 대학 입학금으로 모아두라."라며 자신은 몸으로 때우겠다는 식으로 막무가내로 고집을 피웠다.

어쩔 수 없이 영수 부모님도 결국 공탁 없이 징역형을 받아들이자고 며느리를 다독였다. 순희는 또 다른 해결책을 마련하기 위해 이곳저곳에서 조언을 구했지만, 별다르게 뾰족한 해결책은 없었다. 순희는 영수 없이 한두 달도 아닌 24개월을 견딜 자신이 없었다. 남편 영수는 자신의 모든 것이었다. 순희 자신을 지탱하게 하는 버팀목이고 언덕이며 삶 자체였다. 아들 전일과 함께 어렵지만 다복하고 행복한 나날들이었다. 남들은 부부싸움으로 사랑이 돈독해진다고 했지만, 영수와 순희는 의견 다툼이야 몇 번 있었지만, 큰 소리 내고 싸운 적은 한 번도 없었다. 특히 아들 전일에게 아빠 영수는 생활을 지탱할 수 있는 지팡이요, 힘의 원천이었다.

아들 전일은 어려서부터 심한 지적 장애를 지닌 아이였다. 어렸을 때 뇌전증이 발발하더니, 커가면서 공간 지각 능력이 부족하고 소근육과 대근육이 대체로 약해 흐느적거릴 뿐만 아니라 보행할 때도 다소 불안전한 면이 있었다. 그래서 밥을 먹기 위해 배식판을 사용할 때도 힘주어 잘 잡지 못했기에 옆을 아빠나 엄마가 받쳐주지 않으면 음식을 곧잘 엎었고, 영수는 이런 아들을 위해 열과 성을 다해 애지중지하며 키웠다. 근육 발달을 촉진하기 위해 근력운동을 꾸준하게 시키고 협응능력이 배양되도록 애썼다. 화장실을 갈 때도 본인의 의사를 손짓이나 몸짓으로 표현하거나 그림 카드를 통해서만 의사 표현이 가능했다. 의자를 앉을 때도 허리를 꼿꼿이 세우지 못해 등이 굽어있었고, 계단을 오르내릴 때는 밑을 보지 않아 잘 자빠졌다. 유난히 동그란 것을 좋아하고 자동차 모형을 특히 좋아했는데, 자동차에서도 동그란 바퀴를 특히 좋아했다. 그래도 전일은 밝고 활기찼다. 특별한 상황이 아니면 늘 웃었으며 친구들과 교우관계도 원만했다. 다리에 힘이 없어 바닥에 주저앉거나 엎드리는 것을 즐겼고, 옆에서 손을 잡아주면 짜증 내지 않고 잘 일어섰다. 늘 자신에게 힘이 없었기에 옆에 있는 사람에게 의탁하거나 기대는 편이 많아 영수는 늘 옆에 끼고 다니며 이를 도왔다. 순희는 이런 전일이 늘 안타까웠지만, 영수의 헌신적인 노력으로 그나마 일상생활을 이어 나갈 수 있었으며, 가끔 심리가 불안할 시에 보이는 목 주변의 옷깃을 자주 무는 버릇도 중학교와 고등학교를 진학하면서 서서히 나아졌다.

 전일은 무엇보다 타인에게 자신의 존재를 인정받을 때 행복한 웃음을 지었다. 그런 전일을 행복하게 할 수 있는 사람은 순희보다도 아빠인 영수였다. 언제나 제 몫을 다해주며 희생적으로 아빠 역할을 톡톡히 해냈다. 순희는 이런 아들이 혹시 주위 사람들로부터 무시당할까 봐 더욱 신경 써서 옷차림과 먹을 것에 신경을 쏟았다. 깔끔하고 밝은 빛깔의 옷을 자주 입히고, 달지 않고 영양분이 골고루 들어있는 영양식에 가계지출 대부분을 할애했다. 특수학교에 다닐 때도 수시로 선생님을 찾아뵙고 아이를 위한 최선의 교육 방법을 상담하며 방과 후에도 심신을 단련할 수 있는 장애복지센터에 다니도록 힘을 쏟았다. 그렇게 남들보다 배 이상 신경 써서 큰 전일은 어느덧 고등학교 2학년이 된 즈음에, 영수가 덜컥 교도소에 들어간 것이었다. 순희는 당장 남편 영수도 걱정이지만 아들 전일도 큰 걱정이었다. 아빠를 유독 잘 따르고 곁에 없으면 항상 불안한 상태가 지속되었는데, 그런 아빠와 이제 장기간 떨어지게 됨으로써 불안해질 전일의 앞날도 큰 근심거리였다. 형이 확정되고 법정을 나서는 영수의 뒷모습을 순희는 우두망찰하며 넋 놓고 쳐다보았다. 믿어지지 않고 믿고 싶지 않았다. 눈물도 나오지 않고 가슴만 두근거렸다. 곁에 있던 시부모들은 순희의 어깨를 토닥거릴 뿐 어떠한 위로의 말도 건네지 못했다. 옆에 있는 전일은 "아빠! 어디가?"만 되풀이했다.

　　　　　쿵쾅거리며 짝자그르하는 소리에 영수는 살포시 눈꺼풀을 들어 올렸다. 어느새 서울 강남터미널에 도착해, 승객들은 차 복도에 줄지어 하나씩 내려갔다. 영수도 자리에서 일어나 놓고 내리는 것 없나 잘 챙기고, 특히 재킷 안주머니에 넣어둔 편지를 새삼 만지며 확인했다. 가끔 일이 있어 오는 서울이지만, 역시 서울은 서울이었다. 분주한 사람들과 죽 늘어선 마천루. 탁하고 매캐한 공기, 여기저기 오가는 발걸음 소리와 지나가는 차들의 바퀴 소리 그리고 거기서 같이 '부우' 하며 일어나는 먼지들…. 6시를 십 분 남기고 도착했다. 택시를 타고 갈까 했으나, 그 근처로 직접 가는 3호선 지하철이 있어 지하철을 타고 삼십여 분만에 가락시장역에 도착했다. 송파구 문정역 근방이라 했으니, 가락시장역에서 내려 순희에게 곧장 핸드폰을 넣을 예정이었다. 문정동이 점점 가까워지면서 가슴은 점점 벌렁벌렁해졌다. 저녁 6시 27분. 유난히 숫자 7을 좋아하는 영수는 27분에 도착함에 행운의 복선이라 여겼다. 마음을 차분히 가라앉혔다. 그리고 꿈에 그린 순희 전화번호로 발신 버튼을 눌렀다. 최신 유행가의 컬러링 음악이 십여 초 들려왔다. 그리고는 음악이 끝나고 메시지가 들어왔다. 지금은 전화를 받을 수 없는 상황이니, 잠시 후 연락드리겠다는 내용이다. 잠시 후란 몇 분 후를 이야기하는 것일까. 오 분, 아니 십 분, 그것도 아니면 한 시간. 마음은 더 조급해졌다. 일단 지하철역을 빠져나와 문정역 쪽으로 발을 옮겼다. 퇴근 시간에 맞춰 많은 인파가 쓸려가고 몰려왔다. 소천면민이 다 나왔을 듯한 인파다. 참으로 신기한 도시이다. 이렇게 많은 사람이 다 어떤 직장에서 무슨 일하고 또 어디로 가는 걸까. 불현듯, 비 온 뒤에 죽은 지렁이 한 마리를 앞두고 수백 마리 일개미들이 새까맣게 모여있던 엊그제 모습이 떠올랐다. 꼼지락거리며 일개미들은 숨 가쁘게 움직였다. 다른 개미의 등까지 타고 오르면서 왔다 갔다 하고, 어느 개미는 촉수를 지렁이 몸속에 깊이 박고 먹이를 취하느라 제정신이 아니다. 더듬이를 쫑긋 세우고 다른 개미와 서로 소통하는 모습. 저 미물들도 서로 간 마음을 소통하는 면모가 또 다른 구경거리였다. 9자 모양의 더듬이를 세우고 먹이를 채집하고 다른 개미들과 싸울 때 오로지 종족 번식을 위한 일념으로 최선을 다하는 모습이 참으로 헌신적이고 숭고한 곤충이 아닐까. 자기 몸보다 큰 지렁이 일부를 떼어내어 땅바닥에 질질 끌고 오며 페로몬 길을 남긴다는 그들의 일상은 본받기가 충분했다. 서울 사람들은 모두 일개미 같았다. 다들 바쁘고 활기차고 힘이 넘치고 젊었다. 웃음이 끊이지 않았고, 발걸음은 힘찼다.

   길가의 이팝나무들도 늘씬한 키로 서로 키득대고 진녹색 나뭇잎을 살랑거렸다. 콧속을 후비는 기름진 향과 퀴퀴함마저 도시임을 맘껏 뽐내고 있는 인도에서 두근거리는 심장을 다독이며 걸었다. 오 분을 걸었더니, 엄청난 세대의 아파트 단지다. 올림픽 가족 아파트. 올림픽을 대비해 지은 아파트 같았다. 어림잡아도 오천 세대는 되어 보였다. 20여 층의 고층에 동이 백 개는 되어 보였다. 한 가족을 4인으로 잡아도 대략 이만여 명이 움을 트고 있는 보금자리. 실로 엄청난 규모였다. 소천면을 다 합쳐도 일만 명을 겨우 넘는데. 이 아파트 단지를 오른쪽에 끼고 걷기를 십여 분. 막 짓기 시작한 서울 동부법원 건물이 오른편에 거대하게 들어왔다. 그 건물을 중심으로 자잘한 빌딩과 오피스텔이 즐비했다. 주위에 미용실이 있나 눈여겨보았지만 도통 보이지 않았다. 십 차선 건너편을 보니, 그곳이 상가가 더 즐비했다. 그곳으로 가야 있겠다 싶어 가까운 횡단보도 앞에 섰다. 지나가는 청소년들이 옆에 서서 햄버거를 맛있게 먹고 있다. 순간 영수는 입에 파블로프의 개처럼 침이 고였다. 그러고 보니, 저녁 식사를 걸렀다. 영도 터미널 포장마차에서 사 먹는 김밥으로 점심을 때우고 이제까지 물 한 모금 먹지 않았다. 시장기가 돌더니, 배고픔이 몰려왔다. 마침 녹색등이 들어왔다. 햄버거를 든 청소년들 뒤를 따르며 길을 건넌 후 식당이 어디 있나 살폈다. 큰 길가에서 한 블록 안으로 들어가니 소로가 나왔고, 소로 주변에 식당들이 하나둘 보이기 시작했다. 무엇을 먹나 고민하다가 생선구이 간판을 보고 주저 없이 들어갔다. 늦여름과 초가을을 준비하는 구절초 화분 하나가 입구에 꽃망울을 터뜨릴 준비를 하고 있었다. 그런데 여기서 갑자기, 여자 하나 찾겠다고 구애(求愛)의 천릿길을 올라온 자신이 애처롭고 서러워진다. 부질없는 짓을 하는 게 아닌가. 그녀가 좋아 맹목적으로 찾은 서울이지만 굳은살 박인 것처럼 사랑이 단단히 굳어져 있었다. 그 흔한 말처럼 지구 끝까지라도 반드시 찾고 말겠다는 마음을 다시 잡았다. 핸드폰을 들어 그새 온 전화가 혹 있었나 보았다. 없었다. 잠시 후가 아직 멀었나 보았다. 식당 안쪽 주방 근처의 탁자에 앉았다. 저녁 시간인데 그다지 사람이 많이 들진 않았다. 십여 개의 테이블에서 단지 서너 테이블만 주인을 찾았다. 환갑 무렵의 초로 아주머니가 곱게 앞치마를 두르고 주문을 위해 다가섰다.

"뭘 드릴까?"

영수는 식당 메뉴판이 붙은 벽을 빨리 훑는다. 그리고 일반 생선구이 백반 하나를 주문했다. 생선 무침, 매운탕도 있었지만, 역시 생선의 맛은 구이가 제격이다.

"생선구이 백반 하나 주세요."

주문받은 아주머니는 주방을 향해 '구이 하나'를 외쳤다. 생선구이 하나를 그렇게 부른 듯했다. 그리고는 파리 두어 마리가 왱하며 오가자 부리나케 파리채를 들고 아주머니는 설쳤다. 서울은 파리도 소천면보다 재빠르고 날갯짓도 힘차게 보였다.

"이놈의 파리는 어디서 겨 나왔는지…."

영수는 잠시 한가해지는 짬을 놓치지 않고 아주머니에게 한마디 여쭌다.

"아주머니, 문정동이 어디서 어디까지예요?"

아주머니는 휘둘렀던 파리채를 잠시 멈추고, 영수의 얼굴을 짯짯이 살핀다.

"문정동? 내 여기 반평생을 살았는데, 내가 알기론, 문정역을 중심으로 북쪽 중앙 끝은 가락시장, 남쪽 끝은 장지역, 서쪽 끝은 동부 지원 뒤 탄천, 동쪽 끝은 두댕이 공원 문정시영아파트라고 알고 있수다. 초행길이신가?"

"네, 사람을 찾아 저 아랫녘에서 올라왔는데, 문정역에서 헤어숍인가 미장원인가 하는 사람을 찾아왔거든요."

아주머니는 이제야 무엇을 좀 알았다는 듯,

"으응. 그러시구먼. 문정동이 어디 촌처럼 좁은 곳이 아니에요. 문정동은 원래 병자호란 때 인조 임금이 남한산성으로 몽진하시다가 이곳에서 잠시 쉴 때 물을 마셨는데, 물맛이 기가 막혀 이 마을에 사는 문 씨 성을 따서 문정이라 했다는구려. 사방이 영점 육 평방킬로미터라고 했으니 건물이 없으면 좁다고 하겠으나, 못 박을 공간도 없이 빽빽하게 자라나는 도시라 실제로는 엄청나게 큰 구역이랍니다."

그리고는 마침 내려앉은 파리를 향해 힘껏 파리채를 내리쳤다. 파리 한 마리가 아주 정통으로 맞아 납작이가 되었다. 휴지로 파리 사체를 훔치며 한숨을 고르고,

"헤어숍을 찾는다고요? 문정동에 모르긴 몰라도 한 오십 개는 넘을 걸, 아마. … 무슨 상호명이나 알아야 겨우 찾지 그냥 찾아서는 힘이 여간 들지 않을 터인데…."

영수는 오십 개는 넘을 거란 말에 혀를 내두른다. 자기가 사는 소천면에서는 고작 두 개가 전부였다. 면적은 거의 비슷한데, 거의 스무

배 이상이란다. 설혹 순희와 연락이 되지 않아도 그나마 끝이 있으니 다행이다. 그깟 오십 개, 이틀이고 사흘이고 찾아보지, 뭐 하는 심사였다. 그러는 사이, 주방 쪽에서 말이 건너왔다.

"구이 하나 나가요."

아주머니는 잡았던 파리채를 빈 탁자 위에 올려놓고 주방 배식구에서 생선구이 정식 반찬 일체를 내놓는다. 영수가 자리한 테이블에 가지런히 놓으면서,

"맛있게 드세요."

영수는 감사의 뜻으로 고개를 끄떡였다. 고등어 한 마리가 반으로 나뉘어 노릇하게 구워진 채 '날 잡아잡슈.' 하며 누워있다. 눈알이 선명한 것이 오래된 자반으로 보이진 않는다. 고등어의 싱싱함은 눈알만 봐도 어촌 사람들은 안다. 진청색을 띠며 맑고 눈샘이 청명할수록 선도가 좋다. 비늘도 푸른 띠를 두르면서 윤기 나는 게 좋다. 고등어구이 껍질을 보아하니, 탱탱하니 윤기가 스며있다. 고갈비 부위를 젓가락으로 떠본다. 흰 살이 등 푸른 어깨에서 비집고 나왔다. 밥 한술을 떠 그 위에 올리고 입으로 쑤셔 넣는다. 달고 짭짜름하며 담백하다. 사랑에도 맛이 있다면 이 정도일까. 순희는 나를 어찌 생각할까. 나만큼 간절함이 묻어있을까. 그냥 정말 한여름의 스치는 인연일까. 시장기로 무람없이 먹던 밥에 생각이 잠기니, 식욕이 잠시 멈춘다. 그때 마침 옆 테이블에 앉은 두 명의 중년 여성이 "이게 무슨 반찬인가요?" 하며 주인장에게 묻는 소리가 들린다. 영수는 힐끗 그쪽을 보다 자기

앞에 놓인 같은 반찬을 쳐다본다. 손가락 마디 크기의 무청 시래기나물로 보이는 걸 가리키며 묻는 말이었다. 영수의 젓가락이 그 나물로 갔다. 그런데 맛이 색다르다. 짜게 절인 무청을 물에 담갔다가 짠맛을 없애고 삶아 볶은 꺼먹지란다. 보통 삶아서 한겨울 내내 말린 후 먹는 시래기와는 약간 다른 음식이었다.

"시래기가 아니고, 꺼먹지라고요?"

두 여인 중 키가 작고 뭐든지 궁금하면 참지 못하는 성격인 듯한 중년 여성이 눈을 동그랗게 뜨고 묻는다.

"제 고향인 당진 합덕에는 청엽이나 무청을 염장해서 반찬으로 먹는 전통 찬거리가 있어요. 그것을 흉내 내 만든 거랍니다. 보통 시래기는 잘못 삶아 나물로 하면 질기거나 퍽퍽한 느낌이 나는데, 꺼먹지는 씹히는 식감이 부드럽고 씹을 때마다 오히려 감미로운 맛이 돌아요. 싱싱하고 푸른 청엽을 말리지 않고 그대로 소금을 뿌려 오랫동안 항아리 보관을 한 까닭에 그런 식감이 드는 거죠. 꺼먹지에 고등어 살을 에둘러 한 번 잡숴보세요. 아주 기가 막힌 특미를 맛보실 테니까."

주인장의 토속적인 손맛이 그대로 스며있는 전통을 밥통에 담는 느낌으로 밥 한술에 꺼먹지로 말은 고등어 살 한 점. 꿈보다 해몽이랬다. 역시 설명을 듣고 먹는 생선구이 백반은 황홀한 황제의 만찬 못지않았다. 순희 씨도 이 음식을 좋아하려나. 다시 만나게 된다면 순희 씨와 꼭 함께 들르겠다는 다짐을 했다. 게걸스럽게 해치운 밥상을 뒤로하고 계산대에서 현찰로 식비를 치렀다. 속이 든든해지니, 마음도 다시 든든해진다. 전화를 한 지 벌써 한 시간이 지났다. 잠시 후가 이렇게나 길던가. 다시 용기를 내어 전화해 보기로 한다. 발신 번호를 찾아 힘을 주어 엄지로 눌렀다. 아까 들었던 그 신나는 컬러링 소리가 나온다. 한 십여 초가 지났을까. 메시지가 전과 같게 뜬다. 잠시 후에 연락을 드리겠다는 메시지다.

'아~.'

무슨 뜻인가? 만남의 거부인가, 아니면 진짜 손님이 많아 바빠서, 그것도 아니면 내 전화를 아예 수신 거부해 놓은 것인가, 아니면 스팸 번호로 생각해 일부러 받지 않는 것인가, 전화번호가 바뀌었나, 내가 번호를 잘못 알고 있나, 전화기가 고장 나거나 수리를 맡겼나, 혹시 무슨 사고가 나지는 않았나. 별의별 상상으로 머리가 지끈거렸다. 도대체 뭘까. 그러나 고민만 하면 또 무엇하겠는가? 뚜렷한 해결책이 아닌 것을. 심호흡을 한번 해본다. 배꼽 밑에서부터 숨기를 천천히 끌어올려 폐를 지나 기도를 통하고 코로 푸 하며 길게 내뱉었다. 이가 없으면 잇몸으로 씹듯, 몸으로 때우면서라도 찾아야야 한다. 물론 칠성과 철우를 통하면 그들의 짝이었던 옥희와 미키, 그 여름밤의 여인들과 통화를 하여 어쩌면 알아낼 수도 있겠지만, 칠성과 철우는 그녀들과 인연이 닿지 않았고, 아울러 서로 연락처를 주고받지는 않았을 가능성이 컸을 뿐만 아니라 번거롭기도 하고 이 일이 두 친구 모르게 진행하고픈 마음에서 자신의 방식대로 처리하고자 했다. 칠성과 철우가 이 사실을 안다면 장난기가 심한 두 놈은 반드시 훼살을 놓고 장난을 치기 일쑤일 터였다. 다시 한번 심호흡을 푸 하고 내쉰다. 그리고 우선 북에서 남으로 훑고 그다음은 동에서 서로 훑겠다고 마음먹는다. 북쪽 중앙 끝이 가락시장이라 했으니, 그 밑에서 출발하기로 마음을 정하고 가락시장을 향해 걸었다. 이십여 분을 걸었을까. 거리는 퇴근하는 사람과 저녁 회식을 하러 나온 사람, 외식이나 산책을 하러 나온 가족들로 뒤엉켜 무척 붐볐다. 가락시장이 다가오자 인파는 더욱 심했다. 특히 수산물 코너가 붐볐다. 영수는 서울에서 맡는 갯내가 생소하고 정겨웠다. 사람들은 횟감을 흥정하고 2층 식당으로 올라가 회식을 했다. 모든 길은 로마로 통한다더니, 우리나라 농수산물길은 모두 가락시장으로 통하는 것 같았다. 물론 수산물로 유명한 노량진도 풍문으로 들어 알지만, 가락시장도 만만치 않았다. 전국의 바다에서 나는 수산물은 죄다 모였다. 어류를 비롯해 조개류, 갑각류, 연체류 할 것 없이 모두 일렬종대로 가지런히 놓여있고, 바다 생선 외에 민물 생선도 없는 게 없었다. 소천면에서 흔히 보이지 않는 꽁치며 오징어도 지천으로 깔려있었다. 그래서 말은 태어나면 제주도로 보내고, 사람은 태어나면 서울로 보내라고 했던가. 없는 것이 없는 그야말로 만물 세상 요지경 속이 바로 서울이었다.

　가락시장을 뒤로하고 남으로 발길을 옮겼다. 가락시장역 8번 출구 앞으로 헤어숍 간판이 세 개 서있다. 빠른 걸음으로 첫 번째 A 헤어숍에 들어섰다. 문을 열고 미용실 안을 휘둘러 보았다. 없었다. 주인은 "누굴 찾으시나요?" 물었고, 영수는 "네, 사람을 찾고 있어서요. 죄송하고 감사하다"는 말을 던지고 불과 일 분이 채 되지 않은 시간에 가게를 빠져나왔다. 다음에는 주저 없이 B와 C 헤어숍도 "실례지만 사람 좀 찾겠습니다." 하며 불쑥 들어가 가게 안을 둘러보았다. 없었다. 그 상가를 다 찾은 후 한 블록 더 들어 안쪽의 뒷골목 상가로 향했다. 그곳엔 무려 8개나 간판이 있었다. A, B, C와 불과 삼십 미터도 떨어지지 않은 곳에 8개가 있다니. 온통 헤어숍만 있었다. 이렇게 많아도 굶어 죽지 않고 다 장사가 되니 열었을 텐데, 실로 놀라지 않을 수가 없었다. 하나하나 정성스레 들러 확인하고 찾아보았다. 내 이럴 줄 알았다면 그날 여름밤 해변에서 제대로 찍은 사진이나 몇 장 박아 둘 것을. 사진이라도 있었으면 좀 찾기가 수월했을 텐데 하며 자기 머리를 한번 쥐어박는다. 그러나 때 지난 후회. 8개를 모두 훑고 시간을 보니, 밤 9시가 가까웠다. 오늘 저녁 11개의 업소를 찾아 헤매는데, 한 시간 이상이나 걸렸다. 지치고 힘들어 잠시 편의점에서 시원한 음료수를 하나 마시며 숨을 돌렸다. 이온음료는 식도를 타고 흐르면서 지친 기도까지 도닥거렸다. 불과 백여 미터 안에 십여 곳이 있으므로 미루어 문정동에 헤어숍은 오십여 개가 아니라 백여 개도 훨씬 넘을 듯했다. 그러나 어쩌겠는가? 순희를 찾을 방도는 달랑 전화번호와 문정동에서 헤어숍 보조로 있다는 사실만 알고 있으니. 편의점 탁자에 앉아 잠시 주위를 둘러보았다. 온갖 상가와 아파트 그리고 수도 없이 오가는 자동차와 버스, 이곳을 누비는 많은 시민의 행렬. 거리는 대낮 못지않게 밝고 환했으며 역동적이었다. 조금만 더 찾고 주위에서 숙박해야겠다고 생각하며, 사천 가구도 넘을 듯한 아파트 단지 사잇길로 무겁게 발을 옮겼다. 이 아파트 단지에 가구당 4인만 산다고 해도 만육천 명이 산다. 정말 굉장했다. 이 아파트 단지가 소천면 인구를 뛰어넘는다. 평지가 좁아 하늘로 하늘로 공간을 넓히며 사는 서울 사람들의 모습 속에서 인간의 끝없는 집중과 사회적 삶을 돌이켜 보았다. 네모난 블록집에 천장 위와 바닥 아래 사람이 있고 삶이 있는 세상. 단위 면적당 인구밀도가 높아 좋은 점도 많겠지. 정보 공유, 주위의 상가나 편의시설 발달, 병원이나 복지 시설도 모여들겠지. 다다익선이라 했는데, 과연 그럴까? 환경오염과 번잡함과 기다림, 자연보다는 인공 축조물에 기대는 삶. 햇빛이 비칠 때 양지만 만들지 않듯, 음지가 함께 드리워져 있을 것이다. 이런저런 생각으로 터벅터벅 걸으며 이 백여 미터를 지나니, 다시 상가가 빽빽이 들어선 골목이 나타났다. 삼십여 미터 간격으로 네댓 업소의 헤어숍 간판이 눈에 들어왔다. '그래 오늘은 여기까지만 돌고, 좀 쉬자.' 마침 상가 틈에 화려하지 않지만 조촐하게 모텔 하나가 자리를 잡았다. 그곳에서 묵으면 될 듯싶었다. 공기는 어둠을 머금으며 살갗에 내려앉았고, 육신이 어느새 진이 빠져나간 듯 힘아리가 없다. 들러본 네댓 업소도 약속이나 한 듯 순희는 없었다. 축 늘어진 어깨를 추스르며 숙박업소로 향했다. 숙박비를 치르고 침대에 몸을 뉘었다. 침대 커버는 언제 갈았는지 축축하고 담배 냄새가 절어있다. 베개를 뒷머리에 받쳤다. 역시 뽀송하지 않고 축축하다. 그러나 하룻밤 이슬만이라도 피하면 되는 잠자리면 족했다. 중요한 것은 내일 반드시 순희를 찾아야 한다는 마음뿐이었다. 머릿속에는 오늘 받은 전화 메시지만 맴돌았다. '전화를 받을 수 없어 잠시 후 연락을 드리겠습니다.' 무슨 뜻일까? 도대체 무슨 의미란 말인가?

새벽 6시. 교도소 내에서 불이 켜진다. 교도관들이 '점검'을 외치면서 소란해진다. 수용자들은 관복을 입고 이불 모포를 가지런히 갠 후 점검대형으로 앉아 인원수 체크 점호를 받는다. 지난밤 꿈속의 전일과 순희의 모습이 채 가시기 전에 부랴부랴 점호를 준비하던 영수는 눈가가 퀭하다. 간밤에 꽤 긴 꿈을 꾸었다. 영수는 강 건너 저편에서 헤매는 아내와 아들을 향해 쉴 새 없이 손짓으로 자기 쪽으로 오라고 손사랫짓했건만, 두 모자는 이를 보지 못하고 강가에서 우왕좌왕 설치고 있다. 영수는 목이 찢어져라, 고래고래 소리를 질렀다. 그러나 그들은 전혀 듣지 못했다. 그러더니 두 모자는 점점 강물로 들어가기 시작한다. 주위에 있는 다른 사람들은 그들을 전혀 신경을 쓰지 않고 자기 할 일만 한다. 영수는 울부짖으며 자신도 강물 속으로 뛰어들었다. 그때 어디서 큰 노랫소리가 울려 퍼졌다. 그 소리에 정신을 차려 보니, 감방 안이다. 그리고 불이 켜졌다. 교도관은 각 방을 돌면서 인원수와 각 감방 안이 무고했나 점검했다. 간밤에 뭐 큰일은 없는 듯 사위는 괴괴했다. 교도소 복도에서 여러 가지 봉사를 하는 사동 청소 도우미인 '소지'가 점검을 마치고 6시 30분경에 외쳤다. "온수! 온수!" 교도소 안은 아침저녁으로 쌀쌀했다. 외진 곳이나 벌판에 세워진 탓인지, 여름 한낮에는 더위를 참지 못해 여러 번 물을 끼얹어도 온도가 내려가지 않아 헐떡거렸는데, 밤이나 특히 새벽만 되면 몸이 으슬으

슬 떨릴 정도로 한기를 느꼈다. 그때마다 수용자들은 한기를 이겨내려고 모포를 둘둘 감는 것은 당연지사로 몸을 잔뜩 움츠리고 작은 애벌레처럼 똬리 친 모양을 갖췄다. 소지가 나누어주는 온수는 가뭄의 단비요, 한겨울의 난로 역할을 톡톡히 했다. 서로 통에 받는 온수를 끌어안고 몸을 덥히며 사르르 녹는 듯 떨린다. 이럴 때 모습은 마치 갓난아기를 꼭 품은 산모의 모습처럼 사랑스럽고 천진난만하다.

영수는 온수 텀블러를 가슴에 꼭 부여안고 서서히 기지개를 켰다. 소지가 온수를 나눠주면서 감방 철문에 부딪히는 둔탁한 쇳소리가 오늘은 더욱 가슴을 옥죄었다. 온통 사각의 철문은 늘 위엄과 규칙을 강요하는 도형이었다. 철창의 모형을 둥근 원형으로 만들면 어떨까? 지금 같은 사각형보다 원만하고 정감이 있는 교도소 분위기가 만들어지지 않을까 하는. 그렇게 쓸데없이 넋 놓고 있는 사이, 감방 고참이 어깨를 툭 치며

"야, 신삥! 넋 놓고 있지 말고 청소해라, 청소."

영수는 그제야 정신을 바로 잡고 빗자루를 들어 청소한다. 오른쪽 벽면에는 '양보하고 배려하며 인격 완성 이루자.'라는 구호가 새겨 있다. 참 좋은 말이지만 가슴에 와닿지는 않는다. 그럭저럭 스쳐 지나가는 시선 속의 구절일 뿐. 오늘은 순희가 면회하러 오는 날이다. 순희는 처음엔 생업을 던져놓고 이삼일 간격으로 면회를 오더니, 이제는 일주일에 한 번 주기적으로 수요일에 찾아왔다. 면회 시간은 십분. 순희를 보는 영수의 마음은 늘 미안함과 걱정뿐이었다. 자주 면회하러 오지 말라고 당부했건만 순희는 일주일에 한 번이라도 봐야 살아갈

수 있다면서 고집을 피웠다. 오늘은 어제 꿈자리도 뒤숭숭해 면회 시간이 무척 기다려졌다. 지적 장애를 지닌 아들 전일의 모습도 눈에 선했다. 항상 이 아비 없이 아무것도 못 하는 아이인데….

　전일은 특수학교 고등과정 2학년인데, 덩치는 벌써 지 애미를 훌쩍 뛰어넘고, 키 또한 영수 키에 버금갔다. 정신은 온전하지 않지만, 신체는 보통 친구들에 못지않게 튼튼하고 짱짱하게 자라왔다. 아침에는 꼭 달걀 프라이 두 개에-그것도 꼭 반숙이어야 한다.-진간장과 마요네즈 한 숟가락씩, 깨소금 반 숟가락을 넣고 비벼줘야 먹는다. 초등학교 때까지 달걀 프라이만 줘도 잘 먹었던 아이가 중학 과정을 들어가고 프랜차이즈 음식을 맛보더니, 진간장, 마요네즈, 깨소금을 첨가하는 맛에 길든 후 줄곧 그렇게 먹었다. 영수도 아침에는 날달걀 두 개를 컵에 깨 넣고, 들기름 한 방울에 소금과 깨소금 한 꼬집씩만 넣고 후루룩 식도로 흘려보내면 아침 식사는 끝이었다. 아침마다 깔깔한 입맛에 힘없이 죽 들이붓는 날달걀을 이십 대부터 먹기 시작해 이렇게 조식을 해결한 지 근 삼십 년이나 되어버렸다. 그리고 아침 양치를 한다. 전일은 칫솔모의 딱 반만 치약을 얹혀야 한다. 그 반에서 조금만 넘치거나 그 반대로 모자라면 난폭해지고 칫솔질을 하지 않는다. 딱 반이어야 한다. 딱 반. 어느 날 텔레비전에서 치과 의사가 지나가는 말로, "치약은 칫솔에 꽉 차게 얹히면 오히려 안 좋아요. 적당량. 대체로 반쯤 정도면 적당하다."라고 한 이후로는 절대적인 법칙이고 철칙이었다. 어느 곳에 꽂히면 집착이 매우 강했다. 이 집착을 깨기란 여간 힘들지 않다. 한때는 이런 일도 있었다. 열아홉에 불의의 사고로 중환자가 되어 움직일 수 없다가 13년 동안 수련하여 대성한 박경식 구족 화가의 다큐멘터리가 아침 티브이 프로에 방송된 적이 있었다. 특히 그가 어항을 떠나 금붕어가 자유롭게 세상을 헤엄치는 모습을 그린 「꿈을 꾸다」는 신성함과 희망의 빛이 온전하게 담겨있었다. 그날 전일은 그 흐릿한 눈동자를 곧추세우고 영롱한 빛으로 텔레비전 속에 매몰되었다. 그리고 자기도 이제는 그림을 그려야겠다고 고집을 피웠다. 집에 있는 크레파스를 손에 쥐여 주었더니, 이게 아니고 물감을 가져오라 난리가 났다. 급히 서둘러 영수는 읍내 문방구에 전일을 태우고 가 아크릴 물감을 사 주었다. 세상 모든 것을 얻은 것처럼 전일은 신이 났다. 그리고 집에 도착하기가 무섭게 자기 방으로 들어가더니, 사 준 8절 도화지를 방바닥에 죽 펴놓고 팔레트에 물감을 짜 붓을 입에 물고 이리 그리고 저리 그리며 아주 아수라장으로 만들었다. 처음에는 그냥 제가 하고 싶은 대로 내버려 두었으나, 가면 갈수록 손을 잘 쓰지 않고 입으로 모든 것을 잡고 옮기려고 하자, 영수 내외는 전일에게 입으로 그리는 그림 말고 손으로 그림을 그리도록 오랫동안 교육을 했다. 고집을 피우는지라 심지어는 시내에 있는 장애아 심리치료센터 미술상담사까지 동원하여 겨우겨우 손으로 그림을 그리도록 만드는 데, 이 개월의 시간이 흘렀다.

   오늘도 아침에 달걀 프라이 잘 챙겨 먹고 양치한 후 등교는 잘했는지, 학교에서 싸우거나 맞지 않고 잘 지냈는지, 하교 후에는 바쁜 엄마에게 성가시게 하진 않는지, 혼자 집에 있을 때 울진 않는지, 늘 궁금하고 걱정이었다. 아내의 면회 때에는 순희도 순희지만, 아들 전일의 일거수일투족이 더 신경이 쓰이고 그리웠다. 영수의 아버지와 어머니는 손자 전일을 탐탁해하지 않을 뿐만 아니라 감당하지 못했다. 연로한 탓에 힘으로도 열세인 건 당연하고 그에 대한 사랑이 늘 곱지 않고 떨떠름했다. 시내에 나갈 때도 전일과 대동하거나 동행한 적은 한 번도 없었다. 있는 손자였지만 없는 손자처럼 대했다. 영수는 그런 부모님의 처신이 못내 못마땅했지만 어쩔 수 없었다. 아버지는 만약 전일이 장애가 없었더라면 매일 업고 다니면서 이곳저곳 자랑했을 만한 위인이었다. 어머니 또한 마찬가지다. 그러나 두 분은 전일이 커가면서 범상치 않음을 알고 점점 거리를 두고 멀리했다. 살갑지 않은 할아버지, 할머니를 전일이 모를 리 없었다. 전일도 점점 커가면서 할아버지와 할머니하고는 마음의 벽을 쌓아갔고 서로 눈길을 외면하였다.

 이런저런 생각에 아침부터 입이 깔깔해지자 영수는 아침 식사를 하러 식당에 가지 않았다. 영 내키지 않았다. 그랬더니 감방 동료들이 교도소 간식인 정량으로 나온 요플레 두 개를 자신의 머리맡에 놓았다. 아침 식사와 함께 나오는 정량은 한 사람당 하나씩 배분되는데, 아침을 거르는 영수의 모습이 신경 쓰였던지 동지애로 자신의 분량을 먹지 않고 가져왔다. 자리에서 일어나 허리를 굽혀 감사의 마음을 전했다. 아침 8시. 교대점검이 시작되었다. 이때부터 교도소의 정식적인 일과가 시작된다. 늘 똑같은 하루이지만 또 오늘은 어떤 하루가 이루어질지 자못 궁금하다. 다람쥐 쳇바퀴도 항상 똑같이 돌아가는 듯하지만, 때론 덜컹거릴 때도 있고 다람쥐도 아무 이유 없이 떨어질 수도 있고, 잘 돌던 쳇바퀴도 삐걱거리다가 설 수 있지 않은가? 영수는 입맛이 없이 시작한 하루이지만, 그래도 순희가 면회를 오는 날이니 기운을 차리고 설렘으로 새로운 하루를 갈망하며 몸을 일으킨다. 이제 점심 식사 시작 전까지 오전 직업훈련 시간이다. 이 시간 중에 면회 시간도 있긴 하다. 오늘은 집중 인성교육 시간이 예정되었다. 인문학이나 법 교육 또는 분노 조절 등 다양한 내용을 다루는데, 오늘은 도덕협회에서 나온 강사의 특강을 듣기로 되어있다. 특강의 내용을 집중적이고 깊이 있게 적용하고자 협회 강사 예닐곱 명이 왔고, 감방 서너 개를 합친 인원이 강의실에서 같이 교육을 받는 방식. 영수의 감방은 C조로 편성되어 세 개 감방이 합친 18명이 한 교실에서 인성교육을 받았다.

　강사는 이십 대의 젊은 청년. 저런 사람이 어떻게 사오십 살도 넘은 수용자도 있는데 감히 인성교육을 할 수 있으려나 했다. 도덕협회 인성 강사는 바짝 긴장된 얼굴과 몸짓이었다. 그는 아마 이곳에 처음 나온 사람 같았다. 교실 안에 열여덟 명의 수용자들은 앞에 두세 자리, 뒤에 열대여섯 자리를 잡았다. 강사에 대해 별반 신경을 쓰지 않고, 수용자끼리 농담 따먹기나 장난을 쳤다. 강사는 교단에 오르고 교탁 앞에 교안을 착실하게 둔 채 인사를 했다. 교도관은 혹 불의의 사고를 대비해 곤봉을 허리춤에 찌른 채, 교실 앞문을 닫고 복도 쪽에 의자를 놓은 후 교실의 분위기를 파악하며 항시 대기 상태였다. 청년 강사는 서두엔 바짝 긴장한 듯하더니 시간이 술술 풀리자 강의도 술술 풀어냈다. 무신경한 수용자들도 하나둘 젊은 놈이 뭔 얘기를 하려나 하는 표정으로 점점 빠져들었다. 세상은 살다 보면 항상 좋은 일만 있지는 않다. 사고도 있고 기분 나쁜 일도 많으며 슬프거나 억울한 일도 있는 게 당연지사이다. 그게 바로 인생이고 사람이 살아가는 자체다. 그런데 사람들은 보통 좋지 않은 일이 찾아올 때 낯빛이 바뀌고 오만상을 찡그린다. 마치 산성을 체크하는 리트머스 시험지처럼 곧바로 반응이 나타난다. 그렇지만 그걸 한 번 극복해 보란다. 힘들고 어려울 때 미친 놈처럼 더 활짝 웃고 신나게 지껄여보란다. 늙수그레한 수용자 하나는 저거 젊은 놈이 아무 생각 없이 막 지껄이는구나 했다. 그러나 젊은 강사는 그런 분위기에 아랑곳하지 않고 꿋꿋하게 의견을 설파했다. 인간이 행복해지려면 얼굴이 환해야 한다. 그냥 받아들일 것은 받아들이고 버릴 것은 과감히 버려라. 그러면 아무리 힘든 일도 웃음이 나오고, 아무리 슬픈 일도 담담해지면서 입가에 살짝 주름이 진다. 맹랑한 것. 다 아는 일반적인 사회 현상이나 인생살이 이야기지만 그래도 쉽고 간결하게 요약해서 얘기를 잘했다. 수용자 중 몇 사람은 고개를 끄덕이기도 하고 또 어떤 이는 고개를 설레설레 내젓기도 했다. 그러니 결국은 다들 반응은 있었다. 누가 그러지 않던가? 댓글로 비방하는 자도 사실은 팬이라고. 한 시간여를 들었을까. 갑자기 교실 앞문을 교도관이 열면서 "죄수 번호 204!". 영수를 호출했다. '아! 면회 시간이 되었구나.' 했다. 교도관은 영수를 불러내고 다시 젊은 도덕 강사의 인성 강의는 계속되었다. 복도를 따라 교실 끝을 벗어나자 강사의 목소리는 점점 잦아들었다. 한 주 만에 순희는 어떤 모습에, 어떤 이야기보따리를 메고 왔을까? 아프지 않고 무고하며 잘 있었는지, 전일은 아무 탈 없나, 부모님은 건강하신가. 매주 늘 묻는 것이지만 오늘은 어제 꿈 탓인지 더더욱 궁금해지자, 면회실로 향하는 발걸음이 빨라진다.

면회 시간 십분. 순희는 영수를 보자마자 하염없이 훌쩍이기만 했다. 그렇게 시간은 일이 분이 흘렀다. 순희는 더 이상 시간을 지체할 수 없음을 강단으로 다지며 남편 영수에게

"여보! 내가 천인공노할 죄를 지었어요. 글쎄 어머님을 죽이려고 했으니까요. 미안해요. 여보."

그러더니 울먹인 목소리로 사정 이야기를 서둘러 했다. 그리고 자신도 죗값을 곧 치르러 면회 끝난 후 곧바로 영도경찰서에 자수하러 갈 것이라는 말을 마지막으로 남겼을 때, 면회실의 면회 시간 종료 벨이 울렸다. 영수는 듣기만 했지 무슨 말을 하지 못하고 그냥 끝나 버린 면회였다.

한여름 피서를 기억에 남길 정도로 보내고 다시 복귀한 일터. 휴가철 한창때는 손님이 뜸하더니, 휴가철이 끝나자 예전처럼 헤어숍은 인산인해다. 순희는 그런 생각까지 들었다. 서울 사람들은 머리만 손대면서 사는가? 하기야 사람 인상의 팔십 퍼센트는 머릿발이라지 않던가. 자신이 자란 시골에서는 일 년에 한두 번 파마를 말거나 커트를 치기 위해 큰일 치르듯 들렀던 미장원이었다. 그것도 갔다 오면 아버지가 무슨 미장원을 그렇게 자주 다니냐고 지청구를 주기 일쑤였다. 그러면서 내뱉는 한마디가 어머니의 마음에 비수를 꽂았다. 호박에 줄 긋는다고 수박 안 된단다. 그런데 서울 여성들은 참 달랐다. 돈만 있으면 머리치장이요, 어제 다녀간 사람이 오늘 또 오는 일이 다반사였으니. 매일 웨이브 드라이를 하러 아침 문 열자마자 들르는 중년 커리어우먼도 서넛은 되었다. 그녀들은 한 달에 족히 사오십 만 원씩을 써주는 알짜배기 고객이었다.

일생에 있어 정말 찐한 여름휴가였다. 소천의 너른 갯벌과 모래사장, 얼비친 코발트 바다 빛깔. 밤하늘에 수놓은 별 무더기. 젊음을 이야기하며 청춘남녀가 웃고 울고 맘껏 술도 먹어보았던 그날들. 옥희와 미키는 자신과는 감회가 좀 다른 듯했다. 그냥 일상적인 일 한 번 치른 듯 무덤덤했다. 그러나 순희는 정말 하루하루, 한 시간 한 시간, 곳곳마다 가슴에 또렷하게 아로새겨졌다. 그리고 무엇보다 그 중심에 놓여있던 이영수. 유머 있고 선량한 눈빛을 지닌 푸근한 남자였다. 순수하고 깨끗해 보였다. 갑자기 그를 생각하니 크으 웃음이 나오다가도 머리를 절레절레 흔든다. 다 끝나고 잊어야 할 사람이다. 그날의 아름다운 장소와 장면만 고이 담아두고 그 남자는 싹 지우리라 했건만 그럴수록 더욱 또렷해지는 영수의 얼굴. 혹여나 잊을 사람에게 미련이 남을까 휴가 마지막 날 추억으로 모두 같이 찍었던 한 장의 사진마저 지우고, 그의 전화번호도 핸드폰에서 지우고, 혹여 걸려올지 몰라 '수신 거부'로 걸어놓았다. 그래야만 그를 잊고 생업에 전념할 수 있을 것이라. 앞으로 자신이 갈 길은 멀기만 했다. 아직 가위 한번 잡아보지 못한 수습생이다. 옥희와 미키 말로 이 세계에서 가위 잡으려면 족히 사오 년은 지나야 한다. 그러나 그때까지 기다릴 여유가 없었다. 하루라도 빨리 자격증을 따고 돈을 벌어야 했다. 옥천의 소백산맥 자락에서 화전 밭 일구시고 하늘만 빼꼼 보이는 산속의 가족들에게 도움을 주고, 자신도 안착한 삶을 누리고픈 맘이 굴뚝 같았다. 퇴근 후 야간에는 1년 자격증반을 열심히 다니는데, 만만치 않았다. 수십 명의 고객 뒤치다꺼리하고 저녁을 먹고 나면 다리는 퉁퉁 붓고 발바닥은 찢어질 듯 아렸으며 손엔 어깨부터 묵직한 것이 내려와 멈춰 있고, 허리는 끈으로 꼭 묶어 조이듯 쑤셨다. 게다가 고객마다 외모가 다르듯 머릿결, 모질 상태, 성격, 원하는 스타일이 제각각이라서 각각의 취향을 맞추느라 살살거리다 보면 녹초가 되는 것은 당연했다. 그러나 깔깔한 입속에 샌드위치나 햄버거 하나 먹고 저녁 미용학원에 가면 힘들지만 즐겁고 신났다. 하고 싶은 걸 하는 즐거움이란 게 이런 거구나 했다. 미용 수습생을 서울에선 헤어 인턴이라 했다. 미용사라는 말은 아예 없어지고 헤어디자이너라는 직업명이 확고해진 후 헤어숍의 용어들은 영어투성이다. 헤어 인턴은 그저 헤어디자이너의 서포터 역할만 하는 게 아니라 워크 파트너 겸 사제 관계였다. 따라서 상호 간 더 없이 중요한 관계임은 틀림없다. 그래도 순희는 선임 디자이너를 잘 만나 살갑게 알려주고 가끔 식사도 하면서 정을 돈독히 쌓아 관계 스트레스는 없었다. 두 블록 뒤 헤어숍에서 일하는 미키는 사수 디자이너와 호흡이 맞지 않아 벌써 세 번이나 숍을 옮겼고, 화려하고 싹싹한 옥희도 숍을 한 번 옮긴 것에 비하면 자신은 복 많은 인턴이었다.

　고객이 정말 많았던 하루였다. 너무 바쁜 나머지 화장실도 갈 시간조차 없었고, 점심도 주전부리로 먹은 초코파이와 콜라 한 잔이 전부였다. 한참 손이 달려 바쁘다 보니 핸드폰이 울리는 줄도 몰랐다. 예의상 늘 진동으로 해놓는데, 이날은 설상가상으로 핸드폰도 많이 울렸다. 저녁엔 보통 한가한 편인데, 이날따라 퇴근하며 들른 직장녀, 개학맞이로 머리를 손질하려는 여대생, 짧은 커트를 치러 온 청년들이 저녁 어스름한 즈음에 몰렸다. 밤 8시가 돼서야 좀 한숨을 쉴 만했다. 그때야 앞치마 주머니의 핸드폰을 확인했다. 못 보던 번호로 알지 못하는 전화가 서너 통, 스팸 전화 열 통이 와있었다. 최근 보이스피싱이 많아 어지간하면 사기를 미리 방지하고자 모르는 번호는 잘 안 받았다. 각종 여론 조사 전화도 숱했고, 카드 신규 가입이나 핸드폰 변경, 부동산 청약 안내 등 그런 전화려니 했다. 단, 걸려 오는 그런 전화는 한 번이면 다였고 많아야 두 번 정도였는데, 세 번씩이나 전화를 한 것이 미심쩍었지만 부랴부랴 정리하고 야간 미용학원 등원을 위해 무시했다. 오늘은 수많은 고객 때문에 지각이었다. 순희는 그것이 몇 시간 버스를 타고 올라와 자기를 찾아 헤매는 영수의 전화인지 꿈에도 생각지 못했다. 순희는 오늘 일을 마무리하고 원장에게 퇴근 인사 후 허겁지겁 학원을 향해 서둘렀다.

　한편 상경한 다음 날 영수는 퀭한 눈을 부스스 털며 자리를 일어났다. 밤늦게까지 걸었던 탓인지 종아리도 묵직했다. 꽤나 곤하게 잔 밤. 서울에 와본 지 이번까지 손가락으로 꼽을 만했다. 소천에 살면서 그다지 상경할 일은 없었다. 관광이나 대소사가 아니면 굳이 올 리가 없다. 올 때마다 느끼지만, 서울은 인상이 탁하고 분주하고 정신없고 휘황찬란하고 답답하고 주눅 들고 복잡함이었다. 상경도 기회가 자주 없지만, 숙박은 더 말할 것조차 없다. 과거 서너 번 숙박 후 느낌은, 아침 몸 컨디션이 어깨에 해머를 얹은 것처럼 무겁고 허리도 얇은 칼날이 스치며 둘레를 휘돌 듯 쑤셨다. 그러나 오늘 아침의 감회는 확실히 달랐다. 참으로 꿈도 꾸지 않고 숙면을 했다. 아울러 종아리가 묵직하긴 했지만, 온몸이 링거액을 맞은 듯 용솟음치고 활력이 넘쳤다. 사랑하는 사람을 찾는 희망 때문이리라 생각하며 빙그레 입꼬리를 올렸다. 샤워실에서 시원하게 물을 틀고 머리부터 발끝까지 티끌을 쓸어냈다. 아! 상쾌하다. 오랜만에 느끼는 감정이다. 물먹은 머리는 소금기에 절은 배춧잎처럼 파삭 숨이 죽었고, 그 밑으로 목덜미를 타고 내려오면 젖가슴 살이 나지막하며 약간 봉긋하게 솟았다. 오른쪽 왼쪽 향을 바꿔가며 힘을 가해본다. 울룩불룩하다. 흡족한 얼굴빛이 감돈다. 오른손과 왼손을 번갈아 가슴팍을 툭툭 친다. 다음은 명치 밑으로 거북 등 껍질 같은 복근이 어렴풋하게 보인다. 운동을 잠시 쬐가 나 멈칫했더니, 그새 근육이 많이 죽었다. 허벅지와 종아리는 그래도 단단하게 힘이 가해진다. 팔뚝도 니은 자로 구부려 알통을 부풀려본다. 울퉁불퉁 보기 좋다. 히죽 하고 거울 속에 나타난 체위에 만족해하며 비누 거품을 쓸어낸다. 샤워기로 구석구석 깔끔하게 위에서 아래로 훑는다. 조용히 눈을 감는다. 머리 꼭대기부터 얼굴, 목, 가슴, 사타구니, 허벅지, 종아리로 이어지는 물 내림. 피부 깃을 빳빳이 세운다. 머리가 점점 맑아진다. 오늘 일은 뭔가 잘 풀리리라. 눈을 뜨고 샤워실 봉에 걸린 수건을 들어 촘촘하게 닦아낸다. 샤워실을 나와 침실에 놓인 드라이기로 머리와 몸을 말린다. 개운했다. 시원하고 깨끗했다. 아랫도리부터 천천히 옷을 갖춰 입고 마지막으로 거울을 보며 옷맵시를 최종 점검한다. 거울 자락에 놓인 스킨로션을 양손에 부은 후 탁탁 치며 얼굴과 손 주위에 발랐다. 그리고 키를 들고 사랑하는 순희 씨를 찾으러 방을 나섰다.

영수의 옥바라지는 만만치 않았다. 처음 한두 달은 이삼일이 멀다 하고 면회하러 갔지만, 생계가 점점 쪼들리면서 형편이 어려워졌다. 그토록 빈자리의 무게가 엄중함을 어깨에 짊어진 순희는 하루가 여삼추라더니, 고통스러운 나날들이었다. 게다가 제 아빠가 없는 것을 용케 눈치챈 전일도 옆에서 보살피기가 영 버거웠다. 시부모님들이 그나마 도와주시긴 하나 억지로 보살피며 살갑지 않게 대하는 그분들을 전일이 싫어하고 곁에 가기를 꺼렸다. 오히려 주에 한 번 돌봐주는 남편 친구 철우를 더 믿고 따랐다. 철우는 자기 집 개업식에서 사달이 나 영수의 가정이 풍비박산된 게 자기 잘못인 양 가끔 들러 형편도 살피고 전일이 좋아하는 치킨도 사 왔다. 결국 시부모님에게 생활비를 구걸하기가 눈치가 보인 순희는 전일을 낳은 후 놓았던 가위를 다시 잡았다. 영도 시내 번화가에서 잘 나가는 헤어숍 원장을 몇 다리 건너 소개받아 시간제로 취업을 했다. 오전 10시부터 오후 4시까지. 여섯 시간 고객들 시중들고 머리를 만지다 귀가하면 온몸이 쑤시고 저렸다. 젊은 때와 한없이 다른 몸 상태였다. 어깨와 허리가 찢어질 듯 쑤시고 아렸다. 그러나 시부모를 모시는 처지에서 티를 전혀 내지 못했다. 자연히 몸이 눅눅하니 집안일도 굼뜨고 느렸다. 시어머니는 미운 눈이 박힌 순희를 홀대만 했다. 애초 결혼할 때부터 썩 마음에 들지 않았지만, 뭐 자기들이 좋다니까 큰 반대 없이 성혼시켰다.

그러나 결혼 후 출산한 전일은 정상적인 아이가 아니었고, 하나 더 낳으라는 말에 전일이 어쩌면 소홀해질까 반대하면서 시부모와 사이가 더 벌어졌다. 게다가 그 귀한 아들이 며느리 잘못 들여 교도소까지 갔다고 여겼으니, 고운 털이 박힐 턱이 없었다. 시어머니는 사람 하나 잘못 들이면 집안 망하는 거 순식간이란 생각만 들었다. 아들 잡아먹을 며느리. 그래도 순희는 여자 팔자 뒤웅박 팔자라고 자신은 영수 하나만 믿고 꿋꿋하게 참으며 시부모를 봉양했다. 그러나 남편이 없는 집 안에서 시어머니의 시집살이는 갈수록 도를 넘었다. 시부모가 기거하는 방 청소는 물론이고 일 나갔다가 온 것을 뻔히 알면서도 이불 빨래며 집 앞에 있는 한 마지기 텃밭 관리까지 요구했다. 남편 있을 때는 손수 하던 걸 며느리에게 다 떠넘기고 그사이에 난 여유를 전일을 보살피는 데 쓰긴커녕 휑하니 마실간다며 나가버렸다. 주책없이 떨어지는 눈물로 하루하루를 흘려보냈다. 남편 없어서 원통했고 시부모 구박과 눈치가 서러웠다. 그사이 덩그러니 무관심 상태에 놓인 전일의 몰골이 애처롭고 이러한 자신의 팔자가 불쌍했다. 오늘도 퇴근 후 쇳덩이처럼 무거운 몸뚱이를 추스르고 부엌에서 쌀을 조리질하며 일고 있는데, 하염없이 눈물이 떨어졌다. 그토록 울고 울면 눈물샘이 마를 만도 하겠지만 이놈의 눈물샘은 마르지 않는 화수분이요, 끊이지 않는 옹달샘이었다. 눈물이 이는 쌀 뒤웅박에 몇 방울이 살짝 떨어지고, 곧이어 쌀뜨물에 흡수된다. 끊임없이 떨어지는 눈물에 신세가 처량하니 더더욱 눈물이 샘솟았다. 전일은 방에서 "엄마! 밥 빨리 줘." 고래고래 소리를 지르고 난리다. 아마 방에 들어가면 옷이고 책이고 이불이고 모두 풀어헤쳐 놓고 입에서 침을 질질 흘리면서 큰 눈망울을 굴리고 있을 게 뻔했다. 이럴 때 제 아빠만 있어도 해해거리며 기분 좋게 저녁을 기다릴 텐데 하는 아쉬움이 또 든다. 남편이 갑자기 괘씸

키도 하다. 이렇게 어려운 가족을 두고 조금만 참으면 될 것을 꼭 칼부림을 내서 이 꼬락서니가 되었으니, 그 불같은 성격으로 무책임하게 가족을 방조한 가장이다. 그리 생각하니 눈물이 또 난다. 이제 쌀을 밥솥에 앉히고 텃밭으로 푸성귀라도 뜯으러 간다. 푸성귀의 푸릇푸릇함이 햇살을 받아 싱그럽게 잘 자랐다. 해 질 무렵의 어스름에 텃밭 반가량에 키워둔 시금치를 몇 손 뽑는다. 남편은 시금치를 무척 좋아했다. 어릴 적 뽀빠이 만화영화를 그렇게나 좋아했는데, 그 이후로 시금치가 만병통치약이고 힘의 원천이며 인삼 못지않은 거로 여기고 나물 하면 무조건 시금치를 최고로 쳤다고 했다. 특히 소천의 시금치는 바닷바람 탓인지 튼실하고 단맛과 짠맛을 겸비해 일품이라 일명 보물초로 불렀다. 순희도 결혼 이후 먹어본 소천의 시금치는 든든한 에너지원이었고, 시부모도 아들을 위해 텃밭의 과반을 시금치를 심고 그 나머지는 배추와 열무, 파, 들깨, 콩을 심어 놓았다.

헐레벌떡 찬을 준비하고 밥솥에서 칙 하는 김이 솟을 때 시부모는 귀가했다. 귀가하자마자, "밥 아직 멀었어야?"부터 묻는다. 다 되어간다는 대답을 했지만, 내심 서운한 마음에서인지 목소리가 기어들어 간다. 이런 순희에게 시어머니는 틈을 주지 않고 한마디 쏘아댄다. 아직 밥도 안 해놓고 뭐 했냐는 지청구. 겨우 눈물샘이 마르려는 찰나인데 눈가에 다시 한번 눈물이 맺힌다. 참 무정한 분. 아들이 같이 있을 때는 저렇게까지 하지 않던 분이 완전 딴사람이 되어 버렸다. 조금만 잘못했거나 행실이 굼뜨면 싫은 소리는 물론이고 아들 잡아먹은 며느리라고 몇 번을 내뱉었다. 처음에는 그 말도 조심스럽게 하더니, 이제는 아주 입에 착 붙은 탓인지 대놓고 쩌렁쩌렁한 목소리로 당당하고 크게 떠버렸다. 그래도 자신을 그리 대하는 건 참을 만했다. 힘든 것은 불편한 전일에게 지청구를 할 때다. 시아버지는 아무 말이 없었지만, 시어머니의 언행을 그냥 방조하는 협조자일 뿐이었다. 밥 먹다가 쌀알이나 찬을 자주 흘렸는데, 그때마다 고래고래 고함을 지르며 타박을 했고, 기죽은 상태로 눈치만 보는 전일을 보며, 왜 아무 대꾸가 없냐며 또 언성을 높였다. 점점 그런 일이 잦아지자 시부모와 겸상하지 않았고, 밥상을 두 번 차려야 하는 번거로움을 치러야 했다. 그래도 전일이 편하면 그 수고를 감내할 수 있었다. 육신이 부서지는 한이 있어도 내 새끼 눈치를 보며 살게 하고 싶지 않아서. 시부모의 아량이 늘 아쉬웠다. 자기 자식이 힘들면 그 배우자인 며느리도 그 고통 못지않음을 인정하지 못하는 두 어르신의 처사가 못내 서운했다. 이제 두어 달도 지나지 않았는데 이러니, 아직도 이십여 개월이나 남은 현재, 미래가 두렵고 깜깜했다. 영수가 오늘은 무척 그리웠다. 그의 넉넉한 가슴이 그리웠고, 인자한 웃음 꼬리가 보고 싶었다. 아들 전일과 방 안에서 뒹구는 모습이 그리웠다. "순희야! 많이 힘들쟈? 쫌만 참어야. 이제 거의 다 돼 부렀어. 명년 봄에는 나도 독립혀서 한 번 나서볼랑께 그때꺼정 쫌만 거시기혀쟈. 알긋지?" 하던 잠자리에서의 속삭임이 그리웠다. 남편, 자기, 전일. 세 사람은 참으로 오붓하고 정다웠다. 늘 순희에게 엄한 소리나 역정 한 번 제대로 낸 적 없는 사람이었다. 늘 믿어주고 배려하고 안아준 남편이었다. 전일에게는 늘 산타클로스 같은 사람이었다. 순희는 그와 함께했던 시간이 꿈만 같았다. 앞으로 이십 개월 후에 다시 돌아오겠지만, 그때까지 참을 수 없을 정도로 몸과 마음이 피폐해졌다. 지금 당장이라도 전일과 감방 안으로 들어가고 싶었다. 감방이라도 좋았다. 남편 영수만 곁에 있다면. 요즘 순희도 밥벌이한답시고 오랫동안 가위질을 하면서 새롭게 삶을 꾸려나가려고 다짐을 했지만, 영수의 부재, 시부모의 홀대, 전일에게 쏟지 못하는 관심. 이 모든 것이 버겁고 힘들었다. 요즘 들어 키가 부쩍 크면서 밥 양이 많아진 전일에게 "밥 너무 먹으면 짜구난다, 머리 둔해진다, 돼지 된다."라며 눈칫밥을 주었고, 정지에 있는 쌀통에 쥐새끼가 들었는지, 팍팍 쌀량이 준다고 할 때면, 순희는 먹는 것까지 이제 타박하는 심내가 미덥지 않았다. 시어머니는 아주 이번 계제에 모자를 쫓아낼 작정으로 매몰차게 갈구었다. 행동이 굼뜨고 자식 하나 있는 건 부족한 아이이고, 이번에 내쫓고 아들이 새장가 들면 손이 좀 야무지고 당찬 새아기가 들어와 건강한 떡두꺼비 하나 낳으면 새롭게 집안이 활짝 피리라고 시어머니는 기대하는 눈치였다.

이덕구. 나이는 내일모레면 고희. 장돌뱅이로 한반도 전역을 돌아다니던 방물장수였다. 초등학교만 졸업하고 겨우 언문을 깨치니 장사하면서 네 입에 풀질하라고 아버지가 객지로 내몰았다. 열셋부터 객지 삶을 시작해 전국 방방곡곡 다녀보지 않은 곳이 없었다. 생필품 중 값나가며 가벼운 것, 이를테면 여자 액세서리, 귀금속 등을 비롯해 화장품, 세제나 응급약품, 각종 연장 등을 갖고 다니며 팔았다. 떠돌면서 각지의 특산물의 싸게 매입해 시골 구석까지 찾아다녔다. 서울의 공산품, 부산의 미역과 다시마, 대구의 사과, 성환의 배, 이천의 쌀, 고성의 황태, 제천의 약초, 보은의 대추, 서산의 마늘, 광천의 김, 보성의 녹차, 담양의 죽제품, 완도의 건전복, 진주의 실크, 안동의 소주, 한산의 모시, 통영의 멸치, 거제의 유자 등속. 각양각색 없는 거 빼고 다 있는 종합 백화점이랄까. 구해달라고 부탁을 받으면 그 또한 해결까지. 처음에는 걸어서 다녔지만, 돈을 좀 벌면서 자전거로, 오토바이로 옮겨 타고 다녔다. 팔고 다니던 중 남해 소천 해변에서 미역과 다시마를 따는 한 살 위 김막달에게 찍혀 결혼하고 그냥 소천면에 주저앉았다. 김막달은 삼대째 대대로 뿌리를 내려 사는 토박이 여인으로, 억척스럽고 사려가 깊으며 눈이 높아 도통 그 동네 남정네들에게는 눈길 한 번 주지 않다가 장돌뱅이 이덕구가 눈에 들어오자 단번에 유혹해서 아들 둘 낳고 소천에 눌러앉게 한 장본인이다. 첫

째가 영수이고, 둘째가 두 살 터울인 길수이다. 영수 놈은 애초부터 잘 웃고 심성이 고와 늘 부모의 기대와 사랑을 듬뿍 받으며 컸고, 밑동생 길수는 누구를 닮았는지, 매사 사고뭉치였다. 초등학교 때부터 동네 전답을 뭉개 버리고 다니지를 않나, 중학교 때는 가장 먼저 담배를 배우고 패싸움을 익혀 수시로 쌈박질해 교문이 닳도록 들락날락하면서 선생님을 찾아뵈었다. 고등학교는 억지로 실업고를 보냈더니, 한 달이나 다녔을까. 제 맘대로 자퇴서를 내고 어디론지 사라져 버렸다. 평생 찾지 말라는 편지만 대청마루 한가운데 남겨두고. 영수 부모들도 이제 집 나간 지 이십 년이 넘으니 찾을 생각도 없고 얼굴마저 잊어버렸다. 그냥 그 인상만 가슴에 담아두고 늘 체 끼 있는 명치처럼 마음 응어리만 남아있다.

따라서 영수는 이덕구 내외의 외아들과 진배없고 늘그막에 기댈 언덕이었다. 기특하게 영수는 부모의 뜻을 거스르지 않고 함께 살면서 성실하게 자라왔다. 동생 몫까지 알뜰하게 역할을 해주어 늘 미안하고 고마운 마음뿐이었다. 그런데 유일한 의지처인 영수가 덜컥 교도소로 들어가니, 이들 부부는 곤혹스럽고 난감하기 이를 데 없었다. 게다가 지적 장애를 지닌 손주까지 건사하며 지내는 며느리가 애처롭고 안타까웠다. 며느리는 애초 크게 탐탁하지 않게 집안에 들였다. 그러나 한 해, 두 해 살을 부대끼며 살다 보니, 아이가 생활력도 강하고 무엇보다 시부모와 지아비를 섬기는 마음이 고왔다. 그런 불쌍한 마음에서 며느리를 어찌하면 조금이나마 덜 힘들게 할 수 있을까 부부는 고심했다. 며칠간 고민하고 고민하다가 내린 결론. 며느리를 내보내 시부모 모시는 것이라도 털어낼 수 있게 해야겠다고 결심했다. 순희는 내쫓으면 성정으로 미루어 결코 순순히 나갈 며늘아기가 아니었다. 모질고 독하게 정이 뚝 떨어지도록 매몰차게 굴어야 지쳐서 나간다면 몰라도. 그래서 김막달은 묘책을 짜고 남편 이덕구에게,

"영감, 나가 메늘애기 사는 기 하 안스러버서 억지로 모질게끔 헐팅께 당신은 굿이나 보고 떡이나 드슈. 냅두면 내 다 알아서 헐팅게로."

덕구는 고개를 아래위로 흔들며 맘대로 하라고 무언의 승낙을 했다.

이런 전후 내막을 알 리 없는 순희는 집 나갈 생각은 전혀 하지 않았다. 시어머니의 구박 중 "아들 잡아먹는 예편네니 이 집에서 싸게싸게 나가 번지라"고 고성을 질렀지만, 남편과 약속한 바도 있고, 나가서 살 엄두도 나지 않아 절대로 나가지 않고 견디기로 마음을 굳혔다. 그렇지 않아도 시어미에게 호되게 시달린 어느 날, 그러니까 얼마 전, 남편 면회 때 용기를 내 분가를 조심스레 얘기했었다. 그랬더니, 영수는 절대 그건 아니고 어떻게든 이십 개월만 참아달라고 신신당부를 했다. 영수의 생각엔 모자가 분가해 나가 살면 시부모에게 시달림은 없겠지만, 주위 남성들의 손을 타기 십상이고 불편한 전일도 적응하기가 녹록지 않으리라 판단해서이다. 또 자칫 자신과의 관계가 소원해지면서 딴맘을 먹을 수도 있음도 절대 간과할 수 없었다. 절대 자기는 아니라고 하지만, 흐르는 고독의 시절을 누가 다독일 때 혹하는 인간의 마음은 어쩌면 인지상정이지 않던가.

막달은 고달픈 시집살이를 며느리에게 그토록 호되게 시켜도 나갈 생각이 없어 보이자, 괴롭힘의 강도를 높일 수밖에 없었다. 내심 안타깝고 불쌍하지만, 어차피 시작된 일이요, 엎어진 물. 사소한 일부터

투정을 부리거나 짜증을 내고, 엄한 일이나 억지를 쓰면서 며느리를 고달프게 했다. 그러나 순희는 쇠는 달굴수록 더 강해지고 단단해지듯, 굴하지 않고 꿋꿋하게 이겨냈다. 순희는 하루가 한 달, 아니 일 년 같은 세월이었지만, 지적 장애가 있는 아들 전일과 교도소에 있는 남편만을 생각하며 이를 악물고 버텼다. 그러나 하루하루 지날수록 몸은 지쳤고, 마음보가 실금이 조금씩 가며 허물어짐을 어쩌지 못했다. 게다가 제 아빠가 없는 걸 용케 안 전일은 더 손이 가고 신경질적으로 변했다. 전에 없었던 괴성을 온종일 고래고래 내질렀고, 잘 가리던 대소변도 가리지 않았으며 모든 게 제 맘대로 막무가내였다. 어깃장을 놓고 달래도 보고 회유를 해도 오로지 '아빠, 아빠'만 찾으며 소리를 질렀다. 이러한 손자를 못내 못마땅했던 시어머니는 전일에게 지청구와 꾸중을 일삼았고, 점점 전일의 상태는 하루가 다르게 악화하였다. 결국 제 아빠를 너무나 그리워하는 아들 전일을 위해 할 수 없이 순희는 희망교도소 면회를 동행하기로 했다. 남편 영수는 절대 죄수복을 보이고 싶지 않으니 애는 데려오지 말라 했지만, 그러면서 서로 그리워하는 부자지간의 정을 눈 뜨고 볼 수 없어 그리 결정하고 실행했다. 그러나 면회를 다녀오고 전일의 상태는 오히려 더 심해졌다. 제 아빠만 더 찾고 더 소리를 지르고 온몸을 휘돌리며 난폭해졌다. 이를 곁에서 지켜보는 시부모들은 혀만 끌끌 찰 뿐, 도와주지 않고 방관만 하며 전일의 상태가 더 악화하는 데 일조할 뿐이었다.

그러던 어느 날, 10월도 막바지에 들어서며 아침 점심 기온 차가 십오 도까지 나면서 과실들은 무르익고 초목의 잎은 하나둘 갈색과 홍색을 띠며, 산짐승들도 겨울잠을 위해 위가 터지도록 음식물을 집어넣는 그즈음. 전일이 학교에서 진로 체험학습을 마치고 하교한 초저녁 무렵이었다. 전일은 학교 체험학습장에서 받은 플라워아트 소품 중 잘 마른 꽃가지를 머리에 꽂고 귀가하면서부터 사달이 났다. 전일에게 하는 지청구가 점점 심해진 시어머니 막달은 이제야 쐐기를 박아야겠다고 다짐했는지, 꽃을 꽂고 온 전일을 보며 손자와 며느리에게 치욕스러운 말을 서슴없이 내뱉었다.

"아따 양. 지애비는 차갑고 딱딱한 골방에서 개고생을 허는디, 그 자식놈은 꽃이나 머리에 꽂고 아주 걸뱅이 미친 짓거리를 허고 댕기면서 난리나부러야. 지 애비 잡아먹은 예팬네는 그걸 냅두고 기냥 쳐다보고만 있응께 집안 꼬락서니가 참 미칠 일이지 뭇이당가? 재수 없으니 후딱 썩 꺼져 번져라. 아주 멀찌감치."

매몰차게 막말을 내뱉은 막달은 휑하니 순희의 가슴 언저리에 큰 생채기로 남기고 안방으로 들며 문을 꽝 닫아버렸다. 마당에서 전일을 두 발짝 앞세웠던 순희는 울화가 치밀었다. 뒷머리마저 꼭두가 섰다. 내 오늘은 그냥 넘어가지 않으리라 결심했다. 육체적 고통이야 무슨 일을 시켜도 아랑곳하지 않고 싫은 소리 한마디 안 내며 잘 이겨냈다. 그러나 심적 고통은 참으로 그 여운이 오랫동안 남을 뿐만 아니라 두고두고 상처로 남았다. 그동안 참을 만큼 참았다. 무엇보다 유일한 손자인 전일에게 '걸뱅이 미친 짓'이라는 말은 크나큰 상처였다. 지적 장애가 있는 사람 간에 금기어가 몇 있다. 그중 대표적인 말이 '미친 짓, 미친놈'이다. 순희는 전일을 사랑방에 잘 들어가도록 안내하고, 분을 이기지 못한 채 신발을 신은 채로 시어머니가 들어간 안방을 들어섰다. 혼자 옷을 갈아입고 이부자리를 펴 잠시 드러누워 있던 막달은 며느리의 돌발 행동에 토끼 눈이 된다. 순희는 다짜고짜

"저를 모욕하는 건 그래도 참을 수 있지만, 어머니의 유일한 손자인 전일을 뭐라 하시는 건 진짜로 못 참아요. 그렇지 않아도 제 아빠 없어 홀로 힘들게 살아가는 전일에게 걸뱅이 미친 짓이라뇨? 머리에 꽃 꽂은 게 뭐 그리 대단한 죄라고…. 이쁘기만 한데 뭐가 문제란 말인가요?"

 막달도 결코 대거리를 지지 않는다. 그러면서 속으로 오늘 이거 잘하면 아주 사달이 나고 집 나가겠다고 생각하며 쇠뿔도 단김에 빼랬다고 가슴에 대못까지 박을 심산이다.

 "이잉, 아조 니까지 쌍으루 미쳐버렸구마잉. 쌍으루. 그려. 난 눈뜨고 지발 볼 수가 읎응께 썩 꺼져 번져라. 아조 눈에서 멀찌감치. 그리구 나는 니만 보면 욕이 가슴팍을 치고 올라와야. 지 남편 잡아먹은 년이 먼 말대꾸가 많다고 개지랄이냐?"

 순희는 악이 더 받친다. 지 남편 잡아먹은 년? 개지랄? 이건 갈 데까지 간 말 아닌가? 더는 눈앞에 있는 여자는 이제 시어머니가 아니다. 이건 미친 또라이 할망구일 뿐이다. 그래 그러면 오늘 아주 미친개한테 물려봐라. 살기가 느껴진 눈알은 방 주위를 두리번거린다. 석자 장롱 앞에 베개 하나가 덩그러니 놓여있다. 순희는 잽싸게 그 베개를 주워 들었다. 그리고 미친 똘아이 할망구를 향했다.

 "이 년이 시방 사람 치겠네. 그려. 쳐봐라이잉. 쳐봐. 동네 사람들 여기 좀 보소. 아조 미친 메누리가 시애밀 쥑일라 허니."

 막달의 대거리가 더 길어지기 전에 순희는 베개로 막달의 머리를 세게 한 번 친다. 이내 막달은 베개를 맞고 풀썩 주저앉는다. 순희는 여기서 멈추지 않고 쓰러진 막달의 가슴팍을 올라탔다. 그리고 천장을 향해 누워있는 막달의 머리에다 베개를 사정없이 휘갈긴 후 얼굴에 덮어놓고 눌러버린다. 아무 생각이 없었다. 그냥 이 미친 똘아이 할망구를 없애버리란 집념뿐이었다. 몸서리를 치면서 반항을 하던 막달은 잠시 후 힘이 달리는지 서서히 움직임이 둔해진다. 숨이 조여오는 막달은 이거 이러다가 죽는다는 생각마저 든다. 점점 숨이 막히고 가슴이 답답해진다. 그러면서 막달은 생각한다. 이거 며느리에게 진짜로 죽는구나. 집안 꼴이 이게 무슨 망신살인가. 아이고야. 이를 어쩌나. 이를.

이때 갑자기 안방 문이 열린다. 밭에서 푸성귀를 정리하고 들어온 시아버지 덕구. 순희가 자기 마누라를 억눌러 막 숨이 넘어갈 순간임을 본 덕구는 얼른 양손으로 순희를 휘감아서 잡아 돌린다. 순희는 시아버지의 매몰찬 휘돌림에 '쿵' 하고 방구석으로 몸이 내몰린다. 그리고 덕구는 바로 순희의 뺨따귀를 한 대 올려붙인다. 그리고 막달은 쳐다본다. 막달은 이제야 숨을 쉬겠다는 낯빛으로 콜록콜록 기침한다. 그리곤 이내

"저 살인자년 잡으요. 저 살인자년. 영감! 영수 아빠. 저년 저거 미친년인갑소. 날 숨맥혀 죽일라 혔소. 저 살인자년 싸게 잡으소. 싸게, 싸게."

하며 소리를 내지른다. 시아버지의 따귀에 잠시 정신을 잃었다가 곧 차린 순희는 눈 앞에 펼쳐진 광경을 보고, 닭의 똥 같은 눈물을 뚝뚝

떨어뜨렸다. 되돌릴 수 없는 일이요, 깨져버린 달걀이었다. 그냥 하염없이 눈물만 쏟아졌다. 시아버지 덕구는 고개 숙이고 무릎을 꿇은 채 흐느끼는 며느리 앞에서 아무 말 없이 쳐다볼 뿐이었다.

"아버님, 글쎄, 어머님이 우리 전일이를, 전일이를…. 더 이상 못 살겠어서 그랬어요. 그냥 저를 죽여주세요. 남편 잡아먹은 년이 더 살 생각도 없구요. 저도 지쳤나 봐요. 사는 게 싫어요. … 그냥 전일이만 불쌍할 뿐이죠. 흐흐흑."

덕구는 시어머니를 죽이려고까지 했던 순희의 행실이 밉긴 했으나 오죽했으면 그랬을까. 안쓰러웠다. 마누라 막달의 말만 듣고 내버려둔 자신이 못내 바보스러웠다. 집안의 어른이라는 놈이 집안 단속을 하지 못하고 아녀자들이 멱살잡이를 넘어 사생결단의 싸움까지 일어났으니 집안 꼴이 가관이었다.

"제가 지은 죄는 달게 받겠습니다. 죄송합니다. 아버님. 우리 전일이만 잘…"

그러더니 순희를 옷맵시를 잘 정돈하고 안방을 나갔다. 나가는 등어리에 대고 막달은,

"저 미친년. 잘 가라. 다시는 지발 돌아오지 말고. 나가서 뒈져 번져라. 에잇 징헌 년."

하고 욕을 퍼부었다. 순희는 대문을 나서기 전 전일을 마지막으로 보

고, "엄마, 잠깐 나갔다 올게. 잘 있어." 했더니, 전일은 히죽히죽 웃으면서 "응, 엄마." 하고 만다. 손으로 보이지 않게 얼른 눈물을 훔치고 사랑방을 조용히 나섰다. 그리고 대문을 나서며 허리를 굽혀 안방 쪽으로 고개를 숙이고, 발걸음을 시내 쪽으로 옮겼다.

소천면에서 시오 리를 걸었다. 눈물이 끊임없이 흘렀다. 앞으로 내 인생은 어떻게 되는가? 우리 가정의 미래는? 전일은? 어느새 거뭇거뭇 사위는 어둠이 내려앉고 적막했다. 신작로에 가끔 지나가는 자동차는 먼지를 흩날리며 내뺄 뿐이었다. 이제 나는 어찌하나, 당장 오늘은 어찌해야 하나. 이런저런 상상에 공상에 별스러운 생각까지 총동원했다. 잠깐 마음을 가다듬고자 길가 느티나무 아래 너럭바위에 앉았다. 늘 지나다니며 본 느티나무. 한 백 년 이상의 수령을 먹은 듬직한 위용이다. 느티나무 가지 끝에 달린 잎들이 지나가는 바람에 살랑살랑 흔들린다. 그리고 서서히 결심을 내렸다. 이렇게 집을 나가버리는 게 도피고 새끼를 낳은 어미의 행실로는 적당하지 못하며, 자신을 그토록 사랑하는 남편 영수에게도 한없는 죄를 지은 것 같고. 지금, 이 순간에도 무척 영수가 보고 싶었다. 먼저 내일 아침 희망교도소에 있는 남편 영수를 찾아뵙고 이실직고 얘기를 하자. 그리고 영도경찰서에 가서 자수하고 죗값을 달게 받자. 교도소로 가게 되면 꼭 남편, 영수 씨가 있는 교도소로 보내달라고 하자. 그렇게 결심하니 한결 가벼워지며 걸음걸이도 힘이 돋았다. 순희는 이제 영도 읍내로 힘주어 발걸음을 옮겼다. 동쪽에서 떠오른 달빛은 순희의 어깨를 비스듬하게 비추고 있었다.

문정동은 정말 넓었다. 순희를 찾아 나선 영수는 처음의 그 열정이 슬슬 사그라듦을 스스로도 느꼈다. 그녀가 정말 문정동에 있긴 한 걸까. 해수욕장 하룻밤의 이야기만 철석같이 믿고 돌아다니는 이것이 과연 잘하는 짓인가? 회의감이 몰려오며 어제오늘의 피로도 누적된다. 문정동의 아침은 분주하기 이를 데 없었다. 매캐하고 텁텁한 매연과 어지럽게 흩날리는 미세먼지 알갱이가 코로 훅 들어온다. 어제저녁 코를 풀 때 시커멓고 찐득한 코딱지가 한껏 나왔는데, 오늘도 매일반이겠구나. 사람들은 아침부터 무에 그리 바쁜지 출근길에 발을 종종거리며 서둘렀다. 그들을 무심히 쳐다보는 영수는 참 다른 세상이구나 했다. 물론 소천면의 아침도 바쁘기는 했다. 샛별을 보고 나온 어부는 어구를 챙기고 어선의 여기저기를 점검한 후 디젤 엔진에 시동을 켜며 고동을 울리는 아침. 중늙은이 이상 되는 어부 몇이 생계를 치르고 물때를 놓치지 않기 위한 몸부림으로 시작하는 활기가 소천면의 아침 전경이다. 반면, 서울 사람들의 발소리는 중구난방으로 왁자지껄한 조급함과 생동감이 있었다. 저벅거리는 발소리에 중압감은 있으나 활기차게 하루를 시작하는 팡파르가 그 속엔 있었다. 눈을 들어 영수는 줄지어 늘어선 간판들을 훑는다. ○○헤어숍, ○○헤어디자이너, ○○헤어, ○○뷰티살롱, ○○뷰티팔러. 소천면에서는 ○○미장원이라 하면 그만인데, 이곳엔 미장원 간판을 한 곳도 찾지 못한다. 온통 영어로 도배된 세상이다. 서울 사람들은 "삼시랑 때부팀 영어쪼가리를 입서리에 달고 댕기나부다." 했다.

　오늘은 어제 마지막으로 돈 곳을 시작으로 남으로 내려가는 상갓길을 따라 찾아 나설 참이다. 그리고 밑져야 본전으로 이른 아침이지만 순희에게 연락을 취했다. 이른 아침인데도 신호음이 한두 번 나더니, 바로 '자금 메시지를 받을 수 없다.'라는 문자가 들어왔다. 아! 이건 뭐가 잘못된 것 같다. 이른 아침부터 이런 문자가 온다는 것은 전화에 문제가 있던지, 아니면 수신 거부를 했기 때문이 아닐까? 일찍이지만 소천의 철우에게 전화를 넣었다. 아침 장사를 위해 막 새벽 시장으로 가는 중이란다. 미안하지만 부탁 하나를 해본다. 순희의 전화번호를 알려줄 테니, 전화를 받는지 확인해 보고 전화를 받거든 자기에게 알려달라고 한다. 그 이유를 철우가 물었지만, 무슨 사정이 있어 그러니 일단 그것 좀 연락해 보고 전화를 즉시 달라고 부탁을 했다. 아울러 그 사정은 나중에 소상히 말하겠다고 전했다.

　시계를 보니, 아침 9시. 너무 이른 즈음인지 문을 연 헤어숍은 없다. 상가 근처에 조그마한 공원이 있어, 그곳 벤치에 잠깐 쉴 요량으로 걸음을 옮겼다. 쉬는 동안 철우의 전화를 기다렸다. 공원 화단에는 구절초 무리와 소국 몇 송이가 줄을 지어 소담스럽게 심어있고, 이제 가을을 맞이하며 꽃망울을 치켜올리는 참이다. 한쪽 구석에는 시들어가는 빨간 칸나 꽃잎이 고개를 푹 숙이고 있다. 국화를 보니, 소싯적 아버지의 두통 때문에 어머니가 국화주를 담았던 옛적 일이 떠오른다. 국화와 생지황, 구기자 뿌리를 닷 근씩 함께 찧어서 한 섬의 물에 넣고 닷 말이 될 때까지 끓여서 즙을 만든다. 그다음 찹쌀 닷 말로 밥을 지어 누룩가루와 아까의 즙을 함께 섞어서 항아리에 담고 뚜껑을 잘 봉해 달포가 지나면 먹었었다. 이 국화주를 아버지는 약처럼 하루 세 번 한 잔씩 미지근하게 데워 드셨다. 아버지는 그 덕인지 정성 탓인지 서서히 두통이 사라지고 덕분에 알코올에 맛을 들여 두통이 나은 후에는 소주도 제법 드시는 그런 위인이 되셨다. 어릴 때 그 곁에서 한 모금씩 얻어먹은 영수도 그 덕인지 술량이 제법 늘기는 했었다. 괜스레 겸연쩍은 미소가 번지면서 입안에 침이 고인다. 오늘도 혹 순희를 찾지 못한다면 저녁에 숙소에서 시중의 국화주라도 한 병 사서 먹고 자야겠다고 다짐한다.

"띠리리 띠리리릭."

철우의 전화다. 신호는 가는데, 아직 일어나지 않았는지 전화를 받지 않는다고 한다. 전화를 받을 수 없다는 문자 메시지가 오진 않았다고 했다. 그러면 십중팔구 자신의 전화를 수신 거부한 게 틀림없었다. 철우에겐 정오쯤 다시 한번 걸어보고 받으면 즉시 끊되 수신 여부를 알려달라고 일러두고 전화를 끊었다. 수신 거부라…. 왜 그랬을까. 내가 그렇게 싫었던가? 그 여름 소천 커피숍에서 마지막 만남도 근처까지 왔다가 냅다 돌아가 버린 연유가 과연 무엇일까. 자신이 너무 부족해서, 너무 없어 보여서, 미래가 불투명해서, 얼굴이 못생겨서, 예의가 없어서, 대체 무엇일까? 갑자기 오기가 생긴다. 순희를 내심 평생의 반려자까지 품었던 성급함을 뉘우쳐본다. 좋다. 왜 수신 거부를 했는지, 무엇이 못마땅한 건지는 알아야 헤어지더라도 헤어지고, 인연이 아닌가 보다고 생각할 수 있을 터이니, 반드시 만나서 자초지종을 캐어 물어야겠다. 발목에 질끈 힘이 가해진다. 벤치를 박차고 엉덩이를 툭 털며 일어섰다. 그리고 보무도 당당하게 전장에 나가는 선두 병사처럼 자신 있는 발걸음을 옮겼다. 좀 부지런한 헤어숍은 주인이 나와서 아침 청소를 하고 수건을 말리려고 문밖에 내다 걸고 털이개질을 하는 사람도 있다. 그런 사람에게 순희를 아는지 묻는다. 나이, 겉모습, 직업만 갖고 묻자니, 주인들은 하나같이, 무슨 사진 한 장도 없이 사람을 찾느냐고 비웃음이다. 그렇게 찾아서는 한강 모래뻘에서 진주 줍기 꼴이란다. 그러게나, 왜 그 흔한 핸드폰 사진 하나도 찍지 않았던가. 물론 그날 함께 사진을 찍고 추억거리로 남겨두려고는 했었다. 그러나 문정의 세 여자는 한사코 이를 거절했다. 사진 찍는 게 싫을뿐더러 사진이 잘 안 나온다는 핑계로 삼았으니 따를 수밖에 없었고, 아름다운 소천 해안의 모습과 풍광을 위주로 찍기만 했었다. 그냥 바다를 배경으로 먼발치에서 전체가 모인 사진 한 장을 겨우 찍었지만, 초점이 잘못되었는지 선명도가 떨어져 겨우 얼굴 윤곽만 확인할 정도. 그날 어떻게 하든 제대로 나온 사진 한 장이라도 건졌어야 했는데…. 때 지난 후회고 소 잃은 후 외양간 고치는 격. 아직 문을 열지 않아 들르지 못한 곳은 간판에 표시된 전화번호로 전화를 해서 묻기도 하면서 하나하나 더듬어 헤어숍을 누볐다. 십여 미터 가서 확인하고 어떤 곳은 백여 미터 떨어지기도 하고. 어제오늘 더듬어 확인한 곳이 족히 스무 곳은 넘을 거였다. 그러나 아직 십 분의 일도 들르지 않은 것 같았다. 무슨 헤어숍이 이렇게나 많은지 돌면서 더더욱 놀랐다. 정말 서울 사람은 머리만 만지나 보다. 이렇게 많은 가게가 모두 장사가 되니까 열 테니 참으로 놀랄 만한 별천지 세상. 어느덧 정오가 가까워지면서 대장이 꼬르륵 곯는 소리는 냈다. 가던 길을 멈추고 주변을 두리번거려 본다. 요기를 해야 할 텐데 뭐 적당한 것이 있을까. 아침은 생략하고 먹을 점심 식사이지만 그다지 식욕이 당기지는 않는다.

배는 고픈데 입맛이 소태처럼 깔깔하다. 어려서부터 육지 고기보다는 바닷고기를 먹은 탓인지 굳이 먹자면 바닷고기 음식을 먹고픈데 주위에 그런 음식점은 보이지 않는다. 아쉬운 대로 고등어 백반이나 동태찌개라도 있으면 좋으련만. 그러는 사이, 철우에게 전화가 온다.

"응, 그려. 전화혀 봤는가잉? 전화를 받어야? 으응?"

철우는 영수의 숨넘어갈 듯 서두른 모습에 혀를 끌끌 찬다.

"어지간히 몸이 달구만그려. 애가심이 하늘팍을 찔러부러야. 찬찬히 숨구녁 좀 쉬고 말허자."

철우의 말소리는 귓구멍에 들어오지 않고, 영수는 애가 닳아 무척 서둔다.

"뜸딜이지말고 싸게싸게 말혀 보그라. 전화 받어야?"

철우는 약한 웃음을 띠며

"그려. 받드라. 그려서 '순희 씨인가요?' 허고 물었더니 그렇다며 '댁은 뉘신가요?'를 되묻드만."

영수는 안도의 한숨을 일단 놓는다.

"그려서?"

철우는 시큰둥하게 되받는다.

"그려서는 뭘 그려서여. 기냥 끊어번졌지, 뭐. 전화만 통화되면 끊으라매?"

영수는 고개를 끄덕이며,

"그려. 잘 혔다. 아조 잘 혔어. 수고혔다. 내가 내라가서 찬챙히 사정야그를 헐팅께 그리 알고. 수고혀라."

영수의 얼굴이 환해졌다. 진작에 이 방법을 썼더라면, 어제오늘의 수고를 많이 줄였을 텐데…. 해결의 한고비를 넘겼으니, 변덕스럽게 좀 전까지 소태같고 깔깔했던 입맛에 군침이 돌며 침이 고인다. 사흘 굶은 범이 원님을 안다더냐는 속담처럼 우선 시장기를 없애는 일이 우선이었다. 일단 점심 식사를 해결하고 공중전화나 음식점 일반전화를 이용해 연락하면 되겠다 싶었다. 일이 잘 풀리니 그렇게 찾아도 보이지 않던 생선구이 집이 눈에 들어온다. 그래서 복이나 불행이 들어올 땐 덩굴로 들어오나 보다. 속히 생선구이 집으로 들어섰다. 점심때라 그런지 거지 반 자리가 차고 한쪽 귀퉁이에 자리 하나가 났다. 서둘러 자리를 잡고 고등어구이를 시킬까 하다 조기구이를 시켰다. 갑자기 조기라는 말이 참 좋았다. 조기 만남, 조기 축구 등이 연상되며 조기구이를 먹으면 순희와의 만남이 왠지 잘 성사되리란 엉뚱한 연관까지 지으면서. 십여 분이 지났을까. 조기가 아주 노릇노릇하게 구워 나왔다. 지금이야 영광굴비라 해서 영광 법성포 조기를 최고로 치지만, 영수가 사는 소천면 일대가 조기 어획으로 성어를 이룬 적이 있었다. 전남 서부 해안보다는 못해도 그에 못지않게 잡혔었다. 그때는 마을 사람들이 하도 성해 쳐다보지도 않았다. 지나다니던 개와 고양이도 주둥이에 한 마리씩 물고 다녔으니까. 조기가 풍부하니, 그런 뱃노래도 있었다.

> 돈 실러 가자. 돈 실러 가자.
> 칠산 바다보다 더한 영도 바다로
> 돈 실러 가자. 돈 실러 가자.

그러나 요즘은 해수 온도가 많이 상승하면서 조기 어획 구간이 서해안에서도 위쪽으로 많이 올라갔다. 지금도 소천면에서 간혹 잡히긴 하지만 가물에 콩 나듯, 단 몇 마리에 불과했다. 매가 들판의 병아리를 채가듯, 신속하게 밥을 위 속으로 굴려 넣었다. 달착지근한 게 맛이 아주 그만이다. 짭조름한 조기 맛도 일품이다. 조기란 말처럼 기력(助氣)을 보강할 만했다. 두꺼비 파리 잡아먹듯 아침 겸 점심 식사를 해치운 영수는 기도 아래부터 올라오는 트림을 컥 뱉어내며 컵에 담긴 찬물 한 모금을 마시고 일어났다.

영도경찰서에서 조사받는 순희. 나중에 시아버지 덕구는 없던 일로 해달라고, 집안 망신이라고, 오히려 죄는 단속 못한 자신에게 있다고 누차 이야기를 했건만, 담당 경찰은 자수로 본인이 신고한 이상 취소는 할 수 없고 참작만 하겠다는 말만 들었다. 특히 무엇보다 피의자 자신이 반드시 죗값을 치르겠다고 강하게 주장했기에 더더욱 무마하기가 힘들다는 거였다. 결국 피해자인 시어머니 막달도 서에 나와 피해자 조사를 받았고, 그날의 이야기가 서서히 꿰맞춰지면서 본격적으로 순희는 피의자 조사를 받았다. 베개로 일 회 이상 머리를 가격하고 쓰러진 피해자의 얼굴에 베개를 짓눌러 숨을 못 쉬도록 사망 직전까지 갔다는 사실이 그대로 드러났다. 이에 따라 순희는 존속살해미수 사건 혐의로 입건하였다. 그리고 빠른 죗값을 치르겠다는 피의자의 뜻을 존중해 법적 처리를 신속하게 진행하였다. 형법 제255조에 따라, 존속살해가 비록 미수에 그쳤지만 실패한 경우로 예비나 음모한 자로 인정되어 벌금 없이 1년 이상 10년 이하의 징역에 처하게 되는데, 시아버지의 간곡한 진정서 때문에 가장 약한 1년 형을 구형받았고, 한 달 후 형은 구형대로 확정되었다. 순희는 형이 확정되자 오히려 마음이 편안해졌다. 밖에 있는 전일을 보살피지 못하는 것만 아쉬울 뿐. 전일을 위해 영도군에 있는 특수장애인협회에 사정을 알리고 복지사와 상담사가 주 1회 이상 돌보며 숙소를 특수아를 위한 쉼터로 옮겨달라고 당부했다. 마침 여석이 있어 전일은 그곳으로 잘 옮겨졌고, 학교 담임선생님께도 연락하여 사정 얘기를 하고 세심한 관찰과 관심을 부탁해 놓은 터였다. 순희는 남편이 있는 희망교도소로 이감되기를 간절히 소망했다. 법원에서는 부부간의 사정이 딱하고 배려하는 차원에서 편의를 봐주었다. 순희는 같은 교도소로 가게 되어 기뻤다. 비록 만날 수 있는 것은 아니지만 한 교도소 지붕 아래 두 부부가 함께함만으로도 소소한 행복이었다.

한편 이러한 사실을 뒤늦게 안 철우는 그 집안이 풍비박산 나기 전에 어떠한 자구책이라도 펼쳐야 함을 절실히 깨달았다. 자기 집 개업 행사에 와 죽마고우 하나만 잃는 것으로도 부족해 그 마누라까지 감방에 가게 되었으니, 무엇보다 양심의 가책마저 들었다. 철우는 우선 전일이 지내는 쉼터 생활을 점검하고 부탁까지 해놓았다. 그러나 전일은 그곳에서 잘 적응하지 못하고 밤늦게까지 울거나 멍하니 하늘을 보는 시간이 많다고 했다. 어린 나이에도 자기가 부모에게 버림받았다는 생각으로 적응하지 못해 잠도 잘 자지 않아 수면제를 투여한다고 했다. 시간을 쪼개서 희망교도소를 찾아 부부의 면회를 각각 신청하고 전일의 소식을 전하며 근황을 물었다. 영수 내외는 철우가 그래도 이것저것 돌봐줌에 큰 위안과 힘이 되었다. 전일이 잘 적응하지 못함이 늘 안타까웠지만 어쩔 수 없이 스스로 이겨내야 할 몫이었다. 철우는 전일의 쉼터와 영수 내외의 희망교도소를 다녀오면 늘 힘지고 마음이 저렸다. 오붓하고 다정한 집안이 한순간에 쑥대밭이 되었다. 짧게는 1년, 길어야 2년 후면 가족이 재결합할 테지만 과연 과거처럼 화목한 가정을 되찾을지 걱정도 되었다. 이런 철우를 지켜보던 그의 아내는 하루가 다르게 수척해지고 괴로워하는 남편을 위해 한 가지 제안을 했다. 자기 외삼촌의 제부가 법원 공무원으로 있는데, 혹 그 가족의 안타까운 사정을 도와줄 묘안이 있나 외삼촌께 부탁했고, 다행히 만남이 주선되어 철우 내외와 외삼촌의 제부가 한자리에 마주 앉았다. 안타까운 속사정을 듣고 제부는

"최근, 그러니까 지난 2020년 야당의 박O현 의원이 발의해서 새로 만들어진 법이 있는데, 이른바 '수용자 자녀 보호법'이라 하여 「형의 집행 및 수용자의 처우에 관한 법률」이 통과되었어요. 친구분 내외가 마침 희망교도소에 수감되었다고 하셨죠? 잘 되었네요. 우리나라에서 유일하게 그 교도소엔 가족실이 갖춰져 있어요. 만 3세 미만이거나 지적장애인을 둔 가족들이 마치 콘도나 아파트처럼 15평 건물에서 함께 생활할 수 있답니다. 방은 2개이고요. … 과거 스페인 같은 선진국에는 아란후에스 교도소라 해서 세계 최초로 2007년 가족실 교도소를 개소했는데, 국가적인 차원에서도 수용자들의 인권을 살려주고 다시 사회로 출소했을 때 재범률도 현저히 떨어뜨려 적극적으로 활용하고 있죠. 우리도 희망교도소가 바로 그런 교도소랍니다. 아마 친구 내외가 들어가신다면 새로 생긴 법률에 따른 첫 모델케이스가 되지 않을까 합니다. 그에 대한 자세한 절차와 안내는 희망교도소 교도관 중 제 친구가 있어서 한번 알아볼 테니 그에 따라 한번 신청해 보도록 하시죠."

죽을 수가 닥치면 살 수도 생긴다고 했던가. 철우 내외는 감사의 인사로 머리를 몇 번이나 조아렸다. 그거라도 있다면 그 가족에겐 큰 행운이요, 행복이었다. 모레까지 그 절차를 안내받기로 약속받고 헤어졌다. 마음의 짐을 조금이나마 덜 수 있는 기회라 여기니, 철우는 가슴이 촉촉해졌다. 그 착하고 성실한 영수 내외에게 한줄기 빛살이 비추는가. 철우는 바로 이 기쁜 소식을 영수에게 전하고 싶었다. 마침 모

레 정기 면회 일이라 그날 알려야겠다고 마음먹었다. 단, 가족이 전부 가야 할 텐데, 일단 전일이 걸렸다. 학교에서 어떻게 처리해야 할까 고민하다가 영도OO중학교 선생님인 중학교 동창을 만나 조언을 얻었다. 그 동창의 말에 따르면 그러한 사정이라면 학생이 장기적 치료를 목적으로 질병 치료를 위한 휴학을 내면 될 것이고, 혹 그 처리를 하지 않고 교외체험학습 신청과 방학 등을 잘 이용하면 최소 6개월은 같이 생활할 수도 있으며, 학생이 지속해서 학업을 진행하고자 한다면 주소지를 교도소로 옮겨 그곳 관할 특수학교로 전학해 통학버스로 등하교를 할 수도 있었다. 문제는 학생이 교도소에서 생활하면서 심리적 안정과 치료가 잘 되면 좋지만, 최악의 교육적 효과가 나타날 가능성이 걱정이라 했다. 잘 알았다고 하고, 영수 내외가 거기에 대해선 결정하도록 이야기를 하마 했다.

영수 면회일. 친구로서 안타까워 설레발치며 알아본 절차가 외려 영수의 마음을 다치게 할까 봐 철우는 어젯밤 내내 설쳤더니, 눈이 퀭하고 정신도 흐릿했다. 영수는 전후 사정을 다 듣고, 그런 제도까지 알아본 철우의 우정에 탄복하며 그리되면 좋겠지만 앞으로 어찌해야 하는지 갈피를 잡지 못했다. 그러자 영수 부부가 협의해 결정만 내리면 철우는 자기가 시작한 일이니, 매듭도 자신이 짓겠다고 했다. 그러면서 "너는 아무 걱정 말고 수형생활이나 건강하게 잘하라"는 말만 남기고 교도소를 나섰다. 이윽고 희망교도소장 면담을 신청했고, 전일이 학교의 담임 선생님과 교장 선생님도 만나기로 했다. 일은 그야말로 일사천리로 진행되었다. 기왕 쇠뿔도 단김에 **빼랬**다고 서둘러서 나쁠 것이 없었다. 철우는 영수 가족의 딱한 사정을 희망교도소장을 만나 간곡히 설파한 결과, 영수 가족이 가족실을 쓰는 것에 동의했다.

참으로 다행이었다. 아울러 전일이 학교에서도 몇 가지 서류를 준비해 오면 교도소 근방 특수학교에 전학키로 약속을 받았다. 이 사실을 영수 부모님께도 알려야 도리일 것 같아 소상하게 내용을 밝혔다. 이를 들은 시어머니 막달은

"니가 큰일 혀버졌다야. 그려. 참 잘했어야. 그려. 니가 참말로 찐한 친군가비다."

막달은 철우의 두 손을 꼭 잡고, 연신 고맙다고 내뱉었다. 그간 며느리 순희의 몰골도 그렇지만 전일도 영 맥 빠진 게 볼 수 없이 안타까웠었다. 막달의 원계획은 순희를 분가시켜 좀 홀가분하게 살게 할 계략이었으나 살인미수로 일이 꼬이면서 내심 이게 뭔가 잘못되어 버렸다. 그런데 전화위복이 되어 일가족이 함께 지낼 수 있다니. 비록 교도소 안이지만 그래도 그들은 서로 가족이지 않던가. 서로 보듬어주고 사랑해 주면서 살다 보면 적적한 면도 덜할 터이고, 그러다 보면 어느새 일이 년은 후딱 지나가리라. 막달은 가족실로 배정되면 남편과 면회하러 가서 그간 부러 못되게 군 속사정을 이야기할 요량이었다.

영수는 형 집행의 하나로 수용자에게 부과하는 교도작업인 기계 분야에서 직업훈련을 받았다. 어선과 관련하여 배워두면 이 년 후 출소하여 요긴하게 쓸 수 있으리란 생각으로. 기계반의 안전 수칙은 다른 분야보다 엄격했다. 기계는 지시된 작업 외에는 절대로 사용을 금했고, 작업 시에는 단정한 복장을 반드시 착용하며 장갑을 끼어서는 안 되었다. 작업 중인 기계에 근접하지 않고 작업 도중에는 타인과 잡담을 일절 금했다. 기계는 항상 기름을 담아서 가동하며 청소나 조정 등을 할

때는 기계를 완전히 정지시킨 후 실시해야 했다. 끝으로 기계를 사용하기 전 모든 안전 보호장치가 잘 되어있는지 확인하여야 했다. 엄격하게 안전을 강조하고 교도관들도 다른 반보다 두 배 이상 배치되어 수용자들의 일거수일투족을 감시했다. 오후 1시부터 4시간 진행되는 직업훈련은 영수에게 새로움을 배우는 즐거운 시간이었다. 일에 몰두하다 보면 잡념이나 가족에 대한 그리움을 잊을 수도 있고, 새롭게 무엇을 배워가는 깨달음의 순간이 또 다른 매력을 안겨주었다. 애초 순희가 희망교도소에 들어온 사정을 듣고 하늘이 무너졌다. 그렇게 여리고 착한 마누라가 대체 어떤 큰 잘못을 짓고 예까지 굴러 들어왔나. 단란하고 행복했던 과거 이야기는 이제 돌이킬 수 없는 추억으로 남는 것인가. 자신이 이 꼴로 되었으니, 순희도 그냥 막 나갔나. 얼마나 살기 힘들었으면. 나중에야 교도소에 입소한 사연을 자세히 듣고 사흘 밤낮을 울었다. 가련하고 불쌍한 인간. 어머니가 얼마다 닦달을 했으면 그랬을까, 시집살이가 그토록 고되었던가, 어머니가 그런 사람은 아니다. 그러면 순희가 완전 백팔십도 변했다는 말인가? 전일의 앞날은. 아버지는 곁에서 무얼 했단 말인가? 순희에게 온 편지를 읽고 그 마음을 어느 정도 이해가 갔지만 그렇다고 그렇게까지 행한 순희가 야속하기도 하고. 어머니의 매정함도 도무지 이해가 되지 않았다. 그나마 불행인지 다행인지 친구 철우의 노력으로 함께 가족이 기거할 가족실을 배정받는다니 사선처럼 갈라진 가족이 하나 되는 위안을 얻었다. 그래도 자신이 모범적인 수용 생활로 전국에 53개나 있는 교도소에서 가장 수용자 인권을 잘 보호해 주는 희망교도소에 이감된 건 큰 행운이었는데, 순희도 철우와 교정 가족동지회의 도움으로 이곳에 배정됨은 크나큰 은혜였다. 게다가 가족실 배정까지 받는다면, 전국의 수용자 오만 명 중 바늘구멍보다 들어가기 어렵다는 천운까지 받은 것이나 진배없었다.

　　　　　신나는 최신 음악 컬러링 소리가 공중전화 수화기로 들려오고, 5초가 채 지나지 않아 순희의 목소리가 들어왔다. 심장이 심하게 쿵쾅쿵쾅대며 용솟음쳤다.

"저는 지난여름 남해 영도 소천 해변에서 만났던 이영수입니다. 혹 기억하시죠?"

주변에 사람 소리가 어수선하게 들리고 바쁘게 일하는 중 같았다. 순희는 뜬금없는 영수의 전화에 화들짝 놀라며,

"누구요? 영수 씨? … 아! 네에, 그런데 어쩐 일이시죠?"

용건만 간단히 하고픈 마음이 전해졌다. 영수도 바쁜 사람 잡고 이러쿵저러쿵 긴 이야기를 할 상황이 아님을 직감하고, "제가 지금 서울인데, 잠깐 드릴 말씀이 있어 근무하시는 헤어숍으로 갈까 하는데 그곳 이름이 어디인지 알려달라"고 간단히 의사를 전했다. 순희는 바쁜 중에도 이 사람이 왜 나를 찾아왔는가 의아해하면서 근무지를 말해야 하나 말아야 하나 몇 초간 망설였다. 영수는 단단히 못을 박아주고자 정말 잠깐이면 되니 너무 염려 마시고 장소를 알려달라고 다그

쳤다. 머뭇거리던 순희는 마지 못해 문정동 OO헤어 센터라 알려주었다. 영수는 바쁘신 것 같은데 잠시 후 찾아뵙겠다며 전화를 끊었다. 전화를 끊고 영수는 쾌재를 불렀다. 이제 잠시 후면 순희 씨를 볼 수 있다. 그토록 그리웠던 그 사람을. 스마트폰 앱을 통해 헤어숍을 찾아보았다. 지금 자기가 서있는 곳에서 1.5킬로미터 떨어져 위치했다. 걸어서 이십여 분이면 충분한 거리였다. 지금 맘 같아선 뛰어갈 만도 했다. 뛰어가면 십분 내외. 시계를 본다. 오후 한 시. 그리 서두를 필요가 있을까. 그동안 몇 날 며칠도 참았는데 좀 일찍 본다고 바로 그녀와 길게 볼 수도 없을 터, 어차피 퇴근할 때까지 기다려야 그간의 사정을 소상히 알릴 수 있지 않을까. 헤어숍을 가는 발걸음은 날아갈 듯 가볍고 상쾌했다. 길가의 이팝나무 잎들도 영수의 행로에 축하의 손사래를 살랑살랑 쳐주었다. 천천히 주위를 살폈다. 온갖 자가용들은 가벼운 엔진소리를 내며 질주했고, 오가는 사람들은 자동차가 내뿜는 매캐한 매연에도 아랑곳하지 않고 힘차게 자기 갈 곳을 향했다. 아이 낳기 전에 기저귀 누빈다는 말처럼 너무 서둘다가 낭패를 보면 어찌하나 하는 마음에 오른편 빌딩 앞에 있는 작은 소공원의 벤치를 찾았다. 몇몇 사람들은 이른 점심 식사 후 커피잔을 들고 벤치에서 소담스러운 대화를 나눴고, 시선을 달리 돌리니 한쪽 구석에 자리 하나가 났다. 그 벤치에 조용히 자리를 잡았다. 무엇부터 어떻게 말을 해야 하나 정리를 해야 했다. 타는 닭이 '꼬꼬' 하고 그슬린 돼지가 달음질한다고 안심하고 있던 일도 돌연 탈이 생길 수 있으니 긴장의 끈을 놓지 않고 탄탄하게 준비해서 만나야 했다. 주머니에 넣어 온 편지글을 다시 한번 읽어보고, 순희 씨와 헤어진 후에 한날한시도 잊지 못한 그리움을 토로할 예정이다. 그리고 다시 만남을 지속했으면 하는 마음과 일주일에 한 번, 아니면 보름에 한 번, 그것도 버거우면 한 달에 한 번이라도 만남을 이어가면서 서로 마음의 준비가 되었을 때 본격적으로 사귀자는 식으로 접근해야겠다고 생각했다. 일단 이야깃거리를 정리하니 한결 머리가 맑아졌다. 이제 순희를 만나 자신의 진솔한 마음과 애타는 구애심이 먹혀들기만 한다면…. 벤치에서 일어섰다. 그리고 헤어숍을 향해 도도하고 위풍당당하게 발걸음을 내디뎠다. 발걸음은 솜털 구름을 걷듯 푸근하고 가벼웠다.

드디어 헤어숍 앞. 쇼윈도 안을 통해 바지런히 움직이는 순희의 모습이 보였다. 눈물이 왈칵 나오려 했다. 그토록 애타고 그리면서 꿈속에서라도 만나면 행복했던 그 여인이 지금 눈앞에 아른거렸다. 하늘이시여, 감사합니다. 제발 저희 두 사람의 인연이 이어질 수 있도록 제발 도와주소서. 헤어숍 안엔 손님들로 북적거렸다. 꽤 유명한 헤어숍으로 보였다. 그녀를 찾기 위해 몇 집을 둘러보았어도 이토록 많은 손님이 있었던 곳은 드물었다. 가게 문을 조심스레 노크하고 들어섰다. 순희는 자기 일에 몰입하느라 쳐다보지 않고, 다른 직원이 들어서는 영수를 보고, "어서 오세요." 하며 반갑게 맞이했다. 영수는 낮은 묵례를 나누고 순희가 있는 곁에 가 섰다. 순희는 하던 일을 멈추고 곁눈질로 자기 옆을 보다가 깜짝 놀라는 표정으로 눈이 휘둥그레진다. 곧이어 얼굴이 벌게진다. 영수는 눈짓으로 잠깐 밖에서 보자는 표시를 하고 헤어숍을 나왔다. 순희는 원장인 것 같은 사람에게 무어라 이야기를 하고 곧 따라 나왔다.

"어쩐 일이세요. 제 직장까지. 무슨 일로…."

"지금 많이 바쁘신 거 같아 긴 얘기는 못 하고 퇴근하실 때까지 기다릴게요. 혹 몇 시에 퇴근하시는지요?"

잠깐이면 된다고 전화한 얘기가 있었지만, 퇴근 때까지 기다린다고 하는 영수의 태도에 순희는 순간 당황했다.

"무슨 일이신데요? 퇴근은 7시에요. 그리고 퇴근 후에 곧바로 미용학원에 가야 해서 시간이 많이 나지는 않는데…"

영수는 시간 많은 백수였다. 대수롭지 않게

"아, 네. 그때까지 기다리겠습니다. 우선 일에 전념하시고 7시 무렵에 다시 뵙겠습니다. 뭐 무슨 심각한 건 아니니, 미리 너무 걱정하시진 마시고요."

영수는 말을 내뱉고 혼자 양심의 가책을 받는다. 제 딴에는 심각하지 않다고 했지만, 순희 처지에서는 심각할 수도 있을 텐데. 순희는 헤어숍 안을 한번 힐끗 쳐다본다. 같이 일하는 직원 몇 사람이 힐끗힐끗 이들의 광경을 목격 중이다. 일단 어색하고 뜨뜻미지근한 이 상황을 모면하고자

"네. 그럼 이따 봐요."

말을 끝마치고 순희는 진공청소기에 먼지 빨리듯 숍 안으로 쑥 들어갔다. 헤어숍에 들어서자 같이 일하는 직원 한둘이 쏜살같이 달려들어, 눈짓으로 윙크를 한다. 남친이냐는 표시다. 순희는 고개를 좌우

로 흔들며 아니라는 표현을 강하게 했다. "그럼 뭔데?" 하며 바로 위 선임 언니가 귀에 입을 대고 묻는다. 순희는 기어들어 가는 목소리로 그냥 동네 오빠인데 서울 올라왔다가 잠깐 들렀다고 너스레를 떨며 일단락을 지었다. 그리고 순희는 마저 하던 일을 천연덕스레 계속했다. 그러나 일이 손에 잡히지는 않았다.

'저 사람이 왜 왔는가, 내가 그 여름밤 뭔 실수를 한 것이 있었나? 물론 술에 취해 동숙을 한 건 맞다. 그런데 그것 때문에? 그건 아닌 거 같은데…. 대체 무얼까?'

아무리 머리를 굴려도 해답이 나오진 않았다. 낭패였다. 그렇다고 약속을 해놓고 피하는 게 대수는 아니었다. 설마 하룻밤의 풋사랑 때문에 찾아오진 않았으리라. 자신도 영수가 그다지 나쁜 인상이진 않았다. 그러나 다음 날 카페에 나가지 않은 것으로 의사를 충분히 밝혔다. 그때나 지금이나 상황은 엇비슷하다. 아직 헤어디자이너 자격증도 못 딴 데다가 남자 친구를 사귈 시간과 경제적 여유가 전혀 없었다. 밤늦게 미용학원 다니는 것만도 힘에 겨워 하루하루를 근근이 살아가는 벅찬 인생이다. 젊어서 고생은 평생의 재산이라지 않던가. 자신은 지금 그 재산을 모으기 위해 성실히 살아가는 중이었다.

어느덧 가을 햇볕은 차가운 바람에 느릿느릿 엎드리고 어스름이 마천루 꼭대기부터 차근차근 내려앉았다. 오늘도 손님이 참 많은 하루였다. 단순 컷부터 펌, 드라이하는 손님들의 헤어스타일을 손봐주느라 고데기는 수십 번, 헤어 드라이기는 백여 번, 에어랩 수십 번, 브러쉬 수백 번은 족히 만졌으리라. 손이 늘 얼얼하고 다리가 퉁퉁 부었다. 일종의 직업병이지만 아직도 인이 박이지 않아서인지 통증이 있다. 통증이 안 생기면 비로소 헤어디자이너의 자격이 될 즈음이라고 선배들은 지껄였다. 시계는 7시를 10분 앞두고 있다. 아직 헤어숍 대기실에도 서너 명의 손님이 남아있다. 순희는 미용학원을 갈 시간이 다 되었다. 물론 오늘은 멀리 영도 소천에서 올라온 영수를 만나기도 해야 했다. 미용학원에 시간 맞춰 가는 일도 빠듯한데, 그와 이야기를 어찌하여야 하나 고민이다. 할 수 없이 미용학원으로 가는 지하철 안에서 얘기하는 수밖에 없으리라. 잔 머리카락과 미세 머리로 더께가 앉은 미용 가운을 벗고 출근복으로 갈아입었다. 교재가 들어있는 백도 등에 메고 원장을 향해 정중하게 퇴근 인사를 하고 나왔다. 언제부터 와있었는지 영수는 가게 문 앞에 코가 뻘겋게 된 채로 웃으면서 순희를 맞이한다.

"이게, 얼마 만이에요? 그동안 별일 없이 잘 지냈죠?"

영수는 헤어숍 문을 닫고 나오기가 무섭게 한 발짝 다가와 물었다.

"아~ 네. 잘 있었어요. 영수 씨는요?"

영수는 뒷머리를 긁적이며 입꼬리가 약간 들린다. 자신에게 안부를 묻는 순희의 마음에 감동한 듯,

"네. 저야 뭐…. 그나저나 어디 자리를 좀 옮겨서 찬찬히 그간 살아온 이야기나 좀 하시죠."

마음이 성마른 순희는 먼저 자신의 일정을 알리는 것이 급선무라

"참! 제가 종로에 있는 미용학원엘 다녀요. 그래서 시간적 여유가 넉넉하진 않은데 어찌하나요?"

예상하지 못한 문제가 발생하자 영수는 멈칫한다. 퇴근하면 시간이 좀 널널하리라 예상하고 이런저런 이야기를 초군초군하면서 자신의 심경을 토로할까 했는데, 일단 궤도 수정이 필요했다.

"그러시면 이건 어때요? 종로 미용학원까지 같이 가면서 이야기하시고, 학원 수강 전 잠시 저녁으로 요기라도 하실 테니, 그때까지 함께 하시면…."

순희는 영수의 배려에 학원 수강 때문에 고민했던 문제가 일순간 해결됨에 안도의 숨을 쉰다.

"그러면야 저야 좋지요. 영수 씨가 괜찮으실까요?"

영수는 그 말이 끝나기 무섭게

"암만요. 저야 시간 아주 널널합니다. 순희 씨가 동행하시는 데 큰 불편만 없으시다면야."

두 사람은 나란히 문정역을 향해 걸었다. 해는 어느새 숨고 어둠이 시나브로 내려앉았지만 도시 상가의 건물과 자동차 헤드라이트 빛 때문인지 어둡지는 않았다. 문정역까지는 오 분 내외면 도착할 거리였다. 이 시간에 영수의 속내를 다 보여주기에는 많이 부족한 시간이라 문정역까지는 그냥 스쳐 지나가는 담소를 나누었다. 헤어숍이 참 크다는 둥, 서울엔 사람도 차도 정말 많다는 둥, 전에 보았던 것보다 얼굴이 매우 피곤해 보인다는 둥, 뭐 이런저런 이야기로 말꼬를 텄다.

 오 분은 길지 않았다. 어느 사이에 둘은 문정역에 들어섰고, 5호선 천호역까지 가는 지하철은 사 분을 대기하라고 안내했다. 천호역을 거쳐 미용학원이 있는 종로3가역까지 오십여 분의 시간이 걸릴 예정이었다. 사람들은 일과를 끝내고 안식처를 찾아가는 새들처럼 귀소본능에 충실했다. 이른 술 한 잔에 얼떨떨해 취기를 부리는 중년 신사부터 새초롬한 차림으로 손에 간식거리나 찬거리를 산 여인들도 두셋 보였다. 십여 분이 지나면서 천호역을 알리는 안내방송이 한국어, 영어, 중국어, 일어 순으로 나왔다. 자신의 속내를 아직 드러내지 못한 영수는 퇴근길 시민들 속에서 기차 차창 밖 서울을 그냥 스쳐 보내며 쳐다보고만 있다. 순희는 영수의 이야기를 듣고 싶었지만, 지하철 안을 가득 채운 인파 속에서 말하기는 곤란했다. 영수는 천호역에서 5호선으로 순희와 같이 갈아타기 위해 내렸다. 왔다 갔다 분주한 역사 안. 한가함이란 없었다. 모두 호떡집에 불난 사람들처럼 종종거리고 바쁜 걸음이었지만 표정만은 집으로 간다는 생각 때문인지 밝고 힘찼다. 종로3가역으로 가는 지하철은 불과 이분이 채 지나기 전에 도착했다. 이제 한 삼십 분 정도면 종로3가역에 내릴 터이고 그녀와 이야기할 시간은 그것이 전부라 여기니 마음은 조급해졌다. 둘을 태운 지하철은 천호대교를 철컥대며 건넜다. 멀리 올림픽 대교가 보이고 한강은 어둠을 집어삼킬 듯 출렁거렸다. 강 표면에 얼비친 도시의 불빛은 별처럼 반짝이고, 마침 그 별들 사이를 한강 유람선이 요리조리 피하듯 중간을 가르고 있었다. 영수는 순희를 향해 저 한강의 모습을 보라고 고갯

짓을 했다. 순희는 늘 퇴근 중에 보는 평범한 모습을, 영수는 큰 감흥이 일어 같이 보자는구나 했다. 그리고 그 분위기에 휩싸여 다음 역인 광나루역에서 잠깐 내렸다 가면 안 되겠냐는 의향을 물었다. 순희도 영수의 이야기가 듣고 싶은 터라 잠깐 광나루역에서 내려 그 속내를 듣는 것도 괜찮을 성싶었다. 순희도 흔쾌히 그리하자고 했다. 마침 광나루역에 커피숍이 있어, 둘은 머뭇거리지 않고 바로 그 안에 들어가 조용한 한쪽 구석에 자리를 잡았다. 영수는 그 여름날 카페에서 순희를 기다리다 돌아가 버린 그날의 기억이 새록새록 되새겨졌다. 그날 카페에 나오지 않은 사유부터 천천히 물으면서 이야기가 풀리기 시작했다. 순희는 자신이 예상했던 대로 자신에게 대한 호감에서 여기 이 자리까지 왔음을 직감하고 자신도 속사정을 슬슬 풀어냈다. 영수의 애타는 마음은 충분히 이해하며 자신도 영수가 싫지 않지만, 지금은 때가 아님을 분명히 밝히고 다시 인연이 되면 만나는 것으로 정리하고자 했다. 그러나 영수는 그에 합의하지 않고 막무가내였다. 자신은 결코 순희를 놓지 못하겠으며, 한 달에 한두 번이라도 자신이 서울로 직접 올라올 테니 친구처럼 스스럼없이 만나기를 원했다. 굳이 그토록 어렵게까지 만남을 이어가고 싶지 않았던 순희는 영수의 몸부림치는 부탁에 어쩔 수 없이 반승낙하고 말았다. 영수는 그러한 결정에 고두백배의 고갯짓을 하며 고마워했다. 어언 십여 분이 흘렀다. 다시 종로3가역 열차를 타러 플랫폼에 섰다. 그리고 서로 전화를 자주 하기로 약속하고 헤어지기로 했으나 영수는 신바람이 나 순희가 다니는 미용학원까지 꼭 데려다주고 가겠노라 동행했다.

영수는 순희와의 인연을 이 정도로 일단락짓고 광주행 버스를 타기 위해 강남고속버스터미널로 왔다. 이 정도만 못 박아도 큰 진전이었다.

이 정도만 해두어도 두 사람의 관계는 끊임없이 이어지고 이것이 무르익으면 사랑은 자연 싹틔우리라. 그 후 소천에 내려온 영수는 다시 생업에 전념했다. 유통업을 하셨던 작은아버지의 소개로 본격적으로 수협 공판장에서 유통경매사 일을 배우기 시작했다. 소천 어촌계장으로 있었던 아버지의 역할도 큰 도움이 되었다. 그러면서 한 달에 두 번, 적어도 한 번은 상경해서 순희를 만났었다. 처음엔 소원했던 관계가 만날수록 정이 깊어지고 친근감이 들었다. 서울로 오가면서 길바닥에 버리는 시간이 근 10시간, 만나는 시간은 족해야 한 시간 남짓이지만, 영수에게 그 시간은 생활의 활력소요, 한 달을 살아갈 수 있었던 삶의 연료였다. 간혹 순희가 한 달에 한 번 쉬는 전날에는 일찍 일을 작파하고 부랴부랴 상경해 순희를 보고 또 보았다. 순희는 영수의 지극한 정성에 탄복한 나머지, 단단했던 냉가슴의 언저리도 차츰 허물어졌다. 그러면서 영수의 고생이 안쓰러워, 한 달에 한 번은 영도와 서울의 중간 지점인 대전에서 만났다. 그렇게 되면서 만남의 시간은 두세 배 길어지고, 사랑의 심도도 대여섯 배 더 깊어졌다.

그들의 아름다운 추억거리는 대전 거리 곳곳에 만들어졌다. 일 년이 지나고 이 년이 되어갈 무렵, 각각 자신이 바라던 소중한 꿈들을 하나씩 이루었다. 영수는 유통경매사 자격을 취득했고, 순희도 미용사 자격증을 따면서 헤어숍에서 중간 위치의 선배가 되어있었다. 점점 여유를 갖게 되면서 둘은 심각한 고민을 하게 되었다. 이렇게 견우직녀처럼 오가는 인연보다 한곳에 정착해 안정되고 든든한 가족의 울타리를 만들고 싶었다. 영수는 급기야 근사한 뷰를 자랑하는 대전 마천루 카페에서 겸손하게 금반지 하나를 들고 프러포즈를 감행했다. 주저하던 순희는 그다음 만남에 '좋다'는 확답을 했고, 둘은 이 년간의 끊임없는 구애와 에피소드와 만남 속에서 한 가정을 꾸렸다. 순희는 영수가 있는 소천면에 내려가 미용실을 차리려는 꿈을 이어갔고, 신혼 방은 자립할 때까지 부모님을 모시고 사랑방에서 조촐하게 시작했다. 그때 영수의 나이는 스물일곱, 순희는 스물셋이었다.

한 가정을 꾸린다는 건 신성한 우주의 탄생이었다. 수많은 별이 주위를 에워싸고 바람이 불고 흩날릴 때도 있지만 고색창연한 햇발의 축복도 아울렀다. 칠흑 같은 밤도 있지만, 그 밤을 지켜주는 작은 불씨도 언제나 함께 있었다. 몸서리쳐지는 추위도 있지만, 가족이라는 따스한 품이 있고 마음에 넉넉함과 여유로움도 가져다주었다. 때론 든든한 외벽과 비빌 언덕도 있어 외롭지 않고 의지가 되었다. 그렇게 하루하루를 잊고 꿈속처럼 어렴풋하게 살다 보니 사랑의 열매가 맺혔고, 그렇게 태어난 아이가 '전일'이었다. 첫 손주로 아들 배기를 낳았다며 영수 부모님은 잔치까지는 안 해도 그 버금가게 동네 사람들에게 축하 인사를 받고 술도 받아주었다. 아이는 사내놈이지만 뽀얀 피부에 코가 날렵하고 귀가 부처님처럼 넙데데했으며 기골이 장대하고 뼈 마디마디가 굵었다. 동네 사람들은 장군감이라고 이구동성으로 나불댔다. 순희는 결혼 후 소천면에서 마을 미용실에서 일손을 도와 아르바이트식으로 미용사 일을 하다가 전일을 낳자마자 그 일을 접고 집안일과 육아에 힘썼다. 어려서부터 전일은 음악 듣기를 좋아했고, 특히 피리나 색소폰 같은 관악기 연주를 유별나게 좋아했다. 울다가도 그 소리만 나면 울음을 뚝 그칠 정도였다.

옛날이야기 듣기도 좋아했다. 동화책을 그다지 반기지 않았고, 직접 엄마나 아빠의 육성으로 듣는 이야기를 특히 좋아했다. 손동작이나 몸동작으로 직접 하는 걸 싫어했고, 자주 움직이는 것도 싫어했다. 크게 유별난 점 없이 무럭무럭 콩나물시루의 콩나물 자라듯 커왔다. 시아버지 덕구는 손자놈이 대체 무얼 되려는지 갈피를 못 잡게 엉뚱한 면이 있음을 보며 가끔 고개를 갸우뚱하긴 했다. 자기 할아버지는 그래도 소천면에서 훈장님을 할 정도로 문인 양반이었고, 7대조 할아버지는 고려 시대 말엽 호부의 최고 벼슬인 판도판서(版圖判書)를 지냈다며 아버지에게 귀에 못이 박히도록 들었다. 지금이야 그 후손들이 바닷가 해안으로 낙향하여 허투루 어부 짓을 하지만, 과거 자기 집안은 그래도 뼈대 굵은 가문이었음을 강조했었고, 지금도 그 기록이 고스란히 담겨있는 족보는 집안에서 가장 중요한 곳에 함을 짜서 귀하게 보관 중이었다. 그 핏줄이 세대를 건너뛰어 간간이 내려온 탓인지 전일은 책 읽기를 그렇게나 싫어했지만 유독 한자만은 그러지 않았다. 초등학교 입학 전에 시중에서 유행하는 마술 한자 놀이 카드를 한 세트 사다 주었더니, 늘 손에 끼고 돌면서 하루가 다르게 외우고 자기 것으로 습득했다. 영수가 바닷일을 하고 좀 늦게 들어오면 오른손을 바짝 추켜들고 영수를 향해 '늦을 만(晚)' 하며 소리를 질렀고, 영수는 그런 아들의 언행에 맞장구를 쳐주면서 몸을 휘청거리면 전일은 꽤나 신이 났다. 제 엄마에게도 아름다울 미(美)나 착할 선(善)을 연신 나불댔고, 할아버지와 할머니에게도 늙을 로(老), 아플 병(病), 약 약(藥) 등을 외쳐대곤 했다. 가히 한자에 대한 집중력과 흥미는 또래의 추종을 불허했으니, 이웃에서는 "쟤는 한자 신동 아녀?"라고 중얼대기까지 했다. 여덟 살에 '마술 천자문' 카드의 한자 212자를 모두 마스터하고 끊임없는 한자 습득을 요구해 만화가 아닌 실용한자 1,800자 교본을 사 주었다. 신나게 쓰고 배우더니 한 달이 채 지나기도 전에 모두 외워버리고 말았다.

그러나 인생사 새옹지마라고 좋은 일만 있으란 법이 없었다. 전일의 특출한 능력이 남다른 건 사실이었지만, 다른 면에서도 남달랐다. 눈빛이 여느 아이들과 다르게 초점이 없고 자기 혼자 노는 것에 유독 집착했으며, 의사소통 면에서 제 생각을 정확하게 표현하지 못했다. 별일 아니겠지 치부했다가 한번 신경정신과 진료를 받는 게 어떠냐는 주위의 권유로 일단 영도교육지원청에 있는 특수교육지원센터에서 정신건강 심리검사를 실시했다. 아주 기본적인 언어 검사와 지능검사를 실시하였는데, 검사 결과가 좋지 않았다. 선천적이진 않지만 자라면서 나타나는 발달장애 현상이 보이며 언어인지지능이 한자를 제외하고는 좀 떨어지고 지능검사 점수도 낮아 자세한 검사를 위해 큰 정신과병원에서 정밀검사를 해보라는 결과가 나왔다. 주저 없이 영수 내외는 전일을 광주 도립병원 정신검사 센터로 검사를 의뢰했다. 별일 없기를 숱하게 외치며 기도하고 읊조렸다. 순희는 검사일 행여 부정이 타지 않을까 하는 마음에 새벽바람에 시내 목욕탕에서 정갈하게 몸을 씻고 청정한 심신으로 기도하고 기도했다. 크게 세 분야로 검사를 진행했다. 말 언어 평가, 카우프만 지능검사, 사회성숙도 검사. 표현어휘력 검사(REVT)는 특수아의 언어 타당도 검사 지표 중 하나인데, 수용 원점수가 67점으로 등가연령은 6세였으며, 표현 원점수는 43점으로 등가 연령이 3세이었다. 구문 의미 이해력 검사(KOSECT)는 원점수가 11점으로 −2SD라고 했다. 전반적으로 언어발달 지체에 해당하며 언어 치료 대상자라는 것이다. 특이한 것은 한자에서만은 유독 보통 아이들보다 뛰어나 15세 이상의 독해 능력을 지녔다는 것. 카우프만 지능검사(KABC−Ⅱ)에서는 85~115가 보통 정도이나 전일은 75로 보통 이하였다. 마지막으로 사회성숙도 검사(GAS) 점수는 70점 이하가 안정권인데 전일은 77점이었으며, 자폐증(CARS) 검사 점수는 42점으로, 15~29점이 정상인데 전일은 37점 이상으로 자폐증 현상이 있었다. 한자 능력 외에 또 다른 특징이 있다면 어릴 때부터 관악기에 대한 노출로 음감이 뛰어나고 피리 등의 악기 연주에도 재능이 있다는 점. 청천벽력과 같은 결과에 부부는 어안이 벙벙했다. 왜 하필 내 자식인가 하며 하늘과 모든 신들을 원망하기도 했다. 그러나 그 원망은 그저 하늘에 하는 상앗대질에 불과했으며, 아무 쓸데 없는 짓이었다. 누구를 탓하고 원망만 해서는 당사가 아니었다. 서둘러 후속 조치를 하는 것이 최선의 방책일 뿐. 포기는 절대 할 수 없었다. 조속한 치료를 병행하기로 결심하고, 체계적이고 정기적인 전문 치료를 받으러 다녔으며, 아이의 개별 맞춤형 학습을 돕고자 부리나케 지역교육지원청 특수교육운영위원회에 특수학교 입학을 요청하였다. 다행히 특수교육운영위원회에서는 전일의 특수학교 입학을 허락했고, 초등학교부터 특수학교에 입학한 후 현재는 고등학교 2학년까지 다니는 중이었다. 비록 고되고 힘이 겨웠지만, 영수 내외에게 아들을 성장시킨 기간은 인생의 전부였고, 사는 이유였다.

　　　희망교도소 가족실의 아침은 다른 일반실과 똑같이 6시에 기상 음악으로 움직였다. 7시까지 교도관의 점검을 받고, 8시까지 아침 청소와 식사를 했다. 가족실이라 단체 급식을 하는 급식실에서 먹지 않고, 급식실에서 배당된 쌀과 식료품 등으로 직접 순희가 아침밥을 지어 먹었다. 교도소라는 철창 안에만 있을 뿐이지 여느 보통 가정의 일과 시작과 다를 바 없었다. 한 가지 다른 수용자와 다른 점은 전일의 등교 때문에 아침밥을 해먹이고 교도소 정문까지 오는 통학버스에 전일을 태우는 것. 물론 제복 어깨 위에 나뭇잎 두 개의 교도관이 태워준다. 이것만 다를 뿐이었다. 아침 등교 바라기를 해주는 것만 해도 무궁화잎 하나인 교위 나리께서 편의를 봐주는 것이라 감지덕지할 뿐이었다. 영수는 남자 수용자들의 오전 일과로 작업, 운동, 교육 등을 훈련했고, 순희도 여자 수용자들 속에서 똑같은 일을 수행했다. 점심 식사는 각자 단체 급식실에서 같은 수용자들과 함께 했다. 1시부터 시작하는 오후 일과도 4시간 동안 오전 일과와 매일반이었다. 순희는 그래도 사회에 있을 때 배운 미용 기술 덕분에 미용 업무로 배치되어 이런저런 일을 수행했고, 영수는 기계와 선반에서 각종 기구를 만들고 깎고 다듬었다. 전일은 오후 4시 무렵이면 가족실로 돌아와 홀로 놀다가 영수 내외의 오후 일과가 다 끝난 5시에 가족실로 돌아오면 온 가족이 모였다. 돌아오면 순희는 서둘러 저녁 식사를 준비했고, 영수는 전일과 샤워실로 같이 들어가 하루의 땀과 먼지를 말끔하게 씻어냈다. 영수네 가족이 식탁에 오붓하게 앉는 시간은 저녁 6시쯤. 전일은 그날 일 중 특별한 일이 있으면 학교 얘기를 전했으나 성격상 그런 일은 한 달에 한 번 있을까 말까 했다. 비록 교도소 안이지만 영수 내외는 가족이 함께 있음에 늘 감사하고 행복해했다.

 어느 날은 전일이 하교하면서 오카리나를 가지고 왔다. 비록 연습용 플라스틱 악기지만 학교에서 사 주고 방과 후 활동으로 배우는 중이랬다. 부모 앞에 자기 딴에는 솜씨를 자랑하고 싶어 오카리나를 꺼내 들고 고구마 같은 악기의 열 개 구멍에 손가락을 막더니 청아한 소리를 만들어냈다. 찰흙 모양으로 빚은 것이 꼭 고구마 같기도 하고 작은 비둘기 모양 같기도 한 악기였다. 솜씨가 제법 늘어 「섬집아기」 동요를 멋지게 불어대면, 그 소리가 가족실 안에서 수많은 음표로 떠돌아다니더니, 가족실 창문을 넘어 일반 수용자들의 방으로까지 미세하게 퍼져 나갔다. 그 소리는 가슴을 아리게도 했고, 구슬픈 소녀의 울부짖음 같기도 했고, 짝 잃은 수컷 원앙의 외침 같기도 했고, 엄마 잃은 소녀의 칭얼거림 같기도 했고, 임 그리워 훌쩍이는 신부의 아우성 같기도 했다. 영수 내외는 대견한 전일의 모습을 보며 활짝 웃는 이 순간의 행복이 지속되기만을 바랄 뿐이었다. 전일은 운지법을 제대로 지켜 아주 부드럽고 자연스럽게 어깨를 살랑거리며 신이 나 있다. 이 아이가 과연 뭐가 되려나. 어릴 때는 리코더 피리에 집착해서 피리 대여섯 개를 사 주기까지 했다. 그런데 이제는 오카리나에 푹 빠져 아주 신명 나게 한몸이 되어 소리를 뱉어내는 모습이 마냥 고맙고 귀엽고 기뻤다. 그렇지 않아도 얼마 전에 종이 알림장을 통해 담임선생님으로부터 연락이 왔다. 전일이 오카리나 실력이 꽤 훌륭해 이번 학교에서 도 교육청의 지원을 받아 관현악단을 구성하는데 전일을 꼭 입단시키고 싶다고. 전일에게 그 의향을 물으니, 자기는 자신 있고 오카리나가 너무 좋다며 꼭 입단해서 연주하겠다는 포부를 드러냈다. 다른 일에는 관심도 없고 시무룩하던 애가 관현악단 입단에는 목청에 힘줄을 세우고 고집을 피우니 정말로 좋아함을 인정하고, 담임선생님께 입단 동의서에 사인하여 회답했다. 관현악단에 입단하고는 연주 실력이 일취월장하였다. 가느다란 떨림의 고급 연주법도 익혔고, 소리의 크기를 작고 크게 하는 기교까지 생겼다. 참 장하고 대견스럽고 자랑스러운 아들이었다. 역시 신은 전일을 완전히 버리지는 않았구나. 하느님, 예수님, 부처님, 공자님! 너무 감사합니다. 계속 우리 전일을 굽어살펴 주소서. 전일은 초저녁 교도소 안을 오카리나 소리로 잠잠하게 재우더니, 한 시간여가 지나자 조용히 자기 방으로 들어갔다.

오늘도 다른 날과 마찬가지로 한자를 쓰고 외울 것이다. 제법 두툼한 옥편 하나를 하나 사다 주고, 논어 원문 영인본을 한 권 사 주었더니, 요즘은 그 책에 홀딱 빠져 밤이면 오로지 논어와 옥편을 겨드랑이에 끼고 산다. 이번 달에는 한자 능력검정 시험 3급을 응시하고 그 결과를 기다리는 중인데, 자신은 1급이 목표라고 늘 떠들어댔다. 그렇게 전일은 한자를 외우고 오카리나를 불며 호박 넝쿨에 애호박 자라듯 무럭무럭 성큼성큼 자라났다. 덩치는 성인 못지않게 듬직했고, 어깨는 쩍 벌어진 게 쌀가마니도 거뜬하게 들어 올릴 덩치였다. 가족실 거실을 거닐 때는 의젓하게 반팔자 걸음으로 거드름을 피우며 저벅저벅 걷는 품이 제법 성인다웠다. 그러나 아직 정신연령은 어리고 자신만의 세계에 갇혀있으며, 남과 어울리기보다는 혼자 있는 것을 즐기는 탓에 늘 손이 가고 한시도 맘 편히 놓을 수 있는 처지는 아니었다. 굼벵

이도 뒹구는 재주가 있다더니, 전일은 굼벵이 중에서도 가장 크고 귀한 장수풍뎅이 굼벵인가 보았다.

그렇게 시간은 또 흘렀다. 살을 에는 바람에 냉랭한 공기는 살갗을 날카롭게 찌르고 만물도 침묵으로 조용히 가라앉으며 흐르는 겨울. 교도소의 운동장 잔디와 잡초도 노란 잿빛으로 탈색하고 뿌리를 움츠렸으며, 퍽 드물고 성기게 심어놓은 그늘지기 나무들도 이파리를 떨구며 앙상하게 나목으로 남아있다. 한여름 그렇게나 깍깍 울던 까치는 나목들 중 튼실한 나무 한 그루를 골라 나뭇가지로 얼키설키 둥지를 만들었다. 영수 내외는 한겨울로 들어서자 작은 걱정거리가 생겼다. 전일이 겨울방학을 하면 어떻게 지내야 하는가? 영수 내외는 오전과 오후 교도소 일과대로 진행되어야 하지만, 전일은 혼자 가족실에 머물러야만 할 상황. 물론 주 1회나 2회 정도 교도소의 전문심리상담사가 오전이나 오후반 일을 같이해 주며 놀아줄 수는 있어도 계속 머물 수는 없었다. 달리 묘안을 고민하던 영수 내외는 부여 능산리에 사는 순희의 언니요, 영수의 처형인 선희에게 겨울방학 동안 의탁할 수밖에 없다고 판단하고 언니에게 부탁해 어렵게 허락을 얻었다. 정말로 다행이었다. 형부가 그래도 흔쾌히 돕자는 배려심이 있어서 가능했다. 아무리 가족이라도 몸이 불편한 아이를 돌봐주기란 맘 같지 않음에도 불구하고 언니 내외가 달갑게 수용해줌을 감사할 수밖에 없었다.

가족실의 영수 가족은 철창 속에서도 화목이란 꽃을 앙증맞게 피웠지만, 역시 그곳도 한 가정이다 보니 생계를 위한 씀씀이가 작지 않게 들었다. 그동안 영수 내외가 모아두었던 돈으로 영치금을 대신했으나 날이 갈수록 야금야금 줄더니, 급기야 바닥을 드러냈다. 물론 전일이 성장하면 장애인 표준작업장에 단순노무직으로 취업을 시킨 후, 소천면에서 조그마한 미용실이라도 개업하기 위해 모아둔 목돈은 있었다. 이를 깨야만 하나. 일이 년 후 출소해 새 출발을 위해 그 돈은 터럭만큼도 손을 대지 않을 참이었다. 이런 속사정을 알고 영수 부모가 쪼금씩 영치금을 넣었으나 밑 빠진 독이고, 깨진 바가지처럼 술술 돈은 나갔다. 아낀다고 아끼지만 최소한의 경비는 지출할 수밖에 없는 상황. 전일이 겨울방학 때 이모네에서 지내면, 한숨을 덜지만 이도 나중에 꼭 갚아야 은혜였다. 그리고 무엇보다 전일을 설득하는 일이 만만치 않았다. 전일은 그간 부모 말고 따르거나 관계를 맺은 경험이 없었다. 따라서 전일이 이모네에서 지낼 수 있도록 미리 작업을 해야 했다. 이모 가족사진을 수시로 보여주고 그들이 어떤 사람인지 줄기차게 설명하며 이해를 구했다. 낯이 익숙해지도록 공들이고 들였다. 처음에는 쳐다보지도 않던 전일은 반복되는 소개를 통해 차차 그들의 존재와 그들이 나쁜 사람이 아닌 것쯤은 겨우 터득했다. 어느 날은 언니 내외에게 교도소 면회를 꼭 와달라고 부탁해 가족실에서 전일과 친해지도록 심혈을 기울였다. 눈치만 보고 순희 등어리 뒤에 숨던 전일은 시간이 흐르자 그들과 눈빛도 교환하고 서로 손을 맞잡으며 소통했다. 차차 서먹한 벽은 허물어 내렸다. 한 달여의 고생 끝에 전일은 이모를 살갑게 대하자 때는 이때다 싶어 전일을 언니가 있는 부여 능산리로 보냈다. 마이쭈 캔디를 손에 쥐고 피카추 사탕을 입에 물며 전일은 언니의 자가용을 타고 떠났다. 영수 내외는 자가용 소음기에서 나오는 부릉거림이 점점 작아지다 안 들릴 때까지 손살을 치며 지켜볼 뿐이었다.

영수 내외는 전일을 보내놓고 날마다 노심초사했다. 그나마 교도소 내 교정심리센터에서 전문심리치료를 받으며 그 애태움을 달래고 꿋꿋하게 나날을 보냈다. 주말에도 잡생각을 줄이고자 귀휴도 거부한 채 일반인들과 봉사활동에 열렬히 참여해 사회에 적응할 수 있는 토대를 쌓고, 한 달에 한 번씩 마련된 가족 만남의 날에는 전일을 위해 각종 음식과 이벤트를 준비하기도 했다. 같이 한문책을 읽고 오카리나를 불며 좁은 공간에서 축구공도 천방지축으로 차면서, 단 일 초까지 아끼는 마음으로 짱짱하게 보냈다. 전일은 가족 만남의 행사 이후에 다행히 교도소에 머무르지 않고 순순히 이모를 따라갔다. 늦은 오후 전일을 태운 차 바퀴가 먼지를 풀풀 흩날리며 교도소를 벗어날 때 영수 내외는 손을 꼭 잡고 조금만 더 참고 이겨내자고 힘을 주었다. 순희는 출소 후 차릴 미용실을 앞두고 소자본 창업 교육에 극성떨며 참여했다. 창업 아이템, 경영 기법, 자금 대출, 상권 분석 프로그램을 스펀지가 물을 빨아들이듯 받아들이며 반복하고 정리하고 분석했다. 영수 또한 다가올 미래를 대비하고자 한국법률보호복지공단에서 실시하는 허그 일자리 지원 프로그램에 적극적으로 참여했다. 취업을 단계적으로 지원받을 방법을 터득하고 통합적인 취업 지원 서비스까지 받았다. 어제는 외로움을 견디지 못하고 여자 감방 안에서 한 수용자가 저세상으로 갔다. 우울증과 자책감에 시달려 자해를 종종 하더니, 결국 모든 걸 포기하고 고요하게 천국행을 향했다. 오후에는 이러한 일이 더 이상 번지거나 도미노 현상을 일으킬까 하는 염려에서 예방 차원의 안내방송이 나왔다. 이쁘장한 이영지 교도관의 목소리였다.

"여러분 모두는 인간으로서 소중한 존엄성을 가지고 태어난 존재입니다. 따라서 생명의 고귀함을 인식하고, 수용 생활이 비록 어렵고 힘들겠지만, 자신을 되돌아보면서 올바른 삶을 설계하는 소중한 시간으로 만들어 갈 것을 당부드립니다."

다분히 원칙적이고 형식적인 문장을 참됨이나 애틋함 없이 냉담하게 읊조렸다. 그토록 생명 존중 상담도 하고 이벤트와 프로그램을 운영해도 결국 죽을 사람은 죽고, 산 사람은 살았다. 열 사람이 지켜도 한 도둑을 못 막는다고, 죽음은 자신의 소신이자 맘대로 행할 수 있는 수용자의 유일한 판단사항이었다. 만칠천 명이 된다는 교정공무원 중 일부는 매사에 매너리즘에 빠져, 자살하면 그에 따라 생명 존중 캠페인 몇 번 실시하고, 감방 점검을 더 꼼꼼히 하는 게 전부일 것이다. 인간은 죽어서 이름을 남긴다지만, 수용자는 과연 이름을 남길까? 그래도 영수 내외는 허튼 생각 없이 오직 출소일만 기다리며 옹골지게 마음을 다지며 다잡았다. 지긋지긋한 이곳도 시간은 흘렀다. 국방부 시계만 가는 게 아니다. 교도소 시계도 늘 갔다. 어디에 살아도 인생, 어떻게 살아도 일생이라고 하지 않던가. 언젠가 올 화목한 가족의 미래를 내다보며 괘념 말고 동분서주하며 일 초 일 초 최선을 다하면서 잡념을 쓸어버리면 폐쇄 속 답답함은 어느덧 저 멀리 가 있을 거였다.

18

한낮 찌는 햇볕은 사람들의 피부 속 멜라닌을 속속들이 뒤집어 놓았다. 잠시라도 양달에 머리를 두면 날카롭게 쪼아대는 햇살의 공격으로 견디기 힘들게 따가웠다. 전일이 작년 겨울방학 이후 반년 만에 다시 찾은 이모네 온 지 일주일. 선희 이모네는 야트막한 언덕을 뒤로하고 앞에는 전답이 왕포천을 감싸면서 펼쳐졌다. 예로부터 너른 들판 덕분에 이 동네 가구 수는 몇 안 되지만 모두 부농으로 넉넉하게 살았다. 마을 입구의 선희네는 세 칸짜리 맞배집이 남향으로 정돈된 채 본채가 자리를 잡고 있었다. 박공이라는 삼각형 벽이 날렵하게 하늘을 향해 솟구쳤고 서까래를 기둥 밖으로 죽 끌어내어 넉넉한 처마까지 두었다. 처마의 고운 곡선을 유지하고자 부연을 길게 빼고 그 아래에는 돌로 만든 풍경을 오밀조밀하고 깜찍하게 달았다. 그에 맞선 두 칸짜리 사랑채도 같은 형태로 지었는데, 그곳에 선희 내외가 한 칸을 쓰고 나머지 한 칸은 전일이 썼다. 선희 남편, 강수의 가문은 원래 대대로 가옥 뒤편에 있는 능을 지키는 능지기를 오랫동안 역임했다. 그게 언제부터였는지 정확하지는 않았다. 아버지의 아버지, 그 아버지의 아버지, 그 그 아버지의 아버지 대부터 능참봉을 하다가 이어 내려오면서 제사와 묘 정리, 벌초, 관리를 수백 년 이상 해오고 있었다. 지금도 가옥 뒤편에 오르면 둥그런 능 7기가 맨 상단에 1기, 두 번째에 줄을 지어 3기, 아랫녘에 3기가 옹기종기 모여

있다. 일제강점기에 6기가 발굴되었는데, 백제 사비 시대의 왕족 묘로만 추정했고, 별다른 유물이 나오지 않아 원래대로 덮고 옛 모습으로 재현해 놓았다. 일제강점기 이전에 벌써 도굴꾼에 의해 도굴한 흔적이 여럿 발견되었다. 돌방무덤형식으로 직사각형 공간에 천장은 평탄한 육각형의 평사천장이다. 시대는 서기 6세기 것으로 추정만 했다. 그래도 7기 중 돌방무덤의 형식을 제대로 갖춘 것은 맨 아랫녘 동쪽에 있는 동하총이다. 유일하게 고분 벽화가 남아있다. 바로 좌청룡 우백호 남주작 북현무의 그림이다. 그래서 동하총은 햇빛과 습기로부터 보호하고자 오랫동안 폐쇄했으며, 그 상태를 유지하고자 정남향 능 입구에 쇠문을 내달았지만 어지간해서는 개방하지 않았다. 그 쇠문의 열쇠는 선희 시집에서만 갖고 있으며 대대손손 가보처럼 물려 내려왔다. 개방은 중대 행사가 있을 때만 1년에 한 번 정도 행해졌다.

전일은 옴망졸망하니 자리 잡은 능 일곱 기가 그렇게나 좋았다. 선희 이모가 차려준 아침밥을 먹고 시간이 날 때마다 그 능들에서 구르고 뛰놀며 오전을 소비했고, 점심 끼니를 해결한 후에는 낮잠을 한두 시간 잔 후, 한자를 소리를 내 읽고 오카리나를 부는 것으로 일과를 치렀다. 하루 이틀 오카리나를 부는 날이 잦아지면서 능 주위의 산새들과 수목들도 전일이 오카리나를 부를 때면 마치 일군의 합창단처럼 같이 호흡하고 소리를 내며 살랑거렸다. 사방으로 트여있는 곳이라 늘 바람이 셌다. 비록 여름이지만 그 바람을 이용해 연도 가끔 날리기도 했다. 연을 날릴 때마다 아빠·엄마가 있는 그곳에서 자신을 올려 볼 것이라 착각하며 열렬히 날렸다. 높이 나는 연이 큰 세상을 내려볼 수 있듯, 자신도 그 연에 꿈을 싣고 온 세상을 굽어보며 아빠·엄마에 대한 그리움을 대신하기도 했다.

오늘도 점심을 먹을 무렵 전일은 능에 올라 오카리나를 불었고, 자그마한 동네에 청아한 그 소리가 자욱하게 살며시 내려앉고 있을 때였다. 날이 선선한 새벽, 농사일을 끝내고 짬을 내서 쉬던 전일의 이모부 강수는 능에서 들려오는 애절한 오카리나 소리에 자못 처량해진다. 저거 지 애비, 애미가 무척이나 그리워서 부르는 소리라 그런지 슬프고 참 짠하네. 오늘은 조카 놈과 시간을 같이해야겠다 마음먹고, 점심 식사하자고 가면서 말도 나눠 볼 겸, 능으로 침착하게 발을 옮겼다. 가다가 '잠깐' 하며 다시 집에서 동하총 쇠문 열쇠도 챙겼다. 그날은 아침부터 찌더니, 가마솥을 곁에 둔 것처럼 온몸에서 땀이 소낙비 떨어지듯 흘러내렸다. 뭔 날이 이리 더운지, 화통을 삶아 먹었나 하는 짜증이 순간 인다. 전일은 동하총에서 십여 미터 떨어진 곳에 우뚝 선 아름드리 곰솔 나무 그늘에 있었다. 곰솔잎들은 가락에 몸을 싣고 오카리나 음표에 맞춰 바늘 잎들을 이리저리 흩날렸다. 강수는 전일이 안쓰러우며 마냥 부러웠다. 아무 걱정과 생각 없이 그냥 그렇게 쉬고 있다. 자기 하고 싶은 대로 마음 가는 대로 편하게 있는 지금. 물론 자신도 청소년기에는 그리 지냈었다. 지나고 보면 인생에 있어 공부라는 스트레스만 없다면 가장 행복한 시기가 청소년기였다. 공부에 별 관심이 없던 강수는 그래서 청소년기에 잔소리깨나 많이 들었었다. 그러나 한 가지, 그렇게 공부는 싫었어도 소싯적부터 할아버지께 머리통 얻어터지며 배운 천자문 덕분인지 한자만은 오지게 잘 배웠다. 그 덕에 지금 손바닥만 한 농사를 짓고 시골 중학교에서 역사를 가르치지만, 마을에서 전체 회합이 있을 때나 관공서에 서류를 제출할 때면 문리 깨우친 덕을 톡톡히 보았다. 마을 사람들은 그래서 강수를 십 년간이나 똑똑하고 야무진 사람으로 촌장처럼 대우했다. 뭐든지 배워두기만 하면 써먹을 데가 있긴 했다. 그때 배운 한자로 사서삼경을 독파했더라면 더 좋았을 것을…. 때늦은 후회이지만 지금이라도 하면 될 터이나 굳이 그렇게까지 하고 싶진 않았다. 살다 보니 할 수 있는 일도 그냥 없으면 없는 대로, 있으면 있는 대로, 대충 그럭저럭 사는 것이 몸에 배겼다고 할까. 게을러지는 인생이다. 그렇다고 생활전선까지 그렇지는 않다. 식솔들의 입이 모두 자신만 쳐다보는 상황에서 생계는 최소한 가장으로서 지켜야 할 의무요 책무였다.

날은 찜통이지, 능에 오르는 길은 불과 이십여 미터도 되지 않건만, 숨이 목 밑까지 차올라 헐떡거렸다. 전일은 강수가 올라오는 모습을 눈길로 힐끗 한번 보더니 마저 하던 연주에 빠져있다. 그늘이라지만 그곳도 공기는 더웠다. 전일은 더운 공기를 맞이한 채 땀을 삐질삐질 흘리며 연주를 열심히 하는 모습이 장인이 공들여 대단한 것을 연주하는 그 이상이었다. 헐떡이는 숨을 가다듬으며 곰솔 나무 그늘에 철썩 엉덩이를 내려놓고 그 옆에 앉았다. "참! 더운 날이다. 그치?" 분위기가 서먹해 한마디 거들지만, 전일은 대꾸가 없다. 강수가 쳐다보자 그저 고개만 까딱하고 그만이다. 전일은 어떤 일에 몰입하면 거기에 미쳐서 그만둘 때까지는 어떠한 일이 있어도 멈추지 않았다. 아마 막 전쟁이 나 포탄이 옆에 떨어지거나 지진으로 땅이 갈라져도 꿈쩍하지 않고 하던 일을 마저 할 그런 아이였다. 이런 아들을 순희 처제는 그토록 아끼고 보살폈다. 금이야 옥이야 금쪽같은 아들이었다. 장애아를 키우는 부모는 그 속에 천지 같은 넓은 마음 씀씀이가 아니면 견뎌내지 못하리라. 너른 마음으로 자기 새끼를 보통의 아들들과 똑같이 키우려 했고, 손이 좀 더 가지만 한 번도 싫증이나 힘든 소리를 낸 적이 없다고 마누라가 이야기했었다. 자신도 중학교 역사 선생님을 하며 애들 둘을 키우지만, 항상 싸우고 치고 막고 울고 또 언제 그랬냐는 듯 시시덕거리고. 단 하루도 평탄치 않고 중구난방의 천둥벌거숭이들이었다. 반면에 전일은 어울리는 것만 싫어할 뿐 자기 할 일은 늘 규칙을 지켜 일분일초도 어긋나지 않고 착착 해나갔다. 어쩌면 저런 장애라면 부모들은 애 키우기 편하리라는 엉뚱함마저 들었다. 얼마나 지났을까. 시간이 흐르고 드디어 전일은 오카리나 연주를 멈췄다. 그리고 혼자 벌떡 일어났다. 이때를 놓치지 않고 강수는

"다 불렀니? 점심 먹으러 내려가자. 근데 그전에 이모부가 멋지고 신비로운 세상을 보여주려는데 같이 가볼래?"

전일은 눈도 맞추지 않고 '응'하며 단답형으로 대답했다.

"그래. 그럼 나를 따라와 봐. 신기한 걸 보여주마."

강수도 종아리에 힘을 주고 엉덩이를 툭툭 털며 일어섰다. 전일도 이모부 꽁지를 놓치지 않고 둘레둘레 따라나섰다. 강수는 동하총 쇠문 앞에 서서 열쇠를 꺼내 자물쇠를 열었다. 전일도 강수의 등 뒤에 바짝 서서 이모부의 등허리 옷자락을 움켜쥐고 멀뚱히 쳐다봤다. 쇠문이 덜커덩 열리며 암흑의 공간이 훅, 시야에 들어섰다. 전일은 움켜쥔 옷자락을 다시 한번 세게 고쳐 잡는다. 찬찬히 한 발 두 발 발걸음을 옮겼다. 앞서는 강수는 몇 번 본 경험 탓인지 성큼성큼 내려섰지만, 뒤꽁무니에 붙은 전일이 혹 놀라지 않을까 조심조심 내려간다. 문 바로 앞은 계단 세 개가 아래로 향해 있다. "조심해서 따라오너라." 당부하고 강수는 무덤 돌방 안에 들어섰다. 사방이 합판 크기의 넓적 돌로 사방을 둘러친 한 평 남짓한 공간이다. 강수는 핸드폰을 꺼내

플래시 기능을 켜고 주위를 비추었다. 칠흑 같던 어둠은 플래시 불빛에 쏜살같이 사그라지고, 바닥에 있던 지네 두 마리가 몸을 재게 숨기며 도망가지만, 분위기는 음산했다. 바깥은 그렇게 덥건만 에어컨을 켜놓은 듯 썰렁하게 시원했다. 오른쪽과 왼쪽으로 플래시를 비추며 전일에게 설명했다.

"이게 청룡이라는 거야. 푸른 용이란 뜻이지. 청룡은 동쪽 방위를 지키는 나무 기운을 맡은 태세신을 상징하는 짐승이지. 이번에는 이쪽을 보거라."

플래시를 반대편으로 옮겨 비춘다.

"이거는 백호야. 하얀 호랑이. 서쪽 방위 쇠 기운을 맡은 태백신을 상징하는 짐승이고. 선이 많이 지워져 선명하진 않지만, 자세히 보면 그 윤곽이 대충 보이긴 할 거야."

전일은 휘둥그레진 눈알만 두리번거릴 뿐, 벽화가 제대로 들어오진 않는다.

"무섭니? 그럼 빨리 얘기하고 나가자."

강수는 두려움에 떠는 전일을 향해 남은 두 벽화를 빨리 보여주고 나가려고 서두른다. 북쪽 벽을 향해 빛을 비추며

"이 짐승은 현무라고, 물의 기운을 맡은 태음신을 상징하는 짐승이

고, (반대편으로 속히 플래시 빛을 쏘이며) 마지막으로 이건 주작이야. 남쪽 방위를 지키는 신령을 상징하는 짐승이지."

전일은 듣는 둥 마는 둥 하며 이모부의 옷가지를 자꾸 밖으로 낚아챈다. 그 성화에 강수도 더 이상 머물지 못하고 부랴부랴 쇠문 쪽으로 향했다.

"많이 무서웠니? 사내놈이 뭘 그 정도 갖고. 흐훗."

전일은 능을 나오고 처음으로 입을 뗀다.

"무서워. 무서워. 깜깜해. 무서워."

강수는 전일을 폭 안아주었다. 아직도 떨고 있는 아이의 심장을 다독이고자 등도 톡톡 두드려주었다. 강수는 크게 깊은숨을 쉬도록 해보고, 충분히 안정감을 되찾은 후 손을 잡고 집으로 내려왔다. 남향으로 지운 한옥은 긴 처마에 흙벽 때문인지 능 앞보다는 한풀 더위가 꺾였다. 마침 아내 선희가 앞마당에 호수로 물을 흩뿌려놔 더더욱 시원한 편이었다. 강수는 오늘따라 한옥의 묘미에 한껏 기분이 충만해진다.

점심 식사는 시원한 콩국수를 마련해 놓았다. 강수의 아버님이 특히 좋아하는 음식이라 여름이면 줄곧 콩국수였다. 꼭 콩을 직접 사서 콩물을 만들어 먹는 것만 드시기에 아내 선희의 노고가 이만저만 아니었다. 어머니가 이태 전에 먼저 하늘로 가시고, 아버지는 홀로 아들 내외와 살면서도 마치 이빨 빠진 호랑이도 콧대는 세듯 그 꼬장꼬장한 콧대는 꺾지 않으셨다. 어린 전일은 콩국수를 먹는 둥 시늉만 내다 반도 안 먹고 젓가락을 놓고 자기 방으로 가버렸다. 처음 전일의 상태를 몰랐던 아버지는 버르장머리없는 아이로 치부하고 일거수일투족에 잔소리로 지청구를 주었다. 나중에 아내가 자세한 자초지종을 아뢴 후에야 전일의 행동에 일언반구도 하지 않았으나, 오늘 콩국수에 입만 대고 반 이상 남긴 행동은 못마땅했다. 강수는 그러한 아버지의 표정을 눈치채고 눈짓으로 그냥 내버려 두시라고 메시지를 전했다.

자기 방에 들어간 전일의 한문 독송 소리가 울려 퍼졌다. 꼭 오후에는 애늙은이처럼 『논어』를 읽었는데, 오늘은 공자가 남을 가르치는 내용과 평소 행실에 관해 설명한 술이(述而)편을 읽는 중이다.

子曰 述而不作 信而好古 竊比於我老彭
자왈 술이부작 신이호고 절비어아노팽

공자께서 말했다. 나는 전달할 뿐 창작하지 않았고, 믿고 옛것을 좋아함을 살며시 나의 노팽(은나라 현인으로 팔백 살까지 산 인물)에 견주어 본다.

독송 소리가 한옥 주변을 맴돌자 콩국수를 먹던 강수의 아버지는 그 소리가 싫지는 않은지

"그놈! 참. 애가 좀 보통 애들과 다를 뿐이지, 저 독송하는 품을 보면 요즘 아그들 같지 않고 남 달러. 독송 소리가 참 좋다."

하면서 흡족하게 꺼이꺼이 웃음을 지었다. 강수의 아버지도 예전에

는 인근 마을에서 글줄깨나 읽은 초시로 알려져 있었다. 그래서 그의 별명은 동네 시오 리 내에서는 '이 초시'라 했었다. 젊을 때는 마을에서 조그마한 서당도 열어 취학 전 아이들의 한자 입문을 돕기도 했다. 그러한 그도 사실 논어까지 제대로 읽어보진 않았다. 할아버지에게 소싯적 논어를 소개받긴 했으나 수박 겉핥기식 속독으로 듬성듬성 흘려보냈을 뿐이다. 언제 하루 시간을 내서 저 아이놈을 불러놓고 한문 실력이 어느 정도까지인지 가늠 보아 시험해 볼 참이었다.

　　　　　　오늘도 작업장에서 영수의 이마에서는 포도알 같은 구슬땀이 중머리부터 흘러내렸다. 어찌나 더운지 겨드랑이며 사타구니의 피부 모공에서 샘솟는 땀방울이 무수히 깔린 해변의 모래알처럼 분출되고 솟아났다. 삼복더위로 실내 온도가 이십오 도를 오르락내리락하는데도 교도소 작업장의 에어컨은 돌아가지 않았다. 이십육 도 이상이어야 규정에 따라 에어컨을 켜는데, 작업장의 수온계는 딱 이십오 도에 멈춰 더 이상 오를 기세가 없었다. 마치 억지로 딱 그 온도까지만 올라가고 그 이상은 오르지 못하게 막아놓은 것처럼 간당거리며 헐떡댔다. 그래도 세월은 흘렀다. 순희와 가족실에 있으면서 그간 하지 못한 수많은 얘기도 나눠보고 확인하지 못한 사랑도 주고받았다. 처음 형기를 확정하고 이제 자신의 운명은 좆났다고 여겼었다. 그러나 세상이 그렇게 호락호락하게 흐르진 않았다. 아무리 악인이라도 단 한 번의 기회를 주듯. 실수는 병가지상사라 했지만, 자신의 실수는 다시는 결코 번복할 수 없는 잘못이었다. 주위의 도움으로 천성의 성실함을 인정받아 이제 교도소에서 모범수로까지 알아주었다. 순희도 영수와 한 가지였다. 그녀 또한 너무 고통스러워 순간에 저지른 실수지만 두고두고 후회했고, 시부모의 깊은 뜻을 나중에 알고 괴로워하며 송구할 뿐이었다. 게다가 순간의 죄악으로 남다른 외동아들마저 남의 손에 의탁하는 삶이 정말 미안할 뿐이었다. 선희 언니 내외는 전일을 친자식처럼 돌봐준 덕택으로 가슴 한곳을 쓸어버리고 수용 생활을 이겨냈다. 언니는 한 달에 한 번꼴로 꼭 면회를 왔다. 불과 십 분밖에 되지 않는 면회를 위해 몇 시간을 지척마냥 달려왔다. 만날 때마다 반가움이 주먹만 하다면 미안함은 머리만 했다. 그저 부족한 전일을 품에 안고 아무 걱정 없이 잘 지낸다는 말을 들으면 더욱 미안할 뿐이었다. 가끔 자신도 시집 어른들께 고하지 못하는 어려움이나 푸념을 언니이니까 투정하면서 잠시나마 위로받기로 했다. 그리고 십 분 뒤 면회실을 나올 때면 고마움, 미안함, 씁쓸함 등을 뒤로한 채 한 달을 근근이 살아갔다. 언니의 면회는 그래서 한 달에 한 번 복용하는 보약이었다. 그 보약 덕에 순희는 마음이 튼실해졌고, 앞으로의 미래를 찬찬히 준비할 수 있었다. 순희는 교도소 미용 작업장에서 열심히 기술을 연마하여 갈수록 자격증 취득 시절보다 잔기술까지 늘었다. 자기 몸이 짊어진 죄스러움을 작업장의 몰입으로 잊고자 했다. 교도관에게 최신 미용 책 구매도 부탁해 열심히 공부했고, 이를 교도소 동료나 여자 교도관들에게 시험용으로 시행하면서 일취월장으로 기술은 늘었다. 그래서인지 순희의 인기는 여자 교도소에서 최고였다. 심지어 이 소문을 듣고 같은 건물의 남자 교도관들마저 머리를 손봐 달라고 강짜를 내는 일도 있었고 교도소장까지 자신에게 머리카락 손질을 맡기기까지 했다.

오늘은 미용 작업장에서 같이 일하는 선배 언니가 이송되는 날이었다. 담당 교도관은 그 언니에게 이송 기관과 날짜를 귀띔해 주었겠지만 같은 수용자들끼리는 금시초문에 갑작스러운 통보였다. 그 언니는 갑작스러운 이송에 짐을 서둘러 싸고 작별 인사도 제대로 하지 못하고 떠나갔다. 그 언니와 함께 교도소를 떠나가는 몇몇 무리는 급한 바람에 머리도 감지 못하고 푸석푸석한 얼굴빛으로, 호송 줄에 묶여 마치 굴비 엮이듯 줄지어 나갔다. 순희는 창에 비친 그들을 보면서 안쓰러운 마음의 빗방울이 뺨을 타고 흘렀다. 엉뚱하게 잠시나마 버스로 가며 바깥의 풍광을 누릴 수 있겠다는 부러움이 들긴 했다. 몇 명을 이송하였으니, 조만간 새로운 식구가 들어올 것이다. 새 식구들은 늘 그렇듯이 기선 제압을 위해 양미간에 힘을 주고 울릉대며 힘을 겨뤘다. 처음엔 낯설고 긴장되더니, 그것도 이골이 난 뒤부터는 오히려 추하게 불쌍하고 가여웠다. 간혹 개중에 몇은 쭈뼛대며 엉거주춤하게 투미한 행동거지로 교도소의 심한 막일이나 허드렛일을 맡게 되면 양미간의 싸움도 때론 먹힐 때가 있었다. 미용 작업장의 또래 하나는 지난주에 신입 하나를 방에 받았는데, 어리바리한 게 들어왔다고 짜증이 이만저만 아니었다. 따라서 신입 배정이 되는 오후 세 시 무렵이면 각 방은 신입 배정을 반기는 것보다 싫어하는 경우가 더 많았다. 괜찮은 인물을 받아서 이것저것 교육하고 가르쳐서 잘 적응하면 다행이지만, 과반수가 그렇지 않아 늘 꺼렸다. 골칫거리만 하나 늘 뿐 방 구성원들에게 티끌만큼도 도움이 되지 않았다.

그 또래가 내일은 선고받는 날이다. 순희는 그 친구를 위해 아침부터 해맑게 웃으며 가댁질을 치지만, 친구의 얼굴은 무겁기만 했다. 점심 식사도 그렇게 좋아하는 시금치 된장국이 나왔건만, 평소처럼 게걸스럽게 국에 밥을 말아 먹지 않고 드는 둥 마는 둥. 억지로 몇 술을 들도록 옆에서 추동질을 해대지만 이내 묵묵부답이요, 꾸어다 놓은 보릿자루처럼 시무룩했다. 원래 교도소에서 선고받는 날은 비벼 먹지도 않고 국에 밥을 말아 먹지 않는 게 미신처럼 내려오는 전통이었다. 한편 영수는 지급되는 최소한의 생필품과 식사, 의복 외에 분수를 모르는 푼수처럼 너무나 먹고 싶어 쥐꼬리 영치금 중 일부를 과감히 쓰기로 했다. OMR카드에 참치통조림과 순희가 좋아하는 초코파이를 신중히 기재했다. 쓰고 또 보고 잘못된 것은 없나 또 확인했다. 교도관에게 공손하게 제출하고 이제는 기다림의 시간이었다. 내일 오면 퍽 다행이지만 통상 사나흘은 걸리는 것이 관례였다.

이틀 후. 구매품이 일찍 배분되었다. 구매 소지가 물건을 끌차에 쌓고 다가오는 소리는 세상의 어떤 소리보다 행복한 음향이었다. 마치 성탄절 선물을 나누어주는 산타클로스처럼. 루돌프 사슴만 없을 뿐이지, 수레바퀴 소리는 경쾌하고 날렵했다. 누구든 그랬다. 마치 파블로프의 개처럼 끌차 소리에 무조건 반사적으로 침이 고인다고. 영수는 소지에게 참치통조림과 초코파이를 받았다. 마치 갓난아기를 품에 안듯 소중하고 조심스레 받아들었다. 이제 이 행복을 들고 일과를 마친 후 가족실로 들어가 순희와 달콤하게 나눠 먹을 일을 상상해본다. 메마른 사막에 촉촉한 비가 내린 듯, 온몸에 활력이 솟았다. 오후 5시. 오늘 일과가 끝났다. 다른 수용자들은 각방으로 들어가 청소와 개인 장비를 정비하고 6시 반까지 저녁 식사를 한다. 영수는 가족실에 입실하고 마치 무슨 큰 비밀이나 안은 듯, 참치통조림과 초코파이를 주방 귀퉁이에 숨겼다. 순희를 깜짝 놀라게 할 풍신이었다. 순희는 십 분 후 지친 몸을 이끌고 들어왔다. 들어오자마자 '아이고' 하는 신음부터 내뱉는다. 영수는 곧바로

"오늘도 작업장에서 일이 겁나 많았나? 많이 억시게 힘들었나 봐? 욕봤네 그려."

순희는 냉가슴으로 쳐다보는 영수를 향해 아무렇지도 않은 듯,

"뭘요. 당신이나 나나 똑같지, 뭐. 오늘은 작업장 친구가 선고받기 전이라 핏기도 없이 축 늘어져 있어 분위기도 우울했고, 게다가 한 달에 한 번 있는 대청소 일이기도 해서 이것저것 치우고 먼지 먹고 그래서 그런가 봐요. 당신은 어떠셨어요?"

힘든 낯빛을 부드럽게 고치는 순희의 마음에 영수는 짠해진다.

"나야, 뭐 암시랑토 안 혀. 당신도 일헐 띠 앵간치 혀. 씨알 데 읎이 기냥 자기가 무슨 작업실의 징한 사람처럼 일허지 말구."

순희는 역시 부부는 일심동체라 자기 몸을 몹시 챙겨주는 영수의 마음이 고맙다.

"네. 눈치껏 잘할게요. 걱정하지 마세요."

영수는 이제는 때가 되었다 싶어

"당신 눈 쪼개 감아보쇼잉. 나가 깜짜기 놀랄 것을 보여줄랑께."

뜬금없은 주문에 순희는 고개를 갸우뚱하며,

"무엇인데 그래요? 깜짝 놀라긴 뭐가 깜짝 놀란다고. 이젠 옛 소녓적마냥 깜짝 놀랄 일도 없고 어지간하면 기분이 장 그런데…"

영수의 흥분된 마음은 약간 풀이 죽고 만다. 그렇게 맑고 순수했던 아내 순희는 이제 세상의 쓴맛과 단맛을 어느 정도 보았는지, 그저 무덤덤한 게 못내 애가 말랐다. 순희는 큰 기대 없이 얼른 말을 바꾼다.

"쓸데없는 짓 하시지 말고, 오늘 뜨신 물 나오는 목요일이에요. 얼른 밥해 먹고 목욕이나 하세요. 일주일의 땀과 때를 말끔히 씻어버리시구려."

영수는 숨겨놓은 초코파이 줄 생각에 깜놀할 순희를 생각했건만 이내 관심이 없는 순희에게 서운함마저 들었으나, 대신 다른 일에 힘이 한 번 용솟음친다. 아내가 목욕하란다. 오늘 밤은 으흐흐…. 영수는 저녁 식사 후 취침 전에 깜짝 이벤트로 초코파이 선물을 듬뿍 안겨주고 큰일을 치르면 되겠다 싶었다. 비록 감방 안이지만 오늘 전일이 동생 하나를 만들까 하는 생뚱맞은 생각까지 한다.

밤 8시 30분. 저녁 식사 후 집 안 청소를 간단히 마치고 영수는 텔레비전을 시청 중이다. 순희는 얼마 전 받은 헤어스타일 신간 잡지에 빠져있다. 낮 동안의 티브이 방송은 녹화방송을 틀어준다. 시사정보다는 자연 다큐멘터리나 인간 휴먼 논픽션 위주이다. 그러나 오후 일정을 끝마친 후에는 이른바 생방송, 즉 직접 방송국에서 송출하는 프로그램을 그대로 보여준다. 오늘은 관광지를 다니면서 맛집을 소개해주는 프로그램이었다. 이런 내용이 수인(囚人)의 처지로 가장 심적으로 고통스러웠다. 우발적이고 충동적인 범죄로 아내가 자기 곁에 와있고, 귀하고 소중한 외아들까지 떨어진 인생 속에서, 가족들이 경치가 근사하고 환상적인 관광지를 둘러봄은 유토피아요, 파라다이스였다. 심지어 그러한 장소에서 그 지역 최고의 음식을 맛보는 행복이란 인생이 사는 묘미를 느끼기에 충분했다. 부러운 마음을 뒤로하고, 순희의 말에 따라 세면실로 들어가 샤워를 간단히 했다. 순희는 벌써 저녁 식사를 마친 후 독서 전에 간단히 샤워를 마친 상태. 몸에 보디로션을 바르고 얼굴에는 옅은 기초화장까지 마쳤다. 영수는 세면실에 들어서며 순희를 힐끗 쳐다본다. 순희는 영수의 시선이 느껴지는지 곁눈질을 한 번 주었다가 바로 책 속으로 눈이 빨려 들어간다. 영수는 세면실로 향하며 들으라는 듯,

"나 시방 간단히 물만 껴얹치고 얼렁 나올랑께 지둘려."

영수의 톤이 고혹적이며 끈적끈적했다. 순희는 관심이 없다는 둥 시큰둥하게,

"깨끗이 닦고 와요. 그냥 대충대충 하시지 말고."

영수는 휘파람을 불며 세면실로 들어간다. 샤워기를 들고 온수 쪽으로 수도꼭지를 튼다. 찬물이 이내 나오더니, 사오 초가 지났나. 점점 물이 따뜻해진다. 수도꼭지는 온수 방향으로 최대한 틀었으나 온도는 미지근할 뿐 뜨끈하진 않다. 시간이 넉넉하지는 않다. 삼십 분 후면 취침 시간으로 전원이 전부 내려지고 물론 온수도 나오지 않는다. 부랴부랴 바지런히 이곳저곳에 비누칠하고 때수건으로 왔다 갔다 하며 정신없이 서두른다. 특히 땀이 많이 나고 냄새까지 역한 겨드랑이와 사타구니, 항문 주위를 닦고 또 닦는다. 그리고 보니 그 부위들은 털과 거웃들이 매생이처럼 앙증맞게 매달려 있다. 겨드랑이엔 뭉쳐서, 사타구니엔 도넛처럼, 항문은 보이진 않지만, 일렬로 가로수 대열

을 지었을 듯하다. 오늘은 별안간 매생이 생각이 간절히 난다. 한겨울 굴 한 움큼과 매생이 한 줌을 섞은 뒤 양은 냄비로 팔팔 끓여 먹는 매생잇국은 겨울철 보양식 중 최고가 아니던가. 국만 있는 게 아니라, 매생이와 굴을 같이 넣고 반죽해 프라이팬에 고소한 콩기름을 두르고 먹는 지짐이는 어떤가. 여름에는 민어, 겨울에는 매생이에 굴이 뭐니 뭐니 해도 최고의 자양강장제 아니었던가. 입안에 한 모금의 침이 흥건히 고인다. 더 이상 상상에 머물러 있다간 시간 다 지나가겠다며 다시 마음을 다잡고 구석구석 닦는다. 헐레벌떡 닦았다. 면수건으로 구석까지 깔끔하게 습기를 걷어냈다. 온몸은 뽀송하게 피부가 솟고 개운했다. 세면실을 나와 벽시계를 올려보았다. 8시 50분. 십 분을 남겨두고 기가 막히게 끝냈다. 소등 전 십 분 내로 순희가 좋아하는 초코파이를 깜짝 이벤트로 보여주면 딱 맞는 시간이었다.

영수는 머리를 털며 팬티와 러닝 차림으로 거실 소파에 앉았다. 주방 식탁 위에서 잡지를 보던 순희는 '저 냥반 왜 저러냐'식의 눈길을 준다. 영도 말로 '깨벗고 댕긴다'는 말이 있는데 꼭 그 모습이다. 영수는 당당하고 호기롭게 아내 순희를 보며,

"당신, 눈 좀 감아보소 이잉. 나가 겁나 놀랠킬 만헌 일을 헐라니께. 어여!"

순희는 내의 차림으로 설레발치는 영수의 모습에 큭 하고 웃음이 일었지만, 영수의 얼굴이 너무 진지해서 순응한다. 읽던 잡지를 한 편으로 밀어 넣고 가만히 눈을 감았다. 영수는 주방 구석 쪽으로 움직이는 듯하더니, 뭘 꺼내는 듯 낑낑대고 이어서 바스락바스락 비닐 소

리가 지질하게 들린다. 영수는 이제는 뭐가 다되었다는 듯

"이제 눈을 떠 보랑께. 나가 이걸 꼼치고 당신 놀랠킬라고 을매나 고생헌 줄 모를겨. 솔찬히 놀랄껄?"

순희는 눈을 살포시 떴다. 눈앞에 초코파이 한 상자와 벌써 바로 먹기 좋게 까놓은 초코파이 한 알이 번듯하게 놓여있다.

"아이고야! 이제 어쩐 일이래요? 어디서 났어요? 이 귀한 것을."

영수는 보무도 당당하게 목대에 힘줄을 올리며,

"나가 당신 생각혀서 영치금에서 을매를 꺼내 사번지고 말았네 그려. 나도 참치가 겁나게 먹고 싶어서 함께 시켜불고."

순희는 얼마 남지 않은 영치금을 써버린 남편 영수의 행동에 어처구니가 없지만 이제 어쩔 수 없었다. 이미 쏟아진 물이요, 내뱉은 침이었다. 순희는 감복하는 듯,

"잘했어요. 그래요. 먹고 죽은 귀신 때깔도 좋다는데, 우리도 못 먹으면 죽을 거 같은 건 사 먹읍시다. 고마워요. 이렇게 챙겨줘서."

영수는 순희가 맘에 들어 하자 기세가 더 등등해지면서,

"난 당신백이 읎어라. 당신 알제? 미안허고 늘 고맙고. 그리고 사랑혀."

어느덧 영수의 입술이 순희의 코앞까지 다가왔다. 아직 맘의 준비도 없는데, 훅 들어오는 영수의 태도에 흠칫 당황한다. 그러나 이내 마음을 다듬고 그냥 흘러가는 대로 내버려 둔다. 영수는 순희의 이마에 입술로 쪽 소리를 낸 후 살며시 그녀의 두 정강이 아래로 오른팔을 집어넣고 왼팔로 목을 휘감는다. 그리고 곧바로 불끈 들어 올렸다. 방으로 들어가니, 이미 펴있는 온돌방 잠자리 위에 그녀를 조심스레 눕혔다. 그때 마침 신기하다 싶을 정도로 소등이 된다. 아홉 시가 되었다는 표시였다.

갑자기 순희와의 초야가 돌이켜진다. 결혼 일 년 전이었을 것이다. 당시에 둘이 너무 바빠 근 두 달 만에 대전에서 만난 그날이었다. 그동안 순희는 고객들 머리 감아주며 선배에게 커트를 배우는 중이었다. 전혀 녹록지 않은 수련 과정이었다. 역시 세상살이가 호락호락한 것이 어디 있겠는가? 상하관계가 엄격하고 위계질서가 철저했다. 아무리 나이가 어려도 하루라도 먼저 입문한 사람이 선배였다. 어떤 선배를 만나냐는 팔자였다. 배려심 있고 친절한 사람이 있는가 하면 사사건건 시비조로 지청구를 주며 가르쳐주는 사람도 있었다. 순희의 선배는 그사이의 어중간 사람이었으나 한 번 히스테리를 부리면 걷잡을 수 없이 날카롭고 짜증이 심했다. 원장의 비위 맞추는 것보다 선배의 비위 맞추기가 곱절로 힘들었다. 그렇게 두 달의 일과는 스트레스가 과도하게 누적된 상태였고, 영수 또한 아버지를 따라 배우는 수산 유통업 과정이 여간 만만치 않고 어렵지 않았다. 아버지는 처음에는 좀 어렵겠지만 그때를 무사히 넘기면 일사천리로 쉽게 풀린다고 독려했지만 도통 그러한 날이 오지 않았다. 고초의 끝없는 가시밭길이었다. 둘은 각각 그 길을 떨어져서 밟을 뿐. 너무 피곤하고 바쁜 와중에 둘의 만남까지 버거웠다. 대전에서 두 달 만에 만난 둘은 누가 먼저라고 할 것 없이 보자마자 서로 부둥켜안았다. 의지할 사람, 무조건 내 편인 사람, 늘 푸근한 사람, 나를 가장 위하는 사람을 그토록 그리워하면서 만난 그 순간. 그 둘은 서로 약속이나 한 듯 와락 눈물이 났다. 그리움의 눈물인지, 그동안 고생한 흔적인지 분간되지 않았지만, 그냥 그렇게 하염없이 가슴 속 응어리가 아롱지며 뺨을 적셨다. 오후 네 시에 만난 대전역 앞거리는 주말이라 혼잡하고 분주했다. 벌써 겨울이 깊어지며 연말 분위기로 크리스마스 캐럴과 트리 속에 박힌 조그마한 알전구가 일정하게 반짝이며 저무는 해를 아쉬워하는 그런 세밑이었다. 대전극장통 번화가로 접어들었다. 길거리에는 술집과 각 식당에서 나온 호객꾼들이 손을 갖다 대며 유혹하고 꼬드겼다. 서로 손을 맞잡고 거닐던 둘은 날씨가 음산하고 쌀쌀해서 우선 몸을 녹일 따뜻한 곳을 찾았다. 그것이 술집이든 식당이든 탁 맘에 드는 곳이 눈에 들어오면 들기로 했다. 극장통을 들어가 두 번째 골목으로 방향을 바꾸었다. 한 길 폭의 좁다란 골목 속에 다닥다닥 상점들이 즐비해 있다. 마침 고양이가 뭐 흘린 떡고물이라도 있는 듯 엉금엉금 어슬렁거리다 둘의 인기척에 쏜살같이 내뺐다. 김이 모락모락 피어나며 기차 화통에서 나오는 증기처럼 만두 찜통이 들썩였다. 밀가루 피가 구수하게 익어가는 냄새는 지나가는 둘의 위장을 뒤집어 놓았다. 둘은 누가 먼저라고 할 것 없이 동시에 눈짓으로 '만둣집 어때?'를 표현했다. 둘의 눈도 마침 깜빡하며 동의했다. 이심전심. 뜨끈한 만두 한 접시와 국물이 질편한 전골 한 그릇. 그들은 만둣집에 들어서기 무섭게 만두 한 판과 전골 소짜를 하나 주문했다. 얄팍한 만두피 속에 고슬고슬하고 이것저것 뒤섞인 소는 둘의 몸만 녹이는 것이 아니라 마음까지 사르르 녹여주었다. 당면, 시금치, 홍당무, 두부, 신김치 그리고 돼지고기. 여러 재료가 혼합되어 만들어지는 앙상블은 신의 축복을 충분히 받을 만했다. 영수는 어려서부터 여러 재료를 섞는 음식이 맛났다. 그래서 소천 바닷가 음식에서 회덮밥을 유독 좋아했다. 각각 고유의 맛을 지닌 식재료들이 합쳐지면서 만들어내는 시너지 효과는 재료 본래의 맛을 훨씬 뛰어넘었다. 순희도 부창부수라고 비빔밥을 참 좋아했다. 누가 비빔밥의 유래를 주부가 먹고 남은 음식을 싹 쓸어 부뚜막에서 고추장 한 술 넣고 막 비벼 먹는 천한 음식이라 폄훼하지만, 그러거나 말거나 다양한 반찬들의 하모니는 새로운 맛의 천국으로 안내했다. 만두도 덮밥이나 비빔밥과 매한가지였다. 김이 물컹대며 피어나는 만두 한 점을 젓가락으로 들고 서로 짠 하며 부딪쳤다. 뜨거운 소를 호호 불며 둘은 입속의 향연을 맘껏 누렸다. 서너 개를 마파람에 게 눈 감추듯 먹어 치운 둘은 뻑뻑한 입안을 부드럽게 하고자 끓던 전골 국물 한술을 떠 넣는다. 영수는 이런 호사를 그냥 넘길 수 없다는 듯, 소주 한 병을 시켰다. 곧이어 잔 두 개가 들어오고 둘은 약속이나 한 듯 잔에 술을 그득 채웠다. '지금, 이 순간을 위하여!'. 잔 부딪치는 소리가 맑았다. 일 배 이 배 삼 배가 이어졌다. 그날은 순희도 영수와 대거리를 하며 한 잔도 양보하지 않고 맞섰다. 사람들의 술잔 속 술은 인생이 반이라고 하더니, 그 잔 속에 시름, 고통, 스트레스, 그리움, 추위를 모두 담아. 순희가 두 달간의 발자취를 낱낱이 이야기했고, 영수는 그런 순희에게 고생 많다는 격려와 위로로 어느덧 술 한 병이 훌쩍 비워졌다. 알코올이 식도를 타고 흘러 위장 속에서 히드록시기가 발광하며 뛰어다녔다. 정량을 넘친 알코올은 차곡차곡 내장기관에 축적되었다. 그러면서 둘은 점점 혼미 되는 알딸딸함에 허물어졌다. 영수도 그간의 소회를 털어놓으며 삶을 대하기 호락호락지 않음을 푸념 섞어 토로했다. 한 병, 두 병, 세 병. 일렬로 늘어선 소주병이 둘을 지켜주는 호위병이나 수호천사처럼 번듯하게 서있었다. 시간은 벌써 초저녁을 넘겼다. 더 이상 뭉긋대다가 길에서 한뎃잠을 잘 것 같아, 갑자기 영수는 자리를 훌훌 털며 일어났다.

"순희 씨! 이제 일어나죠? 몸도 따듯해졌고, 배도 부르고. 어때요?"

순희도 불콰해진 낯을 두 손으로 가리며,

"좋아요. 영수 씨. 우리 연말 분위기에 흠뻑 젖어보자구요. 이런 날 눈이 오면 참 좋겠다. 너무 환상적이지 않을까요?"

영수는 두 달 만의 재회에 의기투합하는 두 마음이 흡족해지며, 카운터에 다가가 음식값을 치렀다.

만둣집도 시끌벅적했으나 길거리는 이보다 더 아수라장으로 혼란스러웠다. 연말을 보내는 아쉬움에 쌍쌍이 짝을 지어 이 골목 저 골목 인산인해였다. 아마 소천면민이 다 나와도 이만큼일까 하는 엉뚱함마저 들었다. 징글벨 음표가 하늘을 날고 대전극장통 앞에서 자선냄비를 지키는 구세군의 종소리도 부지런히 흩어졌다.

영수는 음식값을 계산하고 남은 푼돈을 전부 자선냄비에 쓸어 넣고, 좀 아쉬운 듯 지갑에서 지폐 두 장을 꺼냈다. 이윽고 자기 한 장, 순희 한 장을 주며 '어려운 사람들에게 사랑과 따뜻함이 있는 연말이길…' 하는 바람으로 자선냄비에 넣었다. 돈을 넣으면서 활짝 웃는 순희는 미소 천사 그 자체였다. 그 웃음을 접기 전, 뭔가 하얀 솜털이 순희의 콧등에 살며시 내려앉았다. 세상에. 순희가 바라던 눈이 하나둘 날리는 게 아닌가? 주위를 지나가는 연인들은 제자리에서 뛰고 손을 하늘로 향해 구세주의 구원을 받은 사람처럼 날뛰었다. 둘도 제자리에서 환호성을 지르며 뛰었다. 심장이 마구 뛰고 세상은 아름다웠다. 그동안의 고생과 그리움을 오늘 밤 하루에 싹 보상받는다고 할까. 얼마의 시간이 흘렀다. 둘은 마음을 가다듬고 고요히 변화가를 누렸다. 내려오는 눈은 이제 함박눈이 되어 제법 송이가 커졌다. 그 눈이 거리의 소리를 잡아먹었는지 잠잠해지고 찬찬해졌다. 둘은 걷다가 어느 상점 옆의 공간으로 들어섰다. 건물 사이의 간격을 유지하기 위해 띄어 놓은 일 미터 내외의 공간에 들어선 둘. 조용히 모든 분위기를 가슴속에 넣고 서로 눈을 마주쳤다. 얼굴은 가까워지고 속눈썹은 바르라니 떨렸다. 순희의 뺨은 어느덧 발그레한 홍조 빛을 띠었다. 사위의 모든 소음은 사라지고 오직 둘의 숨소리만 귓가에 울렸다. 순희도 준비가 된 듯 살포시 눈을 감았다. 분위기에 맘껏 취해 둘은 입술을 넌지시 포갰다. 서로의 숨결이 섞이며 미세한 떨림이 온몸으로 퍼져나갔다. 촉촉한 순희의 입술은 말랑말랑한 젤리였다. 이 달콤한 젤리를 지금 막 깨물고 싶은 충동까지 일었다. 영수의 입술은 좀 투박하지만 든든한 육질의 소고기 한 점이며 밋밋하고 부드러운 두부살이었다. 초침이 시계 한 바퀴를 돌 동안 그렇게 입술을 맞댔다. 지나가는 사람 몇이 그들의 모습을 보았지만, 누구 하나 이 분위기를 깨는 사람은 없이 조용히 스쳐 지나갔다. 프렌치키스를 하는 동안 영수는 불현듯 어떤 책에서 읽은 구절이 생각났다.

'아, 사랑은 이런 것이구나. 사랑하던 첫 마음으로 되돌아갈 수 있어야 사랑의 원을 그릴 수 있구나. 처음과 끝이 서로 같이 만나야 진정 사랑을 완성할 수 있구나.'

1990년대 초, 능산리고분군이 세상에 알려지면서 관광객이 기하급수적으로 늘었다. 그동안 신라 문화에 비해 홀대받던 백제 문화가 세계문화유산에 등재되면서 세간의 관심을 받기 시작하였다. 부여군에서도 갑작스레 몰려든 관광객의 편의를 위해 부랴부랴 주차장을 확장하는 과정에서 고분군 바로 앞 전답 속에 살뜰히 자리한 '백제 금동대향로'가 발견되었다. 금속품과 유리구슬로 만든 연꽃 모양의 몸체에는 호랑이를 비롯해 목을 앞으로 길게 빼고 있는 새, 무예 동작을 취하는 사람, 코끼리, 상상 속 동물 등이 섬세하게 새겨졌다. 뚜껑은 23개의 산이 네댓 겹을 이루고, 위에는 봉황이 위엄을 갖추며 앉았다. 발견 순간 전국에서 모인 고고학자들은 이구동성으로 국보 중의 국보가 나왔다고 탄성을 자아냈다. 그날 강수네 가족은 능산리고분군에 몰려든 인파로 작은 동네가 왁자그르해서 정신이 없었다. 강수의 아버지도 놀라움을 금치 못했으나 향로 하나 발견된 게 뭐 그리 대단하다고 호들갑을 떠는지 못마땅한 면도 없지 않았다. 사실 강수네 집안에는 대대로 내려오는 비단 조각 반 필이 있다. 그걸 보면 저까짓 향로보다 더 난리가 나겠다는 생각마저 들었다. 강수의 할아버지의 할아버지는 강수의 할아버지에게 비단 반 필을 고이 싸 놓은 보따리를 내려주면서 절대 누구에게도 보여주지 말고 영원히 가문에서 후손에게 물려주라고 신신당부했다. 그 비단 조각에는 한문으로 몇 줄의 문장이 쓰여있는데, 이는 우리 가문을 융성하게 해줄 수 있는 신물이니 절대 알리지 말고 꼭 품에 안으라는 분부였다. 그 비단 보따리는 안방 다락방의 보관함에 이중 삼중 자물쇠를 걸고 절대 손 타지 않도록 고이 모셔졌다. 강수의 할아버지도 한 번 스치며 보았을 뿐이고, 강수 또한 약관 성년식을 치르고 사대 역사교육과에 입학한 축하 선물로 할아버지가 잠시 눈요기만 시켜줬을 뿐이었다. 젊을 때 강수의 눈에 그 신물은 크기도 팔절지 크기에 불과했으나, 거기에는 희미하게 넉 줄의 문장이 쓰여있었다. 그 내용을 당시 할아버지께 물으니, 알 듯 말 듯 한 내용인데 무슨 주문 같기도 하고. 통 한자의 조합이 이상하고 연결이 잘 안 되지만 무슨 비기(祕記)가 들어있음이 확실하다는 듯 이야기했었다. 그 글자는 강수의 할아버지의 할아버지가 글깨나 읽었던 관리였기에 화선지에 붓으로 깔끔하게 베껴 쓴 것도 같이 놓여있었다. 그 내용을 당시 강수는 핸드폰으로 사진을 찍어 보관하고 있었다.

告目

白馬図鬚篥声高聞遣響麗為尼
国内安寧為古外賊侵入無在乙
白馬図鬚篥陵山邊亦中置為尼
重貴為隠密亦看守望良古佯音

강수도 기본 한자를 할아버지와 아버지 덕에 어릴 때부터 천팔백 자는 터득했고, 역사 교사를 하면서 꾸준히 한자 공부를 해놓은 터였지만 비단의 문장은 해석하기가 여간 어렵지 않았다. 주위에 한자깨나 아시는 한문학원 원장이나 같은 학교 동료 한문 선생님께 문의하여도 대략의 내용은 알겠으나 도통 일반적인 한문 구성 형식이 아니라 정확한 뜻을 간파하기란 어렵다는 말을 들었다. 강수는 재미 삼아 요즘 논어 독파를 거의 끝내고 『대학』에 몰입하는 전일에게 이 문장 사진을 보여주고 해석해 보라는 과제를 주었다. 전일은 마치 초원에서 사자가 먹잇감으로 얼룩말 새끼를 하나 눈여겨보듯, 강렬한 눈빛으로 호기심이 그득했다.

"내가 해석하고 말 거야. 내가, 내가. 히히히."

전일은 우선 그 내용을 자기 노트에 큼지막하게 옮겨놓고 한 자 한 자 뜻과 음을 옥편을 찾아 정리하였다. 그리고 논어나 대학을 읽을 때처럼 주술구조인가 술목구조인가 한참 고민하였다. 그 시간은 무려 사흘이나 지속되었다. 전일은 밥 먹고 화장실 가고 최소한의 취침 이외에는 오로지 넉 줄의 한문만 뚫어지게 벽에 붙여놓고 칩거에 들어갔다. 마치 동면에 들어간 한 마리의 곰이었다. 이것저것 알아보기 위해 인터넷을 뒤지고 심지어 부여 시내에 있는 군립도서관으로 책을 빌리려 동행까지 했다. 강수는 다행히 여름방학이라 그렇지, 이거 괜히 어린애에게 애먼 일만 시켜 고생을 사서 하는구나 했다. 사흘 동안 낑낑 앓는 환자처럼 눈알이 뒤집어 있던 전일은 마침내 자신만의 해석을 내놓았는데, 전혀 뜻밖의 결과가 나와 강수와 그 아버지는 어안이 벙벙했다.

맨 앞의 고목(告目)은 이두에서 윗사람에게 올리는 글을 뜻하고, 백마도필률(白馬図觱篥)은 백제의 피리 일종을 지칭하며 문장 구조가 평범한 한문 문장 구조가 아니라, 삼국시대에 존재했었던 이두문(吏讀文) 형식이라는 거였다. 이두는 신라 시대에 널리 알려진 향찰과 비슷한 차자표기법으로 당시 신라와 백제의 언어는 방언적 차이만 있음을 강수는 역사적으로 잘 알고 있었다. 중국의 한자를 빌려 썼는데 서로 소통에는 큰 불편이 없었다는 거였다. 이두는 향찰보다 좀 더 이른 시기에 먼저 사용한 우리말 문자 체계로 고구려, 백제, 신라 삼국이 모두 썼었다. 따라서 넉 줄의 비단 위 문장은 우리식 어순의 이두문으로 보면 그 해석이 매끄럽다는 거였다. 난해한 부분인 '遣/고, 爲尼/하나, 爲古/하고, 無在乙/없거늘, 亦中/–에게, 爲尼/하니, 爲/해, 亦/이, 良古/아고, 音/ㅁ' 등을 이두로 해석하니 놀랍게도 자연스럽게 해석되는 것이 아닌가. 세상에나. 한문학원 원장이나 한문 선생님에게 물어도 해결되지 않았던 비기를 전일이 해결하다니…. 강수도 삼국시대에 이두문이 존재한 역사적 사실을 어렴풋이 알곤 있었다. 그러나 문명사에서 언어사는 늘 등한시한 편이었다. 역사학계의 일반적인 흐름이었고, 역사학은 남아있는 유물을 근거로 이야기만 해도 끝이 없는 학문이었다. 물론 전일의 말이 맞을지 검증이 필요하지만. 전일의 해석이 사실이라면 이 기록은 무령왕릉의 묘지석 이후 등장하는 백제의 귀중한 기록이었다. 참으로 엄청난 발견이고 해석이었다. 그냥 한자를 조금 아는 특수장애아의 넋두리에 불과한 것인지, 6세기 무렵 백제의 중요한 기록인지 가늠하기가 어려웠다. 그러나 강수와 그의 아버지는 더 이상 이 일을 확장하거나 밖으로 알리는 것을 경계했다. 선대의 조상들이 가문의 신물로서 절대 세상에 알리지 말라는 금기를 유념했기 때문이다. 소경 문고리 잡듯 신통방통한 일일 뿐이었다. 강수는 백제사 관련 전공 도서를 뒤져 무령왕릉의 묘지석 내용을 검색했다.

寧東大將軍百濟斯麻王年六十二歲
癸卯年五月丙戌朔七日壬辰崩到
乙巳年八月癸酉朔十二日
甲申安爀登冠大墓立志如左

영동대장군 백제 사마왕이 62세 되던

계묘년 5월 7일에 붕어하시고

을사년 8월 12일에

대묘에 예를 갖춰 안장하고 이처럼 기록한다.

그러나 무령왕릉 묘지석의 내용은 53자로 구성된 한문 문장일 뿐이었다. 강수가 지닌 백제사 지식과 한문 독파의 수준으로는 우리말 어순의 이두문으로 보기는 어려웠다. 전일의 해석을 보면서도 강수는 시각장애인이 문을 바로 들어가는 듯한 이 상황을 그냥 따라가야 하나 고민에 빠졌다. 한편 전일은 넉 줄의 문장을 다음과 같이 해석하여 정리한 후 강수 앞에 놓으면서

"나, 숙제 다 했다. 숙제 다 했어. 맞지, 이모부?"

강수 앞에 놓인 그의 해석은 삐뚤빼뚤한 글씨로 다음과 정리되어 있었다.

상전께 올리는 글

백마도필률 소리를 높이 듣고 울림이 우아하니
나라가 편안하고 외적의 침입이 없거늘
백마도필률을 능산 끝에 두었으니,
중요하고 귀해 은밀히 지니길 바라옵고 다짐함.

전일의 해석이 맞는다면 그것 또한 또 한 가지 과제를 넘겨주었다. 백

마도필률은 신라의 만파식적과 같은 백제의 피리였다. 백제에도 신라의 만파식적 같은 전설의 신물, 피리가 있었다는 거다. 신라 문무왕이 죽어서 된 해룡과 김유신이 죽어서 된 천신이 합심하여 용을 시켜서 보낸 대나무로 만들었다고 하며, 이것을 불면 적병이 물러가고 병이 낫는 등 나라가 평안해졌다고 하는 전설의 관악기, 만파식적(万波息笛). 이런 게 백제에도 있을 가능성은 충분했다. 그래서 그간의 역사학자들이 알아낸 건 고문헌에 기록으로 보이는 백마도필률 정도는 알아냈다. 보통 필률은 서역에서 유래한 피리가 중국의 수와 당나라를 거치면서 삼국에 전해 내려온 관악기로, 백제에서는 도피필률이 있었다고 전했다. 일곱 개의 구멍이 있었다고 했다. 따라서 이 전설의 신기, 필률이 있었다는 거다. 물론 백마도는 백마 그림을 그려 넣었다는 뜻일 테고. 이것이 '능산 끝'에 있다. 그렇다면 강수네 가옥 어디에 그것이 있다는 말인가? 아니면 고분군 어디 끝자락에 있다는 말인가? 맨 마지막 문장은 이를 잘 보관하고 있다는 내용인데, 이 신물을 잘만 사용하면 국태민안의 도구가 될 수 있지만, 혹여 잘못 사용되다가는 세상을 풍비박산의 회오리바람 속에 넣을 수 있다는 문장으로 이해가 되었다. 이거 어린애의 글 장난에 놀아나는 거 아닌가 다시 한번 의구심이 들었다. 역사를 가르치는 전문가라는 사람이 한낱 어린애의 해석에 귀가 솔깃해 우왕좌왕, 횡설수설하는 것은 아닐까 하고 몇 번이나 생각을 거듭하고 되뇌었다. 그러나 강수는 곧 생각을 정리했다. 밑져야 본전 아닌가? 전일의 해석이 틀렸다고 해도 자신에게 큰 해는 없다. 마침 자기도 여름방학 중이라 시간도 많이 나고 이참에 백제사에 관한 연구도 병행할 생각으로 백마도필률의 흔적을 찾아보자는 데 마음을 굳혔다. 물론 일등 공신인 전일도 함께. 자기 큰아들인 인호도 동참시킬 예정이다. 인호는 어릴 때부터 자기 피를 이어받았는지, 인디아나 존스 영화 시리즈를 그렇게나 좋아했고, 미래의 꿈도 고고학자였다. 전일보다 한 살 아래지만 맏이라 그런지 듬직하고 꼼꼼함이 있는 아이다. 한편 이를 곁에서 지켜보는 선희는 남편인 강수가 부족한 조카를 아웅다웅하며 절친하게 살펴주는 자상함에 고마울 따름이었다. 밑 동생 순희는 정말 이름대로 순하기만 하고 착했다. 반면에 생활력은 강하고 웃어른에 대한 예의범절도 깍듯한 품성을 지녔다. 두 살 터울이지만 어릴 때부터 언니 같은 아우였다. 아버지는 공부에 소질이 있어 보이는 자신에게는 대학 입학을 허락하셨다. 그러나 공부에는 별 관심이 없고 손재주가 남달랐던 순희에게는 '여자는 고등학교만 나와도 돼. 남편 잘 만나 애 잘 낳고 시부모 잘 봉양하면 그게 성공'이라는 고정관념이 강했다. 그래서 순희는 대입 허락은커녕 고등학교 졸업 후 취업해서 가계에 보탬이나 되라고 성화가 이만저만 아니었다. 그리하여 서울서 미용 기술을 배우고, 전라도 영도 군의 성실한 매제, 영수를 만나 실로 열심히 살아갔다. 장애를 지닌 전일의 탄생은 그들에게 오히려 생활의 활력소가 되어 더 강하고 힘차게 살아갔으며, 부부간의 정이 돈독해지는 계기가 되었다. 그런 순희네 가족을 선희는 늘 응원하고 심적으로 지원했다. 그런데 청천벽력처럼 갑작스러운 범법 행위로 집안의 가세가 풍전등화에 놓이자, 자신이 전일을 잠시 보살펴 줌으로써 조금이나마 도움을 줄 수 있어, 외려 보은의 기회로써 감사할 따름이었다.

강수는 우선 탐색과 발굴 계획을 세우기 위해 능산리 고분군 관련 서적을 다시 한번 자세히 훑어볼 예정이다. 그리고 그에 대한 사전 기초 작업이 끝나면 전일, 인호와 함께 능 주변과 집 안 곳곳 어디에 있을 것만 같은 백마도필률을 찾기 위해 인디아나 존스가 될 것이다. 앞으로의 계획을 대략 세우고 흐뭇한 미소를 만족스럽게 지었다. '이번 여름방학은 뭔가 남다르고 뜻깊은 기간이겠는 걸!' 하면서….

　　　　　정오를 알리는 시보 소리가 나오자마자 점심 식사 시간임을 알리는 라디오 방송이 흘러나온다. 어김없이 오늘도 일분일초도 어긋나지 않고 제시간에 나오는 라디오 방송. 한 시간 동안 점심을 먹으면서 휴식의 의미로 틀어주는 프로그램이다. 늘 들려주는 프로는 '정오의 음악 데이트'라는 방송. 꾀꼬리 소리처럼 톤이 가는 여성 아나운서가 진행한다. 주로 당시 유행하는 대중가요 위주로 애청자의 사연과 함께 노래를 들려주는 프로이다. 오늘은 특별 기획으로 추억의 노래 코너를 준비했단다. 이십여 년 전에 유행한 노래를 간간이 틀어주었다. 영수와 순희는 같은 지붕, 다른 공간에서 수용자들과 식사하며 그 음악을 듣는다. 전영록의 「내 사랑 울보」가 나온다. 영수의 18번, 최애창곡. 이게 웬일인가. 과거로 돌아간다. 그때 영수는 순희에게 빠져 허우적대던 그 시절이었다.

그 고운 두 눈에 눈물이 고여요.
그 무슨 슬픔이 있었길래 울고 있나요.
내 앞에서만은 눈물은 싫어요.
당신의 그런 모습을 보면 내 맘이 아파요.
내 사랑으로 당신의 아픔 감싸줄게요.
이 두 손으로 당신의 눈물 닦아줄게요.

내 당신만을 변함없이 사랑하고 있어요.
당신의 슬픔 나의 슬픔이니 우리 함께 나눠요.
이제는 웃어요. 그리고 날 봐요.
당신의 웃는 모습을 보니 내 맘이 흐뭇해
지나간 괴로움 모두 다 잊고서
당신과 나의 영원함 꿈을 이제는 꾸어요.

내 사랑으로 당신의 아픔 감싸줄게요.
이 두 손으로 당신의 눈물 닦아줄게요.
내 당신만을 변함없이 사랑하고 있어요.
당신의 슬픔 나의 슬픔이니 우리 함께 나눠요.
이제는 웃어요. 그리고 날 봐요.
당신의 웃는 모습을 보니 내 맘이 흐뭇해.
지나간 괴로움 모두 다 잊고서
당신과 나의 영원한 꿈을 이제는 꾸어요.

노랫말 내용은 애절하지만 빠른 템포로 신나게 부르는 노래. 반전이 있고, 아픔과 슬픔을 극복하기 위해 밝아지려는 모습이 좋아, 연애 시절 둘은 이 노래를 줄기차게 반복해 부르곤 했었다. 순희도 점심 식사로 나온 된장국에 나물 찬이 들어있는 식판을 들여다보며 이 노래를 들었다. 뜬금없이 눈언저리가 핑 돌았다. 그때 그 시절이 그리워지며 지금의 신세가 한탄스럽기도 하고. 이제 영수와 자신이 이곳에 머물 날도 다섯 달이 채 남지 않았다. 남편 영수는 모범수로 지정되어 몇 달 감형을 받았고, 이는 똑같이 성실했던 순희를 배려한 차원에서 교도소 측의 배려로 두 사람의 출소 날짜를 같이 맞췄다. 귀한 아들, 전일도 여름방학을 이모부와 이모의 비호 아래 잘 적응했다. 힘들지만 이곳에서 작은 행복을 맛본다. 어느 극한지에서도 작은 기쁨은 있을 수 있구나. 역시 사람은 죽으란 법은 없구나. 비록 몇 명의 수용자 중에는 비루한 성격으로 남을 애먹이는 경우가 종종 있었으나, 그 또한 영수 내외의 천복이었는지 그렇게 영수 내외를 못살게 굴거나 괴롭히는 사람은 없었다. 교도관들도 영화에서처럼 비리가 만연하고 인권을 짓밟는 경우가 없었다. 세상이 참 좋아졌다는 방증이고 선진 교도 행정의 모범을 보여주었다. 특히 미용 작업장을 관장하는 여교도관은 성마르지 않고 차분한 성격에 수용자들을 편안하게 해주고, 다시 사회로 나가 새 삶을 힘차게 출발할 수 있도록 심적 지원을 아끼지 않았다.

영수 내외는 이곳에서 종교를 하나 얻기도 했다. 경건한 마음으로 과거의 죄를 뉘우치고 전일의 미래와 가족들의 행복, 주위 부모를 비롯한 친인척의 행복을 기원했다. 주 1회 있는 기도의 시간이었지만, 그곳에서 자신을 담금질하고 미래에 대한 계획을 세우며, 한 주를 되돌아볼 수 있는 기회였다. 그리고 새 삶을 준비하는 자기 가족들을 결코 내치거나 버리지 마시옵기를 주야장천 절대자에게 온 마음을 담아 빌었다. 원초적이지만 종교 행사 때 받는 떡 한 덩어리도 놓칠 수 없는 입안의 행복이었다. 그간 바닷가의 영수나 내륙의 순희는 이토록 맛있는 떡을 왜 먹지 않았었나 뉘우쳤다. 하기야 시장이 반찬이고 팥죽이라 했다. 참석 때마다 백설기 한 덩어리가 그렇게 달고 담백했다. 그곳에 간간이 들어간 건포도나 팥도 설탕 못지않게 달곰했다.

한 가지 늘 마음 한편에 체기처럼 얹혀있어 걸리는 게, 바로 '칠성'이다. 짓눌린 어깨 위로 내려앉은 묵직한 어둠의 그림자. 깨어진 조각처럼 흩어진 그 날의 기억 속에 애타는 마음만 하얗게 피어났다. 얼마 전 칠성은 면회를 신청하여 영수를 보러 왔었다. 영수는 어느 사람보다 피해자인 칠성의 면회가 가장 반가웠다. 물론 지금 죗값을 치르고 있으나 칼로 상해를 입힌 칠성에게 평생 씻을 수 없는 죄를 지었다는 죄책감에, 꿈자리조차 짙은 진흙 속 심연으로 빠져들곤 했다. 꿈속에서 칠성은 드디어 자신을 용서한다고 했다. 그러나 면회에서 본 칠성의 태도는 오히려 그 반대였다. 형사 소송 외에 민사를 제기하여 끝까지 갈 것이며, 평생 육체적, 정신적 치료비를 청구하겠다고 으름장을 놓고 갔다. 심지어 "니 부부 출소하는 날, 내가 어찌하나 기다리고 기대하라"는 협박성 막말까지 하면서 뒤돌아가는 뒷모습에 영수는 참지 못할 모욕감마저 느꼈다. 자신의 업보이지만 평생 멍에로 짊어지고 살아야 하느냐는 고민에 그날 밤, 잠을 이루지 못했다. 이를 알지 못하는 순희는 어디 아프냐고 자꾸 물었으나 괜찮다며 순희에게 끝내 뱉어내지 못했다. 가슴을 쓸어내리고 심호흡을 거듭하며 마음을 다스렸다. 그 주에 있었던 종교 행사에는 성심을 다해 애절하게 빌었다. 이 멍에를 제발 풀어주십사. 지성이면 감천이랬다. 나중에 출소하면 자신의 모든 것을 다 바쳐 용서를 구하고 노력하자고 다짐하고 다짐했다.

오늘 오후 4시. 족구 경기가 있는 날이다. 영수는 4동 족구 대표이다. 지금은 비록 가족동으로 옮겼지만, 가족동으로 옮기기 전 4동에서 있었던 과거를 인정해 4동 선수로 뛰고 있다. 어제는 모두 저녁 뉴스 시간에서 날씨 예보만 학수고대하며 기다렸다. 수용자들에게 속세의 사건 사고는 그리 중요한 일이 아니다. 수십, 아니 수백 명이 죽어 나가도 관심 없다. 어느 나라에 핵폭탄이 떨어져도 괘념치 않았다. 오로지 그들의 관심은 내일 족구 시합이 가장 귀중하고 경기를 잘 치를 수 있는 날씨가 초미의 관심사일 뿐이다. 어제 기상 캐스터는 비가 조금씩 흩날릴 거로 예측했다. 그 말 한마디에 여성 기상 캐스터를 세상에서 가장 추잡한 여성으로 여길 정도로 동심의 세계에서 놀았다. 십 밀리가량이 온다는데, 아침 하늘은 높은 먹구름이 듬성듬성 떠다닐 뿐 그런 기세는 없었다. 그러면 그렇지. 요즘 일기 예보는 잘 안 맞아. 그러면서 내심 오후에 어떻게 일기가 급변할지 마음은 조급하다. 족구 시합은 사십 분간 펼쳐진다. 다 오더라도 4시 무렵에만 오지 않게 해달라고 점심 식사 때부터 기도를 올린다. 오늘 족구 시합이 끝나면 한 사람의 스타와 또 한 사람의 죽일 놈이 나타난다. 그날 수훈을 세운 사람은 이삼 일간 스타 대접을 받으며 거들먹거리기도 하고, 그 얘기로 각 방이 수군거린다. 그러나 그날 실수를 많이 한 선수는 그 기간이 질곡의 진흙탕 길이다. 말의 처음부터 끝까지 '족구도 못하는 게 어디'라는 말을 달고 다니며 눈칫밥을 먹어야 한다. 족구 시합은 축구 월드컵 못지않은 관심과 이야깃거리를 남겼다. 그래서 한 번 선수로 선정된 자는 경기에 온 힘과 정열을 쏟는다. 잘하면 영웅이지만 못하면 역적 중에서도 상 역적이 된다. 죽을힘을 다해 혼을 불태운다. 각자 시합 전에는 핸디캡도 있어, 어느 놈은 어제 팬티를 거꾸로 뒤집어 입고, 또 어느 놈은 한쪽 팔만 소매를 걷고 출전하며, 또 어떤 놈은 신발을 온종일 깨끗이 닦고 나와 출전한다. 응원전도 가관이다. 신문지를 손으로 갈기갈기 찢어 먼지떨이처럼 만들어 목이 찢어지라 흔들며 응원했고, 응원단장은 어디서 구했는지 옷에 반짝이를 붙이고 짧은 반바지를 치마처럼 만들어 거뭇거뭇한 다리털을 드러내놓고 각선미를 자랑하며 응원을 돋운다. 월등한 기량을 펼치는 선수는 1년에 한 번 있는 '법무부 교도본부장배 전국 교도소 족구대회'에 참석할 수 있는 영광이 주어질 뿐만 아니라 우승 선수들은 특별 외박도

포상으로 주어졌다. 선수로 한 번 발탁됨은 마치 대통령에 선출된 것과 같은 가문의 영광이요, 개인의 최고 영예이었다. 영수는 4동 대표로 수비수이다. 수비하다 보면 머리와 종아리가 흙범벅이 되기 일쑤였다. 그러나 그건 대수가 아니었다. 헤딩하다가 머리가 빠개져도 공을 받아야 했고, 다리가 부러져도 공을 올려놓아야 했다. 어릴 적 칠성, 철우와 같이 해변에서 마을끼리 동네 축구를 했던 경험으로 공을 받는 데는 이골이 났다. 그때 그 덕으로 족구대회 선수를 하게 되었으니, 그 불알친구들이 고맙기도 했다. 변변한 축구공 하나 없어 학교 테니스장에서 주운 테니스공으로도 차고, 그것도 없으면 종이 우유갑을 여러 개 짓이겨서 테니스공만 하게 만들어 차고 놀았었다. 중학교 시절부터는 부유한 칠성이 아버지에게 사달라고 졸라 산 축구공을 차고 놀았는데, 얼마나 차고 다녔는지, 불과 한 달 만에 겉이 다 해져 너덜너덜해졌고, 급기야 두 달을 못 넘기고 터져 버리기까지 했었다. 물론 바로 칠성의 아버지는 새 축구공을 사 주시긴 했다. 아마 철우, 칠성과 같이 청소년 시절에 해 먹는 축구공만 해도 십여 개는 될 것이다. 거의 축구에 미친 아이들이었으니까. 그런 칠성과 웬수 사이가 되었으니, 마음은 맺힌 응어리요, 시커먼 멍울이었다.

　　강수는 능산리 고분군에 대해 정밀하고 세세한 자료 수집을 위해 국회도서관을 찾았다. 지하 3층부터 5층까지 국회의사당 옆에 있는 도서관의 위용은 대한민국 최고의 도서관다움을 충분히 갖추었다. 총 8층의 거대한 건물은 웅장했다. 방대한 자료에 압도되어 위축이 들 정도였다. 3층, 인문·자연과학 자료실을 찾았다. 데스크의 안내를 받아 백제 관련 자료대에서 능산리 고분군과 관련된 자료와 6세기부터 7세기 무렵의 백제사 문헌을 탐색했다. 과거 맨눈으로 찾던 원시적 방법에서 지금은 많은 자료가 데이터 자료로 구현되어 찾기가 훨씬 수월했다. 먼저 선행적 연구인 강○○의 『백제 고분 연구』와 김○○의 『부여 능산리 고분』을 빌렸다. 곧이어 논문실로 가서 「부여 능산리 출토 유물 연구」, 「부여 능산리 1호(동하총) 연구」를 복사했다. 마지막으로 기사와 잡지를 정리한 정기간행물실로 가서 「능산리 백제 고분 출토 장신구에 대한 고찰」, 「6~7세기 백제 건물지의 변천 과정」, 「6~7세기의 백제 유물」, 「고대국가의 악기 고찰」 등도 같이 복사했다. 가지고 간 가방에 복사물로 꽉 차서 몇 덩이는 손에 들고 도서관을 빠져나왔다. 아침 일찍 부여 차부에서 6시에 나와 9시에 문 열자마자 입장해 도서관 내 식당에서 간단히 점심을 해결하고 오후 네 시 무렵에야 자료 수집을 마치고, 남부시외버스터미널로 가는 지하철에 몸을 실었다. 어느덧 몸은 녹초가 되어 천안, 공주를 거쳐 내려가는 부여행

직행버스 안에서 낮잠을 곤하게 잤다. 부여 차부에 내렸더니, 어느덧 어둑한 게 일곱 시를 갓 넘어섰다. 논산행 시내버스를 타고, 가방과 복사물을 손에 쥔 채 올라섰다. 오늘 하루 일을 보고 퇴근하는 성인과 하교 후 귀가하는 학생들로 버스 안은 꽉 찼다. 도중에 능산리 고분에서 일찍 내려야 해서 하차 문 앞 손잡이를 잡고 섰다. 버스는 시내를 관통하고 동문사거리를 거치면서 사람들은 하나둘 하차했다. 차창 밖 들녘엔 익어가는 벼 이삭들로 푸르름이 작열했다. 가로수로 심은 감나무 몇 그루는 성급하게 푸른 감을 열어 가을을 재촉했고, 낮의 무더위를 아직도 품은 대지는 설 데운 솥단지처럼 미지근했다.

다음 날 강수는 자기 방에 콕 틀어박혀 책과 며칠간 씨름을 했다. 능산리 고분군은 국립부여문화재연구소가 최근 식민지 잔재 청산의 의미로 '부여 왕릉원'이라 개칭했으나, 동네 사람들이나 부여 사람들은 모두 개칭 명엔 익숙지 않고 모두 능산리 고분군이라 했다. 연구에 따르면 7기의 왕릉이 백제 말엽 두 왕인 무왕과 의자왕을 제외한 사비 시대 왕들의 왕릉으로 추정했다. 중앙의 7기 외에도 동서에 네댓 개의 왕릉이 더 있던 것으로 확인했고, 지금은 그 흔적만 남았을 뿐이었다. 그러나 애석하게도 모든 왕릉의 내부는 벌써 도굴된 지 오래되었고, 금박 못, 관 파편, 금사 등이 극히 소량만 발견되었을 뿐이었다. 고분은 남북으로 배치했고, 묘도도 남쪽에 두었다. 왕릉 중 강수가 전일과 함께 들어가 본 동하총이 가장 유명했다. 유일하게 「사신도」가 그려져 있고, 그 그림의 채색이 매우 정교하게 남아있기 때문이다. 동하총은 축조양식으로 미루어 부여 왕릉원의 여러 능 중 비교적 빠른 시기의 것으로, 굴식돌방무덤 형식이라 위덕왕릉이 아닌가 추정만 할 뿐이었다. 6세기 말 백제는 사비 시대로 돌입하면서 각 지방 세력에 대한 통제를 통일시켰으며, 장례 방식과 왕릉의 엄격한 구조로 보아 왕권이 강화됨을 상징한다고 했다.

한편 짐승의 크고 작은 뿔로 만든 악기이 각(角)은 악기 끝이 넓게 퍼지면서 벌어진 형태로 입으로 부는 부위는 점점 가늘어지고 휘어 구부러졌으며 적(笛)과 함께 백제음악에 사용된 기록이 『동이전』에 전한다고 했다. 한반도에서 가장 오래된 관악기는 사포항에서 출토된 뼈 피리로, 기원전 2000년경으로 추정했다. 동물 뼈를 가공해 13개의 구멍을 뚫어 소리를 낸다고 하며 울산 대곡리 반구대 암각화에도 신석기 시대의 관악기 형태가 지금도 전했다. 이런 기록으로 미루어, 백마도필률은 충분히 존재할 개연성이 높고, 횡적(橫笛)보다는 종적(縱笛)일 가능성이 커 보였다. 놀라운 것은 능산리 고분 옆에서 발견된 백제 금동대향로에도 관악기가 묘사되어 있다. 그 뚜껑에 다섯 명의 악사가 있는데, 그중 두 명이 관악기를 연주했고, 또 그중 한 명이 종적을 연주하는 모습이란다. 이를 토대로 아마 이것이 백마도필률의 모습이 아닐까? 강수는 잠정적으로 결론을 내렸다. 신라의 만파식적이 옥으로 만들어진 횡적이라 했는데, 백마도필률은 그거와는 자못 다른 종적이며 아마 피리의 재질도 짐승 뼈나 옥을 깎아 만들었거나 흙을 빚어 구운 토제 악기일 가능성이 크다.

이 정도로 일단 정리하고 강수는 후유 하며 편안한 숨을 내쉬었다. 잠시 머리를 맑게 하고자 마당으로 나왔다. 그리고 천천히 동네를 한 바퀴 돌았다. 비록 십여 가구도 못 되는 자그마한 동네이지만 해발 백 미터의 능산(陵山)이 동서로 학이 날개를 펼친 듯 가로지른 가운데, 산언저리에 남향으로 동네를 아늑하게 감싸며 오망하게 자리 잡은 동네. 바로 아래에는 왕포천이 동에서 서로 흐르다가 쌍북리를 거쳐 궁남지에 이르면 잠깐 숨을 고른 후 백마강에 합류했다. 지금은 실개천이지만 과거 웃어른의 말을 빌리면 수량이 많고 수심이 깊었던 내였다고 했다. 성곽의 동문 쪽에서 주위 산들의 옹달샘들이 하나둘 합쳐져 내를 이루었고, 왕포천을 사이에 두고 너른 전답이 광활하게 펼쳐져 있다. 지금은 왕포천을 부여군에서 생태하천으로 복원해 말끔히 정비했는데, 주위에 물이 머물도록 습지를 만들고 연꽃과 수초들을 곳곳에 심어 주민들의 휴식 공간으로 제 역할을 톡톡히 했다. 가끔 이 왕포천 습지에 날아드는 두루미와 왜가리는 동네를 넉넉하고 아름답게 구성하는 요소가 된 지 오래다. 사람이 근처까지 다가가도 먹이를 찾아 헤매는 하이에나처럼 꼼짝없이 자기 일에 몰두하다 덩치 작은 물고기 하나를 입에 물고 꾸역꾸역 부리 안으로 집어넣는 왜가리 모습이 정겹기만 했다. 푸르스름한 잿빛을 두르고 머리 뒤에 새까만 댕기 깃을 휘날리며 노니는 모습에 동네 주민들은 자연과 하나가 된 새들의 몸놀림을 통해 푸근함을 느꼈다. 그 근처를 떼 지어 오가는 흰뺨검둥오리와 청둥오리무리들도 자맥질에 정신없이 허둥대다 행인의 인기척에 무리 지어 청천으로 비상하는 모습은 장관이기도 했다. 주황 상투에 짙은 녹색을 눈 주위에 두르고 그 아래에 진한 코발트색 머리를 한 쇠오리도 화려한 안면을 뽐내며 유유히 유영하는 자태는 고상한 학보다 오히려 기품있었다.

강수는 여전히 풀지 못한 문구로 주위의 아름다운 자연을 보면서 숙고에 들어갔다. '가장자리 변(邊)'이라! 능산변(陵山邊)에 두었다고 했는데. '변'이라…, '변'이라…. 아무리 옥편을 찾아봐도 주의(主意)는 '가, 가장자리'이지만 그 외 부의(副意)는 '국경, 근처, 곁, 모퉁이, 치우침, 이웃하다' 등으로 도통 어울리지 않았다. 그럼 주의로 쓰였다는 말인데…. 뒷글

자가 두었다고 했으니, 어디 장소를 일컫는 것 같은데…. 그러나 이것은 이두를 연구한 선배의 조언으로 바로 해결되기는 했다. '白馬図鬐箓陵山邊亦中~'에서 '亦中'은 '-에게'를 나타내는 여격 조사. 즉 간접목적(대상)을 나타내는 명사나 대명사에 붙은 조사였다. 처음에 '亦中'을 처소를 나타내는 조사로 보아, '가장자리에'로 해석했었다. 마침 뒤에 '두다'의 의미를 지닌 '치(置)'가 있었으니, 그리 생각했다. 그러나 이두를 비롯한 차자표기법 연구로 학위를 받은 '조탁' 선배에게 물었더니, 처격 조사가 아니라 여격 조사라는 해답을 받았다. 그렇다면 '변(邊)'은 어쩌면 사람일 가능성도 있었다.

생각이 여기에 머물자 갑자기 아버지를 찾아 족보가 어디 있는지, 혹 우리 선대 조의 이름 중 '변(邊)'이란 이름을 가진 분이 있었는지 확인하고 싶었다. 사랑방에서 가을에 뿌릴 보리 낟알을 정리하시던 아버지는 "글쎄다! '변'이라. 난 생각이 안 나뿔고 잘 모르겠다."라고 하신다. 족보를 잘 보관한 장소를 안내받고 족보를 부랴부랴 찾아 나섰다. 드디어 더께가 수북이 쌓인 족보를 찾아 먼지를 떨어냈다. '전의(全義) 이씨(李氏) 세보(世譜)'로 표지에 쓰여있고, 작은 글씨로 문장공파(文莊公派)로 쓰여있다. 고려 태조 왕건이 견훤을 정벌하고 남하하며 금강에 도착했을 때, 한 사람의 도움을 크게 받았는데, 그에게 개국공신에 책록하고 내린 이름이 '이도(李棹)'였다. 그분부터 족보는 시작하였다. 그렇다면 족보상에서 조상의 여부를 확인하기는 어려웠다. 우리나라에서 성씨가 제대로 나타난 것은 고려부터임은 주지의 사실이었다. 아마 백제 시대에는 '변(邊)'이 '가생이'로 불렸을 듯했다. 지금도 부여 사람은 가장자리를 방언으로 '가생이'라 썼다. 그러니까 지금까지의 내용을 정리해서 메모지 한 장을 꺼내 간단하게 마무리했다.

'白馬図髣箫陵山邊亦中置為尼'은 애초 전일이 해석한 '백마도필률을 능산 끝에 두었으니'라고 본 것은 잘못되었고, '陵山邊亦中'은 능산의 '가생이'라는 사람에게 둔 것으로 해석함이 타당할 듯했다. 일단 여기까지만 정리하고 방을 나섰다. 전일이 잘 있나 사랑방을 '똑똑'하고 손 기척을 넣었더니, 아무 반응이 없다. 원래 전일은 있건 없건 대답을 잘 하지 않았다. 특히 어디에 몰두하면 더 그랬다. 보아하니 시간상 대학을 읽을 시간 같았다. 문을 열어보니 영락없이 책과 씨름 중이었다. 참 대견하고 신비한 아이였다. 저렇게나 한자를 읽고 쓰는 것에 신명 나는 아이를 지금껏 본 적이 없었다. 큰 소리로

"전일아! 이모부야. 지금 책 읽는 중?"

　전일은 귀찮다는 듯 억지 표정을 짓고 소리 나는 문 쪽을 쳐다보고 고개만 끄덕이고 만다. 이제 책을 읽을 시간도 다 되어갔다. 그래도 끝까지 몰두하는 정신 집중력 하나는 대한민국의 최고의 청소년 같았다.

"그래. 알았다. 열심히 책 읽고."

　강수는 본전도 얻지 못하고 조용히 문을 닫아준다. 이번엔 천방지축인 아들 인호가 있는 방을 열어본다. 역시 기대한 대로 방에 없다. 또 어디를 쏘다니는지. 아마 친구들과 놀러 간 듯했다. 갑자기 신경 써 문구 해석에 집중한 탓인지 온몸이 노곤해졌다. 어깨를 축 늘어뜨리고 자기 방으로 건너갔다. 바로 단잠이 쏟아질 듯했다. 얼른 방으로 들어가 간단히 차렵이불을 깔고 누었다. '삐리리 삐릴' 오카리나 소리가 들린다. 전일이 대학 읽기를 마치고 오카리나 연주를 시작했나 보

앉다. 오카리나는 흙으로 빚어 만든 이탈리아의 피리라 할 수 있었다. 어찌 보면 총 같고 또 어찌 보면 작은 비둘기 같고 어찌 보면 불규칙으로 튀는 럭비공 같았다. 그러나 그 소리는 음색이 맑고 고와 최근 초등과 중등학교의 방과 후 활동이나 취미생활로 인기가 부쩍 는 악기였다. 그 유래에 대해선 여러 설이 있는데, 오카리나와 비슷한 작은 항아리 모양의 악기가 만이천 년 전부터 있던 것이 변형되었다는 설이 가장 일반적이다. 소리통과 구멍만 있으면 되기에 저개발국가에서는 멜론, 수박, 고구마, 호박 등으로 만들어 불기도 한단다. 전일의 오카리나에서 나는 맑은소리는 여러 마리의 새들처럼 마당을 휘젓고 몇 마리는 담장을 훌쩍 뛰어넘어 동네 이곳저곳을 샅샅이 날아다녔다. 그 소리가 어찌나 청아한지 예전 같으면 물 긷던 처녀가 울 뻔할 정도였다. 동네 사람들은 그 고운 소리를 돈 한 푼 안 내고 전일의 호흡을 통해 느꼈다. 얼마나 불었을까. 마침 강수네 대문을 동네 어르신이 들어오셨다.

"이 처사! 집에 있나?"

이 처사는 강수의 아버지를 일컫는다. 아버지보다 열 살 정도 손윗사람으로 작년에 팔순 잔치를 동네에서 작게 치렀다. 마침 강수의 아버지는 시내에 볼일이 있어 출타 중이었다. 강수는 단잠에 빠졌던 몸을 용수철처럼 튕기며 재빨리 일어났다. 박 처사 어르신은 고릿적 노인처럼 꼬장꼬장하고 조금이라도 예의가 벗어나면 한 시간도 좋을 정도로 눈앞에 세우고 일장 훈계를 해야 직성이 풀리는 분이었다. 그래서 옛날부터 동네 아이들은 그를 '박 독사'라고 별명을 붙였었다. 강수 어릴 적에도 마찬가지였다. 서둘러 마당으로 나간 강수.

"박 처사 어르신. 어인 일이셔요. 아버지는 시내로 볼일 보러 가셨는데요."

박 처사는 강수의 대답에는 아랑곳하지 않고 무덤덤하게 집 안을 휘둘아보며

"으응. 아니, 뭔 일이 있어 온 건 아니구. 전번부터 가끔씩 이 처사 댁을 지나가다 맑고 깨끗한 소리가 들려서 말이여."

강수는 전일의 오카리나 소리를 일컫는 것임을 즉각 인지했다.

"처조카 한 놈이 방학이라 우리 집에 놀러 왔어요. 근데 그 아이가 부르는 오카리나라는 악기 소리랍니다. 많이 불편하셔요?"

박 처사는 고개를 좌우로 작게 흔들며,

"아니. 불편하긴시리. 내 그 소리에 끌려 여기꺼정 들어온 겨. 그래 저 소리를 내는 악기 이름이 오카 뭐라고?"

강수는 피식 나오려는 웃음을 얼른 참으며,

"오카리나요. 손안에 넣는 비둘기처럼 생긴 조그만 서양 피리 종류의 악기입죠."

박 처사는 참 이름도 희한하다고 생각하며

"이잉. 그 오카린가 뭔가 그걸 좀 볼 수 있을랑가?"

강수는 박 처사의 관심이 의외라는 듯 여기며, 전일이 있는 사랑방 쪽으로 안내한다. 그리고 연주 중인 사랑방에 손 기척을 넣어본다.

"전일아! 오카리나 부니?"

전일은 갑작스러운 이모부의 방문에 당황하지만, 곧바로 신경을 쓰지 않고 자신의 연주에 집중한다.

"전일아. 동네 어르신께서 니가 부르는 오카리나 소리도 하두 좋아서 구경하신다는데 될까?"

전일은 듣는 둥 마는 둥 하다가 고개를 까딱할 뿐이다. 사랑방 앞에 대기하고 서있는 박 처사에게 다가가

"이쪽으로 오셔요. 저 아이가 처조카이고, 지금 손에 들고 부는 악기가 바로 오카리나입니다. 보시죠."

박 처사는 반쯤 열린 미닫이문으로 연주하는 전일을 쳐다본다. 작은 지빠귀 같은 걸 손에 꼭 쥐고 입으로 부는 모양이 신기한 듯 골똘히 쳐다본다. 낯선 이의 갑작스러운 방문에 전일은 긴장했는지 잠시 후 연주를 중도에 멈춘다.

"처조카가 정신적으로 좀 아파요. 어르신 여기까지만 들으시죠."

강수는 불안해하는 전일의 눈빛을 보고 얼른 조치를 취했다. 박 처사도 실례함을 깨닫고 조용히 물러선다.

"강수야. 니가 중핵교 역사선생이니 허는 말인디, 예부터 우리 동네에도 저런 비슷한 퉁소 같은 걸 불어서 평화를 누렸다는 전설 못 들어봤냐?"

강수는 뜬금없는 박 처사의 이야기에 눈을 똥그랗게 치떴다. 금시초문의 이야기라 깜짝 놀란다.

"아니요. 들어본 적이…. 무슨 전설인가요?"

박 처사는 잠시 고민하다가,

"니 아버지헌티 들어라. 이 처사가 그 야기를 안 했구먼그려. 그 냥반도 잘 아니께. 여하튼 존 소리 잘 듣고 가네그려. 조카놈헌티 참 훌륭허다고 전햐. 그럼 난 감세."

강수는 대문 밖까지 배웅하고, 전일이 있는 사랑방을 향했다.

"전일아! 기분 상했니? 아까 그 어르신이 너 연주가 아주 훌륭하다고 칭찬하시며 가셨어."

사실 전일은 갑작스러운 방문이나 낯선 사람은 극도로 꺼리는 증세가 있다. 그러나 이모부가 이야기해서 참긴 했는데, 가면서 자기 연주가 훌륭하다고 칭찬했다는 말에 기분이 확 풀렸다.

어느덧 동네 앞 들녘에 있는 태양은 황도를 크게 돌더니, 벌써 궁남지를 돌아 백마강 둔치까지 내려앉았다. 시내에서 볼일을 보고 강수의 아버지, 이 처사가 막 귀가했다. 대문에 들어서는 아버지를 보고 강수는

"잘 다녀오셨어요? 오후에 박 처사 어르신이 다녀가셨어요. 특별한 일이 있어 들르신 건 아니고요, 그냥 길 가다 들르셨대요. 참! 아버지. 이 동네에 퉁소 소리 전설 같은 게 있어요?"

이 처사는 '별 실없는 분 왔다가셨구만.' 하던 차였다. 강수가 말 끝자락에 묻는 전설 이야기에

"이잉. 뭐 그런 옛 이바구가 있긴 허지. 왜 내가 니 소싯적에 얘기 안 해줬단가? 헌 거 같은디."

강수는 머리를 절레절레 흔들며,

"얘기하신지는 모르겠으나 통 전 기억에 없어요. 그 얘기 내용이 뭐예요?"

이 처사는 기왕 이야기할 바에 사랑방에 있는 사돈 조카와 세상에서 가장 귀한 손자 인호까지 듣게 할 요량으로,

"사랑방에 들자. 인호도 지 방에서 불러라. 거서 니 처조카허고 같이 듣자구나."

강수는 전일에게 할아버지께서 재미있는 옛날이야기를 하신다니 같이 듣자고 설득하고 그 방으로 함께 들어갔다. 곧이어 인호도 입이 한 댓 발 나와서 쪼르르 사랑방에 들었다. 아마 게임이나 오락 중이었던가 보았다.

"옛날 고릿적부터 전해 내려오는 이야긴디, 옛날하고도 아주 먼 옛날. 이 동네에 효자 아들이 하나 살았댜. 부모를 모시고 한 가족이 오순도순 화목하게 잘살고 있었는디, 근디 하루는 말여, 나라에 전쟁이 나뻔진겨. 삼남의 길목에서 전쟁이 났는디, 그 애비는 애국심이 남달른 사람이라 솔선수범혀서 전쟁에 참전혔나 봐. 싸움은 메칠동안 계속되고, 애비는 돌아온 기색이 없었다는 겨. 노심초사 그 아들은 지 애미와 함께 우리 동네 동구 밖 동문다리께 있지? 갸서 이제나 올까 저제나 올까 지둘리고 지둘렸다는겨. 근디 감감 무소식이었댜. 한 보름가량이 지나고 아버지 소식이 당도혔는디, 아버지는 돌아오덜 않고 흰 말이 그려진 흙토기 피리만 서찰 한 장과 함께 돌아왔다는 겨. 그 애비는 전쟁에 죽고, 죽기 전에 혹 몰라 미리 써놓고 자기가 죽걸랑 이걸 아들에게 꼭 전해 달라고 혔다면서 병사 하나가 온 겨. 하늘이 무너지는 슬픔을 달래며 아버지가 보낸 서찰을 보니, 그랬다는 겨. '이 서찰과 같이 보낸 피리가 백마흙피리란 건디, 혹 이 애비가 죽거들랑 이 흙토기 피리를 능산 꼭대기에 올라가서 불러보그라'는 내용이었댜. 그렇지 않아도 전쟁에서 져서 나라 안이 뒤숭숭허고 이 동네도 그 소문에 갈팡질팡하고 있었댜. 심란혔던 거지 뭐. 근디 말여. 이 효자가 그러던 참에 아버지가 전한 흙토기 피리를 들고 우리 동네 뒷산인 능산 날망에 올라 지 애비 뜻대로 애비를 그리워허며 구슬프게 피리를 불어번졌댜. 근디 그때 말여, 이상헌 현상이 나타났다는 겨. 시끌벅적하고 심란해했던 동네 분위기가 싹 가새고 모두 환한 얼굴로 행복해졌으며, 들판에 오곡도 풍성할 뿐만 아니라 과실낭구들도 열매를 실하게 맺었다는 겨. 아, 그려서 동네 사람들은 저 피리 소리가 보통 소리가 아니고 신통방통한 소린개 벼 생각허고 아주 고이고이 모셨다는 겨. 이게 끝여. 어뗘. 재밌쟈?"

토끼 눈과 귀로 할아버지의 입을 집중했던 전일은 인호와 눈을 마주치더니 재밌었다는 표정을 나누며 방그레 웃는다. 강수도 그런 전설이 우리 동네에 있었구나 하며 고개를 까딱까딱했다. 그런데 그 순간 강수는 무엇이 갑자기 생각이 났는지, 사랑방을 부리나케 박차고 자기 방으로 들어간다. 그리고는 자신이 정리한 노트 일부를 손으로 바삐 넘기고 무얼 급히 찾아 나섰다. 이윽고 원하던 것을 찾았는지 정리한 내용을 다시 한번 훑어본다.

1995년 부여 능산리사지에서 발견된 백제창왕명석조사리감(百濟昌王銘石造舍利龕)의 기록에 따르면 백제의 27대 왕 위덕왕은 창왕으로 기록되었다. 위덕왕은 성왕의 맏아들로, 지금의 충북 옥천인 관산성 전투에서 성왕이 전사하자 바로 즉위하는데, 그해가 554년이다. 관산성 전투에서 신라에 패한 후 왕권이 크게 위축한 상태에서 왕위에 오른 위덕왕은 왕권 강화와 국태민안에 많은 신경을 썼다. 그 결과로 재위 14년(567년) 이후에는 거의 전쟁이 없고 평화로운 세상이었다. 이때 백마도필률을 사용했다고 하는데, '변(邊)'을 시켜 불었으며, 그에게 보관하도록 했다고 했다. 재위 45년인 598년에 승하하고 아들인 아좌태자에게 왕위를 물려주지 못하고 동생인 혜왕(惠王)에게 이어졌다.

바로 이 기록이었다. '바로, 이거다. 그래. 바로 이거.'라고 직감한 강수는 가슴이 쿵쾅거리며 주체를 못 할 정도였다. 그때 건넌방 정짓간에서 강수 어머니가 가마솥에 올여름 보양식으로 푹 삶고 있던 닭백숙을 이리 뒤척 저리 뒤척 하며 한마디 했다.

"야들아! 모두 밥 먹을 준비들 혀. 여름 보양식으로다가 백숙 쪼매 혔으니께 밥상 깔고 숟깔 놓고 지둘려."

강수는 일단 마음을 차분히 가라앉히고 요기를 한 후 좀 더 숙고하며 조사를 해보아야겠다고 마음먹었다. 그리고 정짓간에서 가마솥에 닭을 푹 고고 있는 어머니를 돕고자 정짓간으로 들어선다. 건넌방에 연결된 정짓간에 가마솥 아궁이를 하나 그대로 남겨두었다. 리모델링을 십여 년 전에 하면서 다른 방은 모두 기름보일러로 교체했으나 정짓간에 붙은 건넌방 하나는 가끔 쓰레기를 태우거나 한겨울 뜨끈한 아랫목에 허리를 지지기 좋아하는 어머니를 염두에 두어 가마솥 구들을 남겨두었다. 물론 불쏘시개는 사방에 지천이었다. 능산에 조금만 올라가 솔가지나 참나무 부스러기만 주워 때도 남을 정도였다. 게다가 홍수나 바람으로 뚝뚝 부러진 나뭇가지만 주워 때도 가마솥 하나에 어떤 음식이든 풍족하게 해먹을 정도였다.

강수는 풍구 앞에 부지깽이를 들고 마지막 절차로 백숙에 뜸을 들이는 어머니 곁에 가만히 앉아

"언제 이 힘든 음식을 준비하셨어요? 미리 얘기하시지. 인호 엄마나 제가 해도 되는데…."

강수의 어머니는 살갑게 옆에 붙어 앉은 강수의 얼굴을 잠깐 들여다보다가 다시 가마솥 아궁이로 눈을 원위치한다. 아궁이 속 숯은 흰빛과 노란빛으로 타오르다가 서서히 주황빛으로 오르락내리락했다. 화기는 고래의 언덕을 넘어 건넌방의 온돌을 뜨끈하게 덥히고 있었다. 이제는 아궁이 속 불을 조금씩 입구로 꺼내놓고 있던 강수 어머니는 입을 연다.

"뭐 이게 대단헌 일이라구 니헌티꺼정 야그를 허겄냐? 그저 여름 땡볕 비칠 때는 달구새끼 푹 고아 먹는 게 치고여. 인삼이래두 몇 뿌리 있었으면 좋았을 것인디…. 인삼 대신 엊그제 근동에서 마실갔다 얻어 온 더덕 몇 뿌리 넣었은께 암껏도 안 넌 것보다야 낫겄지. 이제 말복도 월매 안 남았구 이 여름 가기 전에시리 식구덜 몸 보양은 허구 넘겨야지. 안 그냐? … 그나저나 이 아궁이를 냄겨두길 참 잘했어. 이렇게 요긴허게 써먹지 않은가 벼."

 한 자가량 되는 막대기 모양의 부지깽이로 알 숯을 하나하나 꺼내면서 흡족한 눈빛을 띠고 있었다. 강수는 얼른 그 부지깽이를 부여잡고

"이젠 그만하세요. 제가 나머지는 마무리할 테니. 얼른 들어가셔요. 인호 애미도 불러서 시키시고요. 얼른요."

 강수가 들어가라고 하도 생떼를 쓰는 바람에 억지로 강수 어머니는 허리를 곧추세우고 자리를 일어섰다.

"그려, 그럼. 니가 하두 가라 허니께 가긴 헐팅게 나머진 애미랑 잘 마무리허거라."

일어나 정짓간 문을 나서는 어머니의 뒷모습을 지켜보는 강수는 가족을 위한 모정에 코가 시큰거린다. 오직 아들, 손자 하면 사족을 못 쓰시는 양반. 강수는 아궁이의 알 불을 멍하니 쳐다보며 잠깐 불멍에 빠진다. 눈이 허연 번뜩이며 하얘진다. 어머니에게 받은 부지깽이로 알 숯을 더 밖으로 꺼낸다. 부지깽이를 보면서, '이 부지깽이도 참 오래도 쓴다. 나 태어나기 적부터 있었으니, 족히 사오십 년은 넘을 성싶다.' 삼십 센티가량의 대나무 뿌리처럼 생긴 것이 나무는 아니다. 그렇다고 쇠도 아니다. 단단한 것이 흙을 고아 만든 작대기다. 태반이 아궁이 숯불 속에 논 탓인지 새까맣게 그슬렸고, 끝부분만 황톳빛이 얼마 남아있으나 여러 해 동안 써서 닳고 닳았는지 손때가 묻어 아주 반들반들하다. 이 부지깽이가 자신보다 이 집에 산 지 더 오래다. 예전 어머니 말씀을 들자면, 이 집에 시집올 때부터 있던 부지깽이로, 시어머니께 전해 받은 '정짓간 가보(家寶)'라 했다. 아주 가벼우면서 단단한 게 불쏘시개를 넣고 흩트릴 때 요긴하기 그지없다고 하셨다. 이제 얼추 푹 고아진 닭백숙을 채반에 꺼내놓고 진득한 멀국을 스테인리스 양푼에 담아 안방에 펼쳐진 밥상에 놓아야 할 참이었다. 부지깽이를 들고 마지막 군불 정리를 하던 순간, 부지깽이의 오톨도톨한 감촉이 오늘따라 느껴진다. 그리고 그 오톨도톨한 감촉도 일정한 거리, 약 손가락 두 마디 정도의 사이를 두고 느껴졌다. 강수는 부지깽이를 눈 가까이 놓고 들여보았다. 자세히 살펴보니 속이 텅 빈 대롱으로 가벼웠다. 그래서 불을 살릴 때 어머니는 한쪽을 입에 대고 '후' 하고 바람을 세게 불어 살려놓았었구나 했다. 일정한 간격으로 생쥐 눈알만 한 구멍 흔적이 다섯 개가 일렬로 나있고, 뒤에도 구멍 하나가 흔적으로 남아있다. 원래 구멍이었던 것이 오래전부터 내려오면서 흙이나 숯 재로 막혀있었다. 얼른 강수는 그 부지깽이를 들고 마당으로 나가 수돗가 대야에 집어넣었다. 가마솥만 한 대야에는 물이 반쯤 차올라 있었다. 부지깽이는 첨벙 하며 쑥 바닥에 가라앉았다. 마침 닭백숙을 기다리며 밥상에서 숟가락을 두드리고 있던 인호와 전일은

"닭 줘요? 왜 닭 안 내와요? 닭 줘, 닭 줘, 닭 줘!"

참새 새끼 두 마리가 모이 달라고 짹짹대는 꼴이었다. 강수는 부지깽이에 집중하느라 잠시 잊고 있었던 닭백숙을 되새기고,

"여보, 인호 엄마! 저 정짓간 가마솥의 닭백숙 좀 내어줘. 나 지금 갑자기 할 일이 생겨서…"

안방에서 밥상을 펼쳐놓고 밑반찬과 수저를 정리하던 선희는 '이 냥반이 또 뭐를 한답시고 꾀를 내는가?' 하는 눈초리로 남편인 강수를 쏘아보지만, 수돗가에서 뭐 작대기 하나를 들고 몰두해 있는 남편. 그냥 지나쳐서 나머지 백숙을 양푼에 넣는 것을 자신이 하고 만다. 강수는 수돗가에서 곁에 있던 수세미로 정성스레 부지깽이를 닦아냈다. 워낙 오랫동안 썼던 물건인지라 그을음이 잘 지워지지 않았다. 얼른 창고로 들어가 연장 서랍장 안에 있는 고운 사포 하나를 끄집어 내왔다. 그리고 계속해서 부지깽이를 갈고 닦았다. 서서히 더께와 그을음이 걷어나가고 황톳빛이 자태를 드러냈고, 막혔던 구멍들도 그 형체가 조금씩 도드라졌다. 황톳빛은 표면에 유약을 발라 처리한 듯 닦아낼수록 광이 나고 색이 선명해진다. 잘 마른 수건으로 부지깽이를 닦아냈다. 영락없는 피리다. 옆으로 부는 횡적이 아니라 앞으로 부는 종적이다. 때마침 안방에서는 어머니와 아내의 부름 소리가 울려 퍼진다.

"어여 와라. 애비야!"
"여보! 뭐 해요. 빨리 와요. 백숙 다 식겠네."

강수는 그 부름이 들릴 리 없었다. 제정신이 아니었다. 신이 나고 혼백이 나간 상태다. 혹시 이것이 그동안 찾고자 했던 '백마도필률?' 가슴이 사정없이 널뛰고 난리다. 구멍들을 대못으로 살살 긁어냈다. 서서히 그 구멍이 모습을 보이더니, 펑 하고 뚫렸다. 가운데는 물론 텅 빈 대롱이었다. 여섯 개의 구멍을 하나하나 못으로 조심스레 긁어 구멍의 제 모습을 확보했다. 십여 분이 지났을까. 선희는 기다리다 못해 수돗가에 내려왔다. 강수는 선희가 내려오는 것조차 몰랐다. 선희가 강수의 어깨를 토닥거린 후에야 마치 오랜 잠에서 깨어난 백설 공주처럼, "응! 알았어. 밥 이따 알아서 먹을게. 그냥 상 치워." 하는 말로 선희의 재림을 물러서게 했다. 그리고 살살 부지깽이의 아랫부분을 사포질로 닦아냈다. 검정빛이 차차 잿빛으로 변하더니, 이윽고 노란빛을 띠다가 어느 순간부터는 희끄무레한 빛이 드러나기 시작했다. 그리고 그 흰빛은 어느 일정한 모양을 그려내고 있었다. 순간 강수는 "백마 문양이다!" 했다. 흰 날개가 양옆에 유선형으로 달린 백마가 뒷발은 땅을 디디고 앞 두 발은 허우적대며 뛰어나가는 모습. '아! 이게 바로 그 백마도필률인가?' 믿어지지 않고 꿈속에서 헤매는 자신이었다. 끊임없이 뛰는 숨통은 더 심해지면 터질 듯했다. 세월의 흔적인지 백마의 모습이 선명하지는 않지만 어렴풋하게 잔상만 남아있었다. 마당의 빨랫줄에 걸린 수건을 하나 걷어 꼼꼼하고 정성스럽게 피리의 습기를 닦아냈다. 깨끗하게 제 빛을 찾진 못했으나 그나마 종적의 형태와 백마 그림의 흔적을 겨우 건지는 정도였다. 피리를 들고 조용히 자기 방으로 들어갔다. 그리고 자신의 전공 서적 중에 『일본서기(日本書紀)』를 책

꽂이에서 찾았다. 네 칸으로 된 곳 중 오른쪽 맨 끝에 먼지가 뿌옇게 쌓인 채로 놓여있었다. 대학 시절 전공 책으로 보다가 내던져버렸으니, 그럴 만도 했다. 일본서기에서 7세기 무렵의 기록을 찾아보았다. 권 27권의 천지기(天智紀)에 다음과 같은 기록이 있었다.

덴지 덴노 집권 시기(660년)에 나당연합군이 백제 사비궁으로 쳐들어왔다. 이에 백제 의자왕은 우선 황산벌에 계백 장군을 보내 오천 명의 결사대로 전쟁을 치렀으나 패하여 소부리까지 밀렸다. 백제 의자왕은 태자 효와 웅진으로 피하고 둘째 왕자인 태가 성을 지켰다. 나당연합군이 진군하여 사비 동문 입구인 능산에 이르자 어디선가 피리 소리가 청아하게 들렸다. 그 소리를 듣고 연합군 병사들은 그 애처롭고 맑은소리에 잠시 몽롱한 상태로 전쟁을 멈추고 모두 정지된 상태에 머물렀다. 당시 백제의 상황을 살피고자 급파된 지쿠고국 상양미군(上陽咩郡) 주민 오토모베노 하카마(大伴部博麻)는 그 광경을 보면서 믿기지 않았고 후에 알아보니, 백제의 한 주민이 흰말이 그려져 있는 도자기 피리를 불어 일시적인 평화를 이루어냈다고 보고했다. 천황은 당시의 전쟁 속에서도 백제의 상황을 꼼꼼히 살피고 온 오토모베노 하카마에게 큰 상을 내리고, 일 년 후 백제부흥운동을 지원했던 모후 사이메이 덴노가 붕어하자 국정을 이어받아 8월에 나가쓰노미야(長津宮)로 옮겨 거주하면서 백제 부흥군을 지원해 여러 장수들을 보냈을 뿐만 아니라 9월에는 왜국에 머물던 백제의 왕자 부여풍에게 관직을 주었다.

백마도필률에 대한 기록이 분명했다. 신라에 만파식적이 있었다면, 백제엔 백마도필률이 있었다. 자신도 모르게 쾌재를 불렀다. 대단한 발견이었다. 1990년대 초에 발견한 백제 금동대향로에는 다섯 명의 악사가 등장하는데, 각각의 악기가 월금(月琴), 필률(篳篥), 북, 거문고, 소(簫)였다. 이를 보면 당시에도 분명히 피리 종류는 존재했음을 알 수 있다. 또 백제 후기의 토기에는 유약 바른 것들이 여럿 발견되었는데 세 다리 그릇이나 목이 짧은 잔 등이 대표적이었으며 부소산 북쪽 마루 매장지에서 발굴된 유적에도 유약을 바른 청자와 백자가 여럿 발견된 바 있다. 특히 능산리 고분군 밑에서 발견된 토기에는 칠을 외면에 한 것들이 많이 출토된 것으로 미루어 당시의 토기나 유약 기술은 상당히 발전한 것으로 추정했다. 백마도필률도 유약 처리를 했기에 그나마 천 년 이상이 지났음에도 불구하고 아직 그 빛깔이나 백마 흔적이 남아있는 것이었다. 이 귀한 것이 자기 집 부지깽이로 쓰이고 있었다니…. 거의 눈이 뒤집힌 상태로 부랴부랴 어머니를 찾았다. 허겁지겁 허둥대는 강수의 모습에 어머니와 그 아내는 뭔 일인가 하고 가슴을 조마조마했다.

"어머니! 이 부지깽이. 이거 언제부터 써오신 거예요?"

어머니는 허겁대는 강수의 태도에 무슨 큰일이나 난 줄 알았으나, 겨우 부지깽이에 관해 물으니, 안도의 눈빛으로 돌아오며

"이잉~ 그거. 난 또 뭐라고. 무슨 큰일이나 난 줄 알았네. 니가 하두 허겁지겁허길래. … 나야 이 집 시집올 때부텀 있는 것인께 그건 잘 모르겠구. 다만, 니 할미, 그 할미의 시엄니도 썼던개 벼. 내가 시집와설랑 부지깽이가 가볍고 바람 불 때도 요긴허고 혀서 그 당시 시엄니께 여쭸더니, 당신도 그 전부터 써 온 거라 잘 몰른다고만 혔은께. 기냥 이 집이랑 같이 내려온 거 같혀. 근디 왜 그 부지깽이가 뭔 문제라두 있는겨?"

강수는 예상했던 대답이 나오자 매우 놀라는 기색은 없다. 그렇다고 아직 정확히 확인되지 않은 사항에 대해 이러고 저러고 가족들에게 얘기해 봤자 별 도움이 없을 거 같아 그냥 자세한 내막을 밝히지 않기로 한다.

"아니요. 어머니 말씀처럼 그냥 하도 부지깽이가 가볍고 바람 불어 넣을 때도 좋고 해서 참 요긴하다고 생각했거든요. 제가 이 부지깽이 좀 보관하고 있을게요. 대신 이따 읍내 나가 새 부지깽이를 철물점에서 사다 놓을 테니 걱정은 마시고요."

강수의 어머니는 별 실없는 자식 다 보겠다는 표정으로

"그려. 니 맘대루 혀. 그나저나 빨랑 백숙이나 데펴 먹거라. 뭐 헌답시구 끼니때도 놓치고 말여. 에미야! 니 서방 점심이나 챙겨줘라."

강수의 아내는 다 먹고 물린 상을 다시 한번 차리려니 짜증이 나는지 뾰로통한 표정으로

"네. 어머니. 얼른 진지 잡수실 준비허쥬. 곧 다시 차려 올릴게. 아까 와서 잡수시라니까?"

강수는 아내의 눈을 보며 겸연쩍은 낯빛으로 미안한 표정을 짓는다. 강수는 점심을 서둘러 먹고 부지깽이를 아무도 모르게 잘 보관해야겠다고 다짐한다. 혹여 전일이나 인호가 보고 가지고 놀다가 부러지면 큰 낭패가 아닌가? 그리고 시간을 내서 조만간 상경해서 한국대학

교 남도연 교수님의 조언을 구해야겠다고 마음먹었다. 그분은 석사 과정 때 지도교수로 백제사 연구에 일가견이 있을 뿐만 아니라 백제 토기에 대해 논문도 수 편을 쓰신 전문가였다.

배를 두드리며 마당을 나온 전일과 인호는 신이 나서 전일이 쓰는 사랑방에 쏙 들어갔다. 전일은 늘 하던 것처럼 오후에 오카리나를 불었고, 그 옆에서 인호는 소리를 곁에 두고 선풍기 바람을 맞으며 만화책을 방바닥에 엎드려 보고 있다. 보름이 지나서 둘의 서먹서먹한 관계가 완전히 일소되면서 마치 친형제처럼 싸고돌았다. 능산리 이모 집에 온 지 이삼일 간은 제 엄마를 무척 그리워하며 무슨 괴성과 같은 음성을 끊임없이 냈고, 선희는 낯설어하는 조카의 심리적 안정을 위해 다독거리며 첫날은 같이 잠도 잤었다. 선희의 얼굴이 제 엄마와 매우 비슷해서인지 선희만 옆에 있으면 신기하게도 괴성을 지르지 않았고 무묵하게 자기 일을 해나갔다. 그런 전일을 보면서 참 기특한 놈이라 강수는 생각한다. 백마도필률의 실마리는 전일의 비문 해석이 이루어지지 않았으면 꿈에도 생각 못 할 일이었다. 범상인의 눈에 보이지 않는 것을 그 아이는 자신이 가진 특별한 촉이랄까, 여하튼 이두를 접목해 해석함으로써 백마도필률을 찾아내는 계기가 된 것은 틀림없었다.

햇살이 가느다랗게 대지에 가라앉고 온기가 따사롭다. 교도소 운동장의 햇빛과 다른 감촉이다. 살살거리며 포근하게 다가와 피부에 톡톡 두드리는 아기 천사의 손 기척이라 할까. 영수와 순희는 팔짱을 끼고 있다. 그리고 누가 먼저라고 할 것 없이 깊은 심호흡을 맘껏 해본다. 맑고 깨끗한 오투 분자들이 허파의 곳곳을 헤집어 놓는다. 시원하다. 후련하다. 맛있다. 마중 나온 아버지와 어머니가 두부 한 모를 일회용 접시에 들고 다가온다. 그 옆에는 철우도 나와있고, 선희 내외도 나와있다. 선희의 오른손에는 귀한 아들 전일이 그와 손을 맞잡고 있다. 영수 내외는 성큼성큼 다가오는 가족과 친구들의 모습이 그제야 보인다. 전일이 가장 먼저 눈에 들어 온다. 이제는 고3이라 그런지 아빠 친구인 철우의 키를 훌쩍 뛰어넘는 청년이 되었다. 볼도 도톰하게 살이 올랐다. 전일은 철창 밖 부모의 모습에 잠시 눈치를 보며 낯선 표정이다. 순희는 영수와 꼈던 팔짱을 풀고 조금씩 발걸음의 속도를 올린다. 불쌍한 전일을 꼭 안아주고 싶어서. 불과 이십여 미터도 떨어지지 않았건만 그 거리가 이백 미터처럼 멀리만 느껴진다. 순희는 달려가며 시부모에게 고개를 숙여 인사를 했지만, 몸은 전일에게 향하고 있다. 교도소 철 대문 앞에 서있는 김 교위는 이들의 모습을 눈으로 좇아가다가 이내 철 대문을 닫고 교도소 안으로 둔탁한 쇳소리를 내며 들어가 버린다. 이날 출소한 사람은 영수 내외를 비롯해 대여섯 명이 되었지만 유독 영수 내외의 모습이 확연히 두드러진다. 철대문 앞 가로수에는 수용자인권보호위원회가 붙여놓은 '고생 많으셨습니다. 새 출발을 힘차게'라는 현수막이 바람에 한쪽 귀가 떨어져 펄럭이고 있다. 영수는 부모님을 향해 천천히 발걸음을 옮겼다. 그새 이마에 깊어진 고랑이 마치 자기 탓인 듯 죄스러움이 일어나며 뭉클한다. 절대 출소하면 부모님 앞에서 눈물을 보이지 않겠다고 다짐했건만 하염없이 줄줄 눈물이 흘러내렸다. 순희는 눈 속에 고여있는 눈물 탓인지 전일이 물속에 잠긴 듯하다. '아! 불쌍한 내 새끼. 불쌍한 내 새끼.' 언니 선희도 전일과 맞잡은 손을 놓아주며 손으로 제 어머니에게 가보라고 손짓을 한다. 두리번거리던 전일도 놓아준 이모의 손을 떠나 한 발짝씩 조심스레 발을 내디딘다. 저벅저벅 절저벅. 순희는 양팔을 벌려 전일에게 향하고 있다. 꼭 안아주고 싶었다. 미안한 마음으로 한 번 꼭 껴안으면서 용서를 구하고 싶었다. 전일도 엄마의 모습을 따라 양팔을 넓게 벌린다. 어서 오세요. 엄마. 보고 싶었어요. 그 품이 무척 그리웠어요. 그 옆을 지키던 철우와 강수도 뜨거운 모자 상봉에 눈시울이 화끈거린다. 영수도 어머니 막달을 넉넉히 안으며 용서를 구했고, 순희도 아들 전일을 포근히 안으며 미안함을 표현했다. 주위에 있던 철우는 뜨거운 모자 상봉에 자연스레 박수가 나왔다. '파이팅'. 아버지 이덕구는 남몰래 살짝 눈시울을 오른팔 소매로 훔쳐내며,

"뭣들 허는겨? 어여, 여기 두부나 한 모금씩 묵어들. 미신이라고 허지만서두 두부를 묵어야 앞으로다가 벨 탈 없이, 거시기 뭐여 벨일 없이 지나간다는 겨. 얼렁덜 와서 묵으랑께."

영수 내외는 아버지 이덕구의 다그침에 꼭 껴안은 팔을 풀고 두부

한 모에 입을 가져갔다. 물컹대며 보드래한 두부가 입에 빨려 들어왔다. '내 다시는 교도소 근처에 얼씬도 안 하리라. 정말 착하고 바르게 살리라.' 영수 내외는 오물오물 씹어 넘기면서 다짐을 한다. 이윽고 선희 내외가 다가와 영수 내외를 따뜻하게 안아주며 등을 토닥거린다. 철우도 영수에게 다가가 "증말 엄청시리 고생해 번졌네." 하자 영수는 "열없잉께 그만 허그라." 한다. 그러면서 보이지 않는 칠성의 안부를 물어볼까 하다가 그냥 포기한다. 출소하는 날 큰 환영회(?)를 해준다고 강짜를 놓았던 놈인데. 오늘은 가족이나 주위 사람들 눈을 의식해 나오지 않았으리라 생각하고 만다. 철우는

"여서 앵간치 허시고 차에 얼릉 타소. 서둘러 제 횟집에 가잔께요. 지가 전라도에서 아니 대한민국에서 치고로 좋은 회를 준비혀 났응께, 거서 깨벗고 댕길 정도라가 환영주 겸 새 출발주를 마셔부러버리자고요."

이덕구도 철우의 말에 동조하며

"아야. 너 뭐다고 한하고 그라고 있다냐? 그라지. 역시 가까분 친구 녀석이 그려도 판을 깔아놓았네그려. 철우 저누무 자식이, 겁나 고맙당께. 모두 철우 말대끼로 차 타고 얼릉 가자니께. 나두 이 교도소 건물은 고냐시 근처도 오고 잡지 않아부러. 후딱후딱."

덤비듯 서두르는 이덕구의 말에 모두 주섬주섬 승차할 채비를 한다. 전일은 순희의 팔을 꼭 잡고 이제는 다시 안 떨어지겠다는 듯, 사력을 다해 꽉 붙든다.

승차에 앞서 영수 내외는 희망교도소를 한번 뒤돌아본다. 그래도 일 년여 간 지냈다고 정이 들었다. 그러나 그 정은 오래 보관하고픈 그런 기억은 아니었다. 수용자 중에는 참 좋은 사람도 많았다. 그리고 그곳 일터에서 여러 가지 기술도 터득했으나 그래도 정말 오래 있고픈 곳은 아니었다. 영수는 젊을 적 군대를 제대하는 기분과 엇비슷했으나 오히려 그보다도 더 홀가분하고 기분이 째졌다. 차창을 통해 스치는 바깥세상의 풍경은 자애로웠다. 한없이 따듯하고 푸근했다. 길가에 늘어서 있는 은행나무 가로수도 아름다웠다. 지나다니는 사람들의 모습도 하나같이 정겨웠다. 바쁘게 움직이는 사람들. 힘들지만 생활전선에서 가족과 자신을 위해 숨 가쁘게 움직이는 모습들에 경외감이 든다. 가족이 유모차를 이끌고 나들이 산책하러 가는 모습이 들어오자 와락 눈물이 난다. 그리고 곧바로 제 아들인 전일을 쳐다본다. 전일은 피곤한지 조용히 눈을 감고 선잠을 자고 있다. 한없이 사랑스럽고 귀엽다. 자는 아이의 얼굴을 순희는 살짝 쓰다듬는다. 이에 놀란 전일이 눈을 살짝 떴다가 바로 감는다. 봉고차 한 대에 모두 자리 잡은 가족과 친지, 친구들. 이분들이 있었기에 수월하게 수형 생활을 무사히 마쳤음에 내심 고마운 마음뿐이다. 순희는 선희에게 제대로 말도 못한 이야기를 차 안에서 하고 만다.

"우리 전일이 방학 때마다 잘 보살펴 주셔서 고마워, 언니. 형부도 정말 고마워요. 이제 살아가면서 그 마음의 빚 갚으며 잘살아볼게요."

선희는 입바른 소리에 그냥 고개만 끄덕이고 말대답을 하지 않는다. 강수도

"그래, 처제 그리고 동서도 욕 많이 봤어. 이제 새롭게 출발하는 두 사람을 힘차게 응원할게. 전일이랑 행복하게 잘들 사셔. 그리고 전일이 저 놈아가 대단한 아이여. 내 자세한 얘기는 이따 술 한잔하면서 얘기할게. 정말 특출난 아들을 두셨어. 앞으로 화목하고 행복하게 사셔들."

이덕구 내외도 이 자리를 빌려 사돈처녀 내외에게 감사를 건넨다.

"아이고마. 내 정신. 전일이 이모 내외분 덕분에 우리 아그들 수형 생활을 잘 이루산 듯싶소. 무지게 고마우이."

선희는 사돈 어르신의 말에,

"별말씀요. 어려울 때 서로 돕는 게 형제자매지요."

봉고차는 신나게 영도군 소천면으로 향했다. 올 때는 그리 오래 걸리더니 갈 때는 미끄러지듯 쉬이 달려갔다. 두 시간가량 흘렀을까. 영도군 입구 이정표가 보이고 이 십여 분을 달리니, 먼발치에 남해가 넘실거렸다. 그토록 보고 싶었던 바다. 어머니 품처럼 따뜻하고 정겨운 바다. 말랐던 눈시울이 다시 촉촉해진다. 영수는 흐르는 눈물을 주체할 수 없어 고개를 돌리고 얼른 소매로 눈물을 훔친다. 뭉클하고 설레는 마음을 가다듬은 지 십여 분. 드디어 소천면 철우네 횟집에 당도했다. 개업식 할 때의 간판은 그대로였다. 그때 세 명의 죽마고우 이름 한 자씩 따서, '우칠영 횟집'이라 했고, 전화번호도 삼칠칠에 영오칠영이었다. 이를 보는 영수의 마음은 찡해진다. 손님이 많지는 않았으나 철우 색시가 혼자 장사하느라 땀을 뻘뻘 흘리고 있었다. 들어오는 봉고차를 보고 철우 아내는 헐레벌떡 튀어나왔다. 하차하는 영수 내외의 손을 잡고, 그간 고생 많았다는 말로 치사하기가 바쁘다. 봉고차에서 내린 일행을 능숙하게 철우가 횟집 안쪽 깊숙한 내실로 안내했다. 그래도 죽마고우의 출소일이라고 함부로 내어주지 않는 내실을 번듯하게 내놓고 거기에 상을 어엿하게 차려놓았다. 싱그런 멸치 물회를 비롯해 손바닥만 한 전복과 가리비, 뻘낙지, 해삼과 흑삼, 멍게는 물론이고 민어회까지 상다리가 부러지도록 상 위를 가득 채웠다. 일행이 놀란 노루 새끼 눈으로 환호성을 지르며 서성거리자 철우는 목대에 힘을 잔뜩 주며 기세등등하게

"지가 맘먹고 한 상 차려부럽소잉. 지가 불알친구 출소일이라 한턱 쏘는 것잉께 풍신나잖다고 욕허지 마시고 잽싸게 드쇼잉. 모잘라면 더 야그허시고."

영수 어머니, 김 막달은 침을 꼴깍 삼키며

"오메. 이게 다 뭐이다냐. 내 환갑상보다 더 뻬까번쩍허네. 아이고마 철우야! 니가 참 친구다야. 참말로 고맙고 잘 묵을게. 얼릉들 들어오셔. 아주 상다리가 휘어지게 진수성찬이네그려."

영수 내외는 연신 고개를 숙이며 철우 내외에게 고마움을 표했다. 자기 집 개업식에서 벌어진 일로 교도소에 간 친구에게 일말의 죄를 상쇄해 볼 요량인지 아주 손 크게 펼쳐놓았다. 미안함과 고마움을 감추고 영수는 출소 감회를 이야기했다.

"참말로 이레 저희 내외의 새 출발을 축하허기 위해 모이신 가족과 친지, 친구분들. 이거 묵고 저희 부부 신빨나게 다시 심 채리고 살 것잉께 한 번 지켜봐 주시요잉. 그동안의 은혜 쪠끔씩 살아가면서 반다시 갚을라니께 꼭 지켜보셔요잉. 오늘 이 자리를 특벨히 신경 써 맹글어준 내 불알친구 철우와 제수씨 참말로 고맙소. 자! 술 한 잔들 들어보셔요잉. 지가 선창을 헐팅께 따라서 후창허시우. 앞으로 휘황찬란헐 영수 가족을 위해 건바이."

모두 '건바이'를 힘껏 외친다. 그 소리가 하도 커서 내실 밖 가게 안은 물론이고 가게 앞을 지나는 사람들도 무슨 싸움이 났나 할 정도였다. 횟집 앞 해수면은 노을빛으로 벌겋게 물들어 있고, 갈매기도 이들의 새 출발을 축하하듯 고공비행으로 멋지게 날고 있다. 모래밭 가에 갓 시집온 새댁처럼 새침하게 피어있는 해당화는 진분홍 꽃잎을 해풍에 내던지며 살랑거리고 있었다.

　　　　　강수는 광목천으로 귀하게 싸놓은 백마도필률을 들고 서울로 올라가는 중이다. 미리 약속해 놓은 커피숍으로 남도연 교수를 만나러 가는 길이다. 서초동 댁 앞까지 지하철을 타고 가 서울고등법원 근처 커피숍에서 만나기로 했다. 십 층으로 된 오피스텔의 1층을 전부 사용했는데, 규모가 오십 평 남짓한 큰 규모이다. 사방이 통창으로 유리창을 달았고 몽마르트르 공원 산책길이 훤하게 보이는 뷰가 인상적이었다. 오전이라 그런지 커피숍 안은 한산했다. 서울성모병원과 법원이 근처에 있어서 한산하지만 오가는 사람이 많고 좀 어수선한 분위기이긴 했다. 몽마르트르 공원에서 서리풀 공원으로 이어지는 육교 길이 보이는 조용한 곳에 자리를 잡았다. 도착 사실을 핸드폰으로 교수님께 알렸더니, 곧 가겠다는 말씀이었다. 집에서 십 분 안에 도착할 거리라 했다.

　십 분이 채 지나기 전에 남 교수는 도착했다. 편한 감색 티셔츠에 옅은 청바지를 입고 중절모자를 눌러 쓴 채 나왔다. 여름방학이라 집에서 편히 쉬던 중에 나온 차림새였다. 남 교수는 강수를 두리번거리다 찾은 후 매우 환하게 웃으며 다가왔다.

　"오랜만일세. 그래, 잘 지냈나?"

강수는 폴더 인사로 예를 갖추고 이어 죄송한 표정을 짓는다.

"네. 덕분에 저야 아이들 잘 가르치고 있습니다. 교수님께서는 별일 없이 건강하시죠?"

남 교수는 살짝 고개를 끄덕이며

"다 늙어가는 노인네야 건강할 리 있겠는가? 요즘은 일하다 조그마한 생채기만 나도 낫는 게 쉽지 않아. 숨 쉬는 데 크게 지장 없으면 그럭저럭 사는 거지 뭐. 오늘 하루가 가장 행복한 날이라 여기며 지낸다네. 허허. 그래, 오늘 만나자고 한 용건을 좀 자세히 이야기해보세."

강수는 조심스레 짊어지고 온 가방에서 백마도필률을 꺼낸다. 꺼내면서 혹 주위에 이상한 자가 없는지 한번 휘돌아 본다. 이상이 없음을 확인하고 고이 싼 광목천을 천천히 풀어 남 교수 앞에 내보였다. 물론 그에 대해 기술한 비단 위의 기록도 함께. 그리고 그에 대한 그간의 내력을 상세히 알렸다. 남 교수는 허리띠 주머니에 항상 넣고 다니는 돋보기를 꺼내 비단 위의 기록과 백마도필률로 추정되는 피리를 요모조모 살펴본다. 감정을 받기 위해 금은방에서 금을 감정받을 때가 되새겨진다. 남 교수는 실눈을 뜨고 한참을 보고 또 본다. 엎어보고 좌로 보고 우로 보고 뒤집어보고. 잠시 후 커피를 한 모금 깊이 들이마신 후,

"자네의 말이 사실이라면 이것은 놀라운 발견일 수 있겠네. 그러나 지금 이것이 백마도필률이라고 단정하긴 이르네. 그리고 비단 위의 기록을 이두문으로 보아 해석한 것은 탁견이네. 이 또한 이두 전문가에게 의견을

여쭙고 피리에 대해서도 내가 아는 이 분야 전문가와 검토를 같이 해봐야 할 성싶네. 어떤가? 이것을 나를 믿고 한번 맡겨볼 의향이 있는가?"

강수는 순간 멈칫한다. 그럴 리야 없겠지만 혹 이 유물을 가로채거나 빼돌리지는 않으시겠지, 하는 염려가 생긴다. 이게 만약 백마도필률 진품이라면 국보급 문화재임이 틀림없고, 그 값어치는 금액으로 환산할 수 없기 때문이다. 그러나 바로 그에 대한 염려를 접는다. 이러한 과정을 통하지 않고는 유물의 진위를 확인하기 어렵고, 남 교수의 인덕이나 학자의 자세를 익히 아는 터라 쓸데없는 기우라 치부해 버리고 남 교수에게 맡기기로 한다. 눈치 빠른 남 교수는 주춤하는 강수의 걱정을 읽어내며

"걱정 말게. 내가 잘 보관하고 여러 전문가를 만나 진위를 확인하고 돌려줌세. 나 못 믿나? 뭐 돈으로 치면 차용증을 쓰듯, 보관증이라도 써줄까?"

순간 강수는 갈등한다. 마음이야 알아서 써주면 오히려 고맙겠는데, 의향을 물으니 참으로 난감하다. 써 달라면 못 믿는다는 것이고, 안 쓰면 뭔가 불안하고 꺼림직하다. 결정을 내리지 못하는 강수를 보고 남 교수는 흔쾌히

"나를 못 믿어서가 아니라 좀 그럴 거야. 내가 여기서 보관증을 하나 써줌세. 카운터에 가서 종이와 펜 좀 빌려 오겠나?"

강수는 내심 고마우면서 어쩌지 못한다.

"안 그러셔도 되는데…. 그럼 카운터에서 종이와 펜을 빌려 오겠습니다."

강수는 벌떡 일어나 카운터에서 A4 용지 한 장과 볼펜 한 자루를 빌려 온다. 남교수는 빌려 온 종이에 이런 일이 익숙한 듯 보관증을 작성하고 맨 마지막에 친필 사인을 하면서 볼펜을 놓는다.

"한번 확인해 보게. 이렇게 써주면 되겠나?"

강수는 대충 보는 듯하면서도 내용을 속독으로 파악한다.

"아, 네. 이런 번거로운 일 부탁하면서 이런 것까지 쓰시게 해서 죄송합니다. 여하튼 교수님의 검토 결과를 기다리겠습니다."

편해진 강수의 낯빛을 확인한 남 교수는 화제를 바꿔본다.

"최근 베트남 남부 안장성 메콩강 삼각주 해안에서 옥에오 유적이 발견되었네. 근데 말이야, 거기서 7세기경의 백제 유물이 출토되었어. 지금 한창 연구 중이네만 거의 백제 유적이 맞는 듯해. 참으로 놀라워. 지금처럼 운송 수단이나 교통이 발달하지 않았던 7세기에 백제가 베트남까지 교역했다는 산 증거가 아니겠는가? 아마 당시에 육지의 실크로드처럼 해상에도 실크로드가 있었다는 말이거든. 옥에오 유적에 백제 시대의 구슬 8점이 발견되었을 뿐만 아니라 동남아시아의 유리구슬, 수나라의 자기류, 인도산 토기까지 함께 출토되었지."

강수는 새로운 소식을 접하자 깜짝 놀라며,

"세상에. 대단하군요. 국제무역이 저 먼 곳 베트남까지 행해졌다는 사실이."

남 교수도 이에 맞장구를 친다.

"그러게 말일세. 현대가 AI 시대이고, 4차 산업혁명 시대라고 떠들어 대지만, 지금부터 천오백 년 전 선조들도 우리가 상상치 못할 정도로 교역이나 경제 구조가 발달했을지도 몰라. … 우리가 과거를 잊지만, 과거는 어쩌면 우리를 기억하고 있을 것도 같고."

어느덧 끼니때가 다 되어가는지 강수의 배에서 꼬르륵 배꼽시계가 울린다. 강수는 시간을 지켜 부여에서 오느라 제때 끼니를 못 챙긴 것을 창자는 여실 없이 보여주듯 진솔하게 칭얼댔다.

"주책없이 밥 달라고 창자가 칭얼대네요. 계제에 제가 교수님께 식사 한 끼 대접했으면 하는데 괜찮으신가요?"

집 근처에서 만난 남 교수는 오히려 부담되는지 정중하게 사양한다.

"아닐세. 나야 집이 코 앞인데 집에 가서 먹으면 되지 않나. 외려 내가 자네를 우리 집에 초대해 음식을 대접해야 할 처지지만 오늘 집안에 사정이 있어서. 다음으로 기회를 미루세. 검토 결과 나오면 그때 한번 식사하세. 그래도 괜찮겠지?"

남 교수의 정중한 사절에 난처하지만, 다음에 기회를 잡기로 하고 일어나 커피숍을 나왔다. 남 교수는 쿨하게

"그럼 우리 여기서 헤어지세. 다음에 결과 나오면 바로 연락해 줌세."

하며 총총히 자리를 떠났다. 떠난 자리에서 미세한 티끌이 창을 뚫고 들어온 햇살에 반사하며 하나둘 피어오르고 있었다.

　　　　　칠성은 영수 내외가 출소했다는 사실을 마을 사람들 입을 통해 주워들었다. 아직도 그 서운함이 남아서인지 썩 기분이 내키지 않고 떨떠름했다. 자기는 그날 이후 두어 번의 수술을 잘 치렀으나 지금까지 비가 오거나 날씨가 갑자기 추워지면 찔렸던 부위가 욱신거리고 아파서 진통제를 먹든지, 소주 두어 병을 안주 없는 강소주로 먹고 자는 처지인데, 영수 그 자식은 형기를 모두 마치고 새출발하겠다고 설레발치는 게 영 달갑지 않았다. 꼴 좋게 내외가 감방살이했음에도 불구하고 그 가정은 더더욱 정이 돈독해지고 분위기가 활기찼다. 게다가 자신은 아직도 혼기를 훌쩍 넘기고 배우자를 잡지 못해 허송세월하는데 그들은 좀 특별한 아이지만 아들도 하나 두고 오붓하게 잘살고 있지 않은가? 하기야 자신은 여태 여자가 없어 결혼하지 않은 것은 아니다. 영도 읍내 술집 거리에 가면 자신을 어떻게든 꼬여보려고 유혹하는 낯짝 흰한 여자들이 한둘 아니다. 어머니와 주위의 주선으로 중매도 여러 번 봤다. 그런데 한 번에 착 당기는 그런 여인을 한 번도 못 보았다. 칠성은 뭔가 번듯하고 교양과 품격있는 여인네를 고르려는 강박감에 시달렸다. 그래야 철우, 영수보다 늦게 가는 결혼을 허우대 좋게 자랑할 수 있으며, 늦은 보상을 톡톡히 하는 것이리라.

　　안개가 자욱한 아침이다. 미세먼지 탓인지 커진 일교차 때문인지,

눈앞 이십여 미터도 보이지 않을 정도의 짙은 농무다. 포말 같은 안개 알갱이가 폐 속을 떠돌며 한 켜를 이루는지 칠성의 호흡은 상쾌하지 못하다. 꿀꿀한 기분을 던져버리고자 드라이브를 작정한다. 작년에 그렇게 타고 싶어 샀던 아우디 에이식스 세단을 몰고 소천 해안도로를 한 바퀴 휭 돌 요량이다. 차 바퀴는 아우디 로고처럼 미끄러지듯 가볍게 굴러간다. 액셀러레이터를 힘차게 밟아본다. 순간 속도가 불과 삼 초도 되지 않았는데 시속 백이십 킬로미터까지 속도계가 올라간다. 앞뒤 차창을 모두 열고 바다 공기를 흠뻑 느껴본다. 갯내가 후각을 비릿하게 두드린다. 사는 게 뭔지. 어떤 놈은 빵을 갔다 와도 화기애애하게 잘 사는데…. 남 부럽지 않게 살아오며 돈 걱정 없이 살았지만, 한쪽 옆구리가 허전함은 늘 고독감과 우울감을 가져준다. 부모님이 이제는 표시 없이 눈빛으로만 '가문을 어찌 이을까?' 하지만 몇 년 전 다시는 내 앞에서 대를 끊어지게 생겼다고 말 한마디만 더하면 자살하겠다고 어깃장을 놓았더니 이제는 그런 말로 부담을 주지 않았다. 그렇지만 칠성 또한 아들이면서 가문의 일원 아닌가. 이에 대한 번뇌는 어쩌면 누구보다 심한 게 자신이리라. 내가 남보다 인물이 못 한가, 허우대가 멀쩡하지 않은가, 성깔이 모났는가. 나 같은 신랑감과 가장은 세상천지에 몇 없을 것이다. 그러면 뭐 하겠는가. 세상 여자들이 날 알아주지 못하고 세상 사람들이 날 인정하지 않는 것을. 갑자기 부아가 치민다. 오른쪽 발목에 힘이 더 가해진다. 아우디 세단은 아주 미세한 액셀러레이터의 눌림에도 즉각적인 반응을 한다. 어느새 속도계는 시속 백사십을 훌쩍 넘겼다. 소천면 외곽도로를 지나 남해안을 끼고 도는 해안 길을 달리면서 짙은 안개가 계속 거슬린다. 오늘 낮은 또 얼마나 더워지려고 이다지 안개가 짙은가. 농무가 소리까지 잡아 먹어선지 해변도로는 고요하며 한산하다. 아침에 출근하는 자가용이나 출항을 준비하는 어구 화물차만 간간이 지나갈 뿐. 리아스식 해안을 끼고 갯벌이 질펀하게 퍼져 있는 해안 도로는 오늘따라 칙칙하다 못해 뭉실거렸다. 길 앞 저쪽에서 노란 점멸 신호등이 깜빡이며 희미하게 비친다. 마치 막 솟아오르는 태양이 눈을 껌뻑거리듯 점멸한다. 소천수협 어구 창고 앞에 있는 황색 점멸등이다. 마치 태양을 향해 질주하듯 칠성은 액셀러레이터에 힘껏 힘을 준다. 엔진은 가볍게 속도를 올리며 질주한다. 그 순간 뭔가 거무데데한 것이 갑자기 나타난다. 순간 고라니인가 하며 브레이크를 재빨리 밟아보지만 주행하던 세단은 멈출 기색이 없이 그냥 내닫는다. 끼익. 퍽. 차 오른쪽 보닛 앞에 뭐가 '쿵' 하고 받쳤다가 튕기어 떨어져 나간다. 짙은 안개로 잘 분간이 되지 않지만 고라니 같기도 하고 어떤 허리 꾸부정한 노파 같기도 하다. 가던 차를 멈추고 내릴까 하다가 이곳이 워낙 로드킬이 많은 해변도로라 아마 고라니나 길고양이일 거로 여기고 힘을 빼던 오른발에 다시 힘을 가한다. 그러나 찜찜하긴 하다. 고라니보다 좀 큰 거 같기도 하고. 애써 사람이 아니리라 자기 최면을 걸고 훌훌 떨어버린다. 이 시간에 노인네가 도로를 횡단하는 일은 어촌에서 보기 드문 일이기에 고라니라고 확신한다. 빨리 그 걸쩍지근함을 씻어버리고자 머리를 좌우로 크게 흔들고 정신을 가다듬는다. 그리고 눈을 힘주어 둥그렇게 뜨고 전방을 주시하며 내달린다.

 이왕 출발한 김에 애초 소천 해안을 돌려던 계획을 수정해 여수 해안을 들러 통영까지 돌아봐야겠다. 대충 반나절은 걸릴 만한 거리이다. 순천 나들목을 빠져나와 여수 시내를 거쳐 돌산도로 가는 길을 죽 가다 보면 돌산도 입구에 무슬목 해변이 있다. 몽돌로 해변이 거지반 차 있고, 바닷물이 닿는 해안선엔 짧은 폭의 모랫길이 되어있는 곳. 오른쪽으로는 계동항을 등에 두르고 바다를 향해 불쑥 튀어나온 곳이 조그맣게 보이고 전면 바다에는 혈도와 죽도가 형제처럼 나란히 있는 바다. 혈도는 행정구역상 진도군에 속했지만 여수 사람들이 더 많이 아끼고 쳐다보는 섬이다. 지형이 활처럼 생겨서 그곳 어부들은 '활목섬'이라 흔히 부르고 일부는 그곳에 바닷물로 깎인 동굴이 있어 '공도'라고도 했다. 그리고 그 옆에 귀엽고 깜찍 맞게 자리 잡은 죽도. 나란히 서 있는 게 의좋은 형제 꼴이다. 칠성은 가끔 그곳에 가면 그간의 외로움을 좀 달랠 수 있었다. 자신은 외톨이 독자이지만 혈도와 죽도를 마주 대하면 다정한 형제간이 생각나 부럽기도 하고 외로움이 덜했다. 그리고 그 형제섬을 향해 고래고래 소리도 실컷 내지르고 온다. 형제섬 왼편으로는 또 다른 큰 덩치의 형제섬이 있다. 좀 더 내륙 쪽으로 들어간 내치도와 외치도. 그러나 이 두 섬에 정은 안 간다. 덩치가 클 뿐만 아니라 모양 또한 자신이 좋아하지 않는, 그냥 밋밋하고 둥글기 때문이다. 어느덧 무슬목에 다다른 칠성. 두 손으로 머리를 쓸어 넘긴다. 그리고 소천 해안에서 느끼지 못하는 생소한 바닷바람을 허파 꽈리 속 깊숙이 구겨 넣는다. 곶 위에서 사방을 내려보는 풍광이 광활하고 푸르다. 삼면을 파도가 일렁이며 곶 아래 절벽을 당장이라도 깎아 먹을 듯 달려드는 출렁임이 먹이를 앞에 둔 악어의 혓바닥이다. 답답한 가슴을 풀어헤치며 "야아!" 하고 우렁찬 외침을 내질러본다. 그러나 바다는 '너 떠들어라'는 듯 마냥 그대로다. 일렁이는 파도도 아랑곳하지 않고 철썩 대기만 했다. 바다의 아름다움은 수시로 드나드는 파도의 역할이 크다. 별다른 움직임 없이 잔잔한 호수 면이라면 무슨 흥취가 나겠는가. 저 멀리 보이는 어선 하나가 반사되는 하얀 물결을 가르며 통통거리며 지나간다. 한없이 여유롭고 한가하다. 어선 위 어부는 그물을 정리하며 내릴 위치를 고르려고 분주하겠지만, 먼발치에서 보는 통통배의 모습은 그저 한가롭게 유유자적하는 뱃놀이에 불과하다. 호수 위 백조의 자태도 겉에 드러난 모습은 고결해 보이지만, 물 아래에서 한순간도 멈추지 않고 바둥대는 다리의 동작은 보이지 않듯. 곶 아래를 굽어보며 여기서 대여섯 발자국만 내디디면 황천길도 가겠다는 엉뚱함도 들다가 결혼도 못 하고 그냥 생을 마감함이 너무 억울한 감이 들어, 한두 발 내딛다가 바로 뒷걸음질 친다.

얼마나 시간이 흘렀을까. 어느덧 해는 중천을 향해 치솟았고 밝은 햇살은 눈살을 찌푸리게 했다. 다시 차 문을 열고 운전석에 앉아 심호흡을 한 번 크게 하고 문을 닫았다. 그리고 시동 스위치를 눌러 엔진을 가동했다. 살짝 터치만 했는데 부드럽게 시동이 걸렸다. 역시 차는 좋은 걸 타고 다녀야 한다는 마음이 생긴다. 작년까지만 해도 아버지가 실컷 타고 물려준 중형 국산 세단을 타고 다녔다. 십만 킬로미터 이상을 주행한 중형차는 차령이 벌써 십 년이 가까워지자 여기저기 부서지고 무너지는 소리가 났다. 십 년 전 기천만 원이라는 큰돈으로 산 차였지만 세월에 장사 없다고 차도 세월 따라 늙다리로 쇠퇴하고 말았다. 그런 차를 무려 오 년이나 더 타고 다녔다. 한 번 고장 나기 시작한 차는 툭하면 버릇처럼 카센터에서 손을 볼 수밖에 없었고, 그럴 때마다 짜증이 올라온 건 당연했다. 자기 말이라면 끔뻑 죽는 어머니를 꼬드겨 새 차를 사야겠다고 투정 겸 넋두리를 한 삼 일간 계속했더니, 아버지를 설득해 신찻값 칠천만 원을 통장에 넣어주었다. 역시 우는 아이 젖 준다는 말처럼 칭얼대니까 떡고물이라도 나왔다. 그래서 산 아우디 세단. 핸들을 탁탁 두 번 치고, '자! 이제 가자, 통영으로.' 하며 핸들을 돌렸다. 차는 돌산읍 외곽도로를 휘돌아 미끄러지듯 여수 신북항을 향했다. 최근 이곳이 새로운 항구로 개발되면서 여기저기 대형 트레일러와 크레인이 해변에 즐비했고, 그곳을 일터로 삼아 굵은 땀방울을 흘리는 노동자들로 항구는 산만한 가운데 심란했다. 바람같이 이 거리를 벗어나야겠다는 마음으로 가속 페달을 지그시 밟았다. 여수 공항을 지나고 순천을 왼편에 두고 달려 남해고속도로에 올랐다. 이제 여기서 시간 반을 더 가면 통영에 도착할 것이다.

통영! 영도에서 달포간 정을 통하며 사귀었던 도희가 있는 곳. 칠성보다 한 살 어렸지만, 삶에 대한 집착이 대단한 여자. 게다가 허투루 돈 십 원 한 푼 막 쓰지 않는 여자. 다방을 전전긍긍하며 살아가는 인생이지만 당당하고 아는 것도 정말 많아 똑소리 났던 여자. 두 마리 갈매기가 눈썹으로 참하게 앉았고, 코는 이마부터 곱고 잽싸게 흘러내려 오똑하게 솟은 호미곶 등대였으며, 그 밑에 나란히 펼쳐진 두 입술은 선홍빛에 크지도 작지도 않고 아주 딱 맞게 터를 잡은 여자. 눈은 반달 모양으로 눈매가 선하게 내려앉으며 흘렀고, 투명하며 반짝거리는 눈동자는 뭇 남성들의 애간장을 다 녹일 듯한 여자. 그 도희와 영도에서 짧은 사랑을 나누었고, 먼 미래까지 약속할까 했으나 이를 눈치챈 어머니가 그 여자를 불러내 돈 몇 푼 쥐어 주며 다시는 얼씬도 말라는 우격다짐과 강압을 받아들이고, 그녀가 조용히 떠나 안착한 곳이 통영이다. 소천에서는 자동차로도 근 세 시간은 족히 걸리는 거리니 가까운 곳은 아니다. 어느새 칠성의 차는 통영 나들목을 뱀 새끼가 지어미 배 속에 튀어나오듯 어연번듯하게 탈출하고, 통영 서호시장과 여객선터미널 사이에 오목하게 자리 잡은 '블루비치 커피숍'에 다다랐다. 도희는 소천을 뜨면서 다방 종업원으로 있던 삶에 종지부를 찍고 그간 모은 돈과 약간의 빚을 더해 번듯하게 커피숍을 하나 냈다. 가게명이 푸른 해변을 영역한 블루비치 커피숍. 이제 웃음을 팔며 몸으로 장사하자니 나이도 많이 먹었고, 더 이상 손님들 비위 맞추며 사는 것에 신물이 날 지경이었는데, 마침 칠성과의 짧은 사랑과 이별이 제2의 인생을 시작하는 터닝포인트가 되었다. 새롭게 사장으로 시작하면서 좀 여유를 갖고 돈은 좀 덜 벌어도 한가해지기를 바랐다.

하얀 바탕에 진청색의 커피숍 이름을 새긴 간판이 통영 앞바다의 빛깔과 조화를 이루며 희붐한 사위가 여유롭다. 커피숍 앞에 마침 한 대를 세울 수 있는 주차 공간이 나자 웬일이냐며 땡잡았다는 낯빛으로 차를 세웠다. 만약 이곳에 자리가 나지 않았더라면 오십여 미터 떨어진 공용주차장에 차를 세울 수밖에 없었다. 내리자마자 조수석 쪽 앞 범퍼를 확인했더니, 손가락 한 마디가량이 움푹 들어가고 흑회색 칠이 이삼 센티 흠집 나면서 벗겨졌다. 짜증이 났다. 재수 없이 고라니 한 마리를 치다니. 귀찮지만 동네 카센터에서 간단히 보정 수리를 해야 할 성싶었다. 그거야 나중에 귀가한 후 처리하면 될 사안이고 아침 녘에 고라니를 친 이후로 영 기분이 찝찝했는데, 오늘 홀가분하게 나온 외출을 잡치고 싶지 않았다. 그런데 마침 그 어려운 주차 공간이 나는 걸로 잡친 마음이 싹 가시며 기분이 전환되었다. 오면서 도희에게 전화를 하고 올까 했으나 대책 없이 갑작스레 방문하여 깜짝 놀려 주려고 무턱대고 커피숍을 찾았다. 커피숍 현관 앞에 서자 스르륵 자동문이 열렸다. 안에는 스위트 에이프럴 모닝 재즈가 낮게 울려 퍼졌다. 피아노의 건반 소리가 칠성의 마음을 잔잔하게 흔들어 놓았다.

차에 받혀 튕겨 나온 고희의 소천 토박이 이희철은 이 차선 가로수 옆으로 붕 뜨더니 철썩 내려앉으며 겨우 '으으흑'만 내지를 뿐이다. '살려 줘'를 내뱉지만, 그 소리가 입에서 떨어지지도 나오지도 않고 신음만 낼 뿐이다. 서서히 왼쪽 다리와 엉덩관절이 끊어질 듯 아프고 점점 고통 속에서도 졸음이 몰려왔다. 지금도 이곳 근처에서 치매로 집을 찾지 못하고 헤매는 마누라를 걱정하며 이를 어쩌나 하는 생각뿐이다. 아내는 어제 해가 뉘엿뉘엿 질 즈음에 집을 나섰다. 어촌계에 그간의 조합비를 정산할 일로 잠시 비운 틈에 아무도 모르게 집을 나갔다. 또 아들 종남을 찾겠다고 나섰을 것이다. 아내와 사이에 아들 종남과 딸 미희를 두었다. 쥐뿔도 없는 빈농의 집에 시집와 낮에는 남해 앞바다에 지천으로 깔린 꼬막을 줍고 집 근처 야산과 들판을 돌아다니며 바닷바람 맞은 고들빼기를 수확해 가계를 꾸려나갔다. 물론 희철도 멸치잡이 어선에서 십 년간 어부 삶을 살다가 그간 모은 돈을 가지고 자그마한 2.4톤 중고 어선을 장만해 이제야 겨우 선장 흉내를 내면서 산 지 십여 년 되었다. 이백오십 마력에 선외기 엔진이 달린 낚싯배에 불과하지만 닥치는 대로 일을 맡아, 어장 관리선 역할부터 대형 어선의 보조선 역할까지 했다. 그래도 레이다·소다와 어군 탐지기까지 달린 어선이라 제법 쓸 곳도 있었고, 그동안 알음알음 주위 사람들과 관계도 쌓아서 일거리는 끊이지 않고 이어졌다. 환갑을 넘으며 자영 어업을 시작했으니, 그간 자식 뒷바라지에 들어간 돈이 수월찮게 많이 들었다. 서른다섯에 얻은 아들 종남과 그 뒤를 이어 한 살 터울인 딸 미희는 무럭무럭 잘 자랐다. 남의 집일을 도와주며 받는 얼마 안 되는 품삯으로 생계를 이어가던 가정은 하루가 고통과 힘듦의 나날이었다. 이른 새벽부터 나가 서쪽으로 지는 달을 보며 귀가했다. 그래도 힘들지 않았다. 아들놈은 고생하는 부모의 희망이요, 등불이었다. 반에서 줄곧 일이 등을 놓지 않았고 묵묵하게 제 할 일을 해나가며 성실한 탓인지 선생님들의 관심과 사랑도 듬뿍 받았다. 막내딸도 공부는 좀 뒷전이었으나 하는 짓이 안 찬 덕분인지 곱고 상냥하게 자라났다. 부부는 하나도 일이 힘들지 않았다. 종아리가 으스러지거나 허리가 끊어지는 근육통도 참을 만했다. 아들놈은 승기를 잘 타 고등학교에서도 전체 일이 등을 겯고틀었으며, 결국 그 어렵다는 의대에 진학했다. 벌교에서 주먹 자랑 말고, 여수에서 돈 자랑 말고, 순천에서 인물 자랑 말라는 지역 풍문이 있다. 아들놈은 미인 많기로 유명한 간호학과 다니는 순천의 여자를 만나 결혼하고 레지던트를 따자마자 미국으로 이민을 가버렸다. 아내는 그 아들을 마음속에서 보내지 않았다. 아직도 자기 곁에 있는 듯 여겼고, 환갑을 넘어서자 치매가 서서히 오기 시작하더니, 온 동네와 들판을 돌아다니며 "종남아! 종남아!"를 외치고 다녔다. 그래도 어지간하면 이웃의 도움으로 하루 만에 찾긴 했다. 그런데 이번엔 좀 달랐다. 어제 나간 아내가 아직 귀가하지 않은 것이다. 희철은 밤을 꼬박 새우며 온 동네를 뒤졌다. 그리고 이른 새벽에 일찍 서둘러 마지막으로 소천수협 뒤 뒷동산에 들를 참이었다.

유난히도 안개가 자욱했다. 낮엔 무척 더우려나 보았다. 집에서 밥 한술 뜨지 못하고 마당 한 편에 놓인 닭장 안에 들어가 유정란 두 알을 앞니로 앞뒤 구멍을 내고 게 눈 감추듯 먹어 치웠다. 오늘따라 잘 깨던 달걀 앞뒤 구멍도 뜻대로 깨지지 않고 의외로 큰 구멍이 나버리는 바람에 흰자 조금을 윗옷 명치 부위에 흘리고 말았다. 칠칠치 못하게 이게 뭔가. 퀭한 눈으로 대문을 나서는 희철의 발걸음은 천리 행군 후의 군인 발처럼 육중하고 무거웠다. 이 사람이 밤새 산짐승한테 해코지나 당하지 않았나, 한뎃잠을 어떻게 잤으며 혹 입이 돌아가지 않았나. 오만 가지 잡생각에 머리가 묵직했다. 지서에 신고할까 생각도 했지만 별스럽지 않은 일로 괜히 신고했다가 이웃들의 입방아만

늘릴 뿐이라 여겨져 이내 접었다. 새벽녘에 우선 소천 해안가를 구석구석 찾아 헤매고 소천수협 뒤편의 들판으로 가기 위해 이 차선의 해안 도로를 천천히 건너려던 참이었다. 짙은 안개로 십여 미터도 잘 분간되지 않던 좌측 편에서 거무튀튀한 승용차가 소리도 없이 날렵하게 훅 들어왔다. 아차 하는 순간 승용차의 앞 범퍼 모서리가 왼쪽 허벅지를 물고 들어왔다. 그러더니 공중 부양하듯 몸이 하늘로 치솟았다. 그리고는 오륙 미터 길가 가로수 밑으로 철썩 내려왔다. 지나가던 승용차는 잠시 머뭇거리며 속도를 줄이는 듯하더니 바로 제 속도를 내면서 사라져 버렸다.

엊그제 방학이 시작된 거 같았는데, 벌써 끝마무리였다. 방학 동안 백제사를 비롯해 백마도필률에 관한 이런저런 사료와 논문들을 탐독하면서 강수의 방학은 훌쩍 지나갔다. 남 교수에게 비단 필적과 부지깽이로 썼지만 백마도필률도 추정되는 피리를 건넨 지 이 주가 지난 어느 날, 드디어 서울 남 교수로부터 연락이 왔다.

"자네, 서울 한 번 올라와야겠네. 이번에는 내가 점심도 대접하겠으니, 그 이두문이라 추정했다던 학생과 같이 올라오는 것이 어떻겠나?"

드디어 학수고대하던 결과가 나온 모양이었다. 강수는 머뭇거리지 않고 곧바로

"네. 교수님. 가야죠. 그 아이도 함께 찾아뵙겠습니다. 그런데 유물의 진위가…?"

남 교수는 강수의 궁금증을 미리 간파해 먼저 그 결과부터 이야기할 것을 하는 아쉬움을 남기면서

"허허. 성질 급하긴. 자세한 이야기는 만나서 할 터이고. 간단히 줄

이면, 여러 전문가의 감정을 받은 결과 긍정적인 평가가 나왔네 그려. 그래서 이에 대한 앞으로의 진행 방향이나 평가 내용을 알려줄 테니, 이번 주말 어떤가? 전에 만난 그 카페에서 오전 11시에. 그곳은 레스토랑을 겸하는 카페이지. 음식이 꽤 맛있다네. 상경할 수 있겠는가?"

순간 강수는 달력을 본다. 자신의 일정에는 특별한 일이 없다. 문제는 전일의 일정이다.

"네. 그 아이가 전일이라는 학생인데, 제 처조카이기도 합니다. 그 아이에게 괜찮은지 물어보고 제가 바로 연락드리면 되겠습니까?"

남 교수는 흔쾌히 받아들이며,

"그러시게. 물어보고 연락주시게. 그냥 문자로. 남은 방학 잘 마무리하시고…"

들뜬 강수는 양 볼에 긴 활 자국 모양을 남기며,

"네. 교수님. 감사합니다. 바로 연락드리고 올라가 뵙도록 하겠습니다. 교수님도 더위 드시지 않고 건강하게 지내셔요."

강수의 촉은 틀림이 없었다. 그 전설상의 백마도필률, 바로 그 백마도필률을 발굴한 것이다. 쾌재를 불렀다. 집 마당으로 슬리퍼를 신고 나와 크게 굉음에 가까운 소리를 질렀다. 갑자기 늦더위에 실성했나 하며 곁눈질하는 선희는

"날 뜨거운데, 정신 나갔어요? 별안간 소리를 지르고 난리시래…."

강수는 선희의 지청구에 아무 반응도 없이 혼자 껄껄껄 웃기 시작했다. 이를 못마땅하게 쳐다보던 선희는

"미쳐도 제대로 미치셨군요. 이 봐요. 이강수 씨! 정신 차리세요. 흐흐."

강수는 선희의 얼굴을 빤히 쳐다보며,

"그래. 내가 미칠 만도 하지. 암. 미쳐도 좋고, 미쳤다고 해도 좋고. 아무튼 엄청 신나네. … 아니. 내가 이러고 있을 때가 아니라 전일에게도 소식을 전하고 약속 시간을 잡아 교수님께 얼른 알려드려야지."

정신을 가다듬고 전일이 기거하는 사랑방에 손기척을 넣었다. 오카리나 연주를 끝내고 『주역』을 읽기 직전이었다. 전일의 한문 수준이 이제 제법 수준급이었다. 논어, 맹자, 대학은 이미 정독을 끝내고 주역을 읽는 중이었다. 예기치 않은 이모부의 방문에 전일은 순간 짜증스러운 낯빛으로

"이모부! 무슨 일?"

강수는 히히거리며 해맑은 말투로

"전일아! 글쎄, 너 이 이모부와 함께 서울 한번 올라갔다 와야겠다. 이번 주 토요일에. 그날 혹 무슨 일 있니?"

전일은 눈을 깜박거리며 약속 여부를 확인하는 듯 생각에 잠긴다. 잠시 후

"토요일에 서울을? 시간은 뭐. 근데 왜 이모부랑 서울 가? 단둘이서?"

강수는 궁금한 표정으로 멀뚱거리는 전일을 향해

"으응. 나쁜 일이 아니라 좋은 일로 가는 거야. 좋은 일로. 지난번 네가 해석한 한문 구절. 왜 이두문으로 해석한 한문 문장 말이야. 그게 대단한 내용의 글이었대. 그래서 그 분야에 저명하신 분께 네 이야기를 해드렸더니, 같이 보고 싶다고 하시는구나. 그분이 너 점심도 사주신대. 어때? 넌 좋지 않으니?"

대번에 전일은 한여름 해바라기처럼 헤벌쭉거리며

"서울! 나 서울 가고 싶어. 서울. 이모부랑 서울 가서 놀이공원도 가고 맛있는 것도 먹고."

천진난만한 전일을 보며 강수는 허허 웃음 짓고 만다.

"그래. 우리 전일이가 좋아하는 놀이공원도 가고 맛난 거 많이 먹고 오자."

토요일. 부여 차부는 상경하는 사람들로 분주했다. 부여 사람들은 터미널이라는 말을 쓰지 않았다. 예부터 써오던 차부를 일상적으

로 쓰고 통용했다. 외려 터미널이라 하면 타향 사람임을 드러내는 표식일 뿐이었다. 서울에 있는 자식들에게 갖다 줄 농산물을 바리바리 꾸러미로 싸 올라가는 어머님들의 모습이 많았다. 부모의 사랑은 영원하다지만 무엇보다 입에 넣어주는 밥과 반찬이 든든한 후원이라 지금껏 생각하는 농심이 거룩할 뿐이었다. 자식 입에 들어가는 것만 봐도 배부르다고 하지 않던가. 새하얀 운동화, 영어로 'Cool'이라 큼지막하게 쓰인 하늘빛 티셔츠에 베이지색 반바지를 깔끔하게 차려입었다. 지정된 좌석에 앉아 차창을 향해 바깥 풍경을 살폈다. 보따리를 이고 바쁘게 오가는 사람들. 아침부터 뙤약볕은 그들의 이마와 겨드랑이에 송골송골 땀을 맺혔고, 새초롬한 새댁이 어린 꼬마의 손을 맞잡고 어디를 가는지 총총거리는 발걸음. 주말 장거리에 미리 자리를 마련하고 주섬주섬 구색을 갖춰 농산물을 배열하는 부부, 백구두에 한산 모시를 위아래 풀을 먹여 빳빳하게 차려입고 검정 띠를 두른 중절모의 신사 어르신…. 모두 각양각색의 차림새이지만 살아가는 모습이 정겹게만 보였다.

서울행 버스는 부릉부릉 머플러에서 소음을 내며 차부를 벗어났다. 시내를 벗어나자 석목리 전답이 광활하게 펼쳐있다. 벼들은 다 자란 서양란처럼 한 치 크기로 쑥쑥 올라 서서히 낟알들을 채우고 있다. 쌀알 하나에 농부의 정성이 과연 얼마이던가.

장석주 시인의 '대추 한 알'이란 시가 떠올랐다.

대추 한 알

저게 저절로 붉어질 리는 없다.
저 안에 태풍 몇 개
저 안에 천둥 몇 개
저 안에 벼락 몇 개
저 안에 번개 몇 개가 들어 있어서
붉게 익히는 것일 게다.

저게 혼자서 둥글어질 리는 없다.
저 안에 무서리 내리는 몇 밤
저 안에 땡볕 두어 달
저 안에 초승달 몇 날이 들어서서
둥글게 만드는 것일 게다.

대추야
너는 세상과 통하였구나.

오랜만의 외출에 전일은 뜬구름에 올라탔다. 창밖을 둘레둘레 내다보며 혼자 히죽히죽 웃다가 어느 곳에서는 양미간을 모으고 집중하며 쳐다본다. 동녘에서 떠오른 햇살은 자리의 반을 잡아먹었다. 강수는 커튼을 쳐줄까 했으나 신기하게 밖을 구경하는 전일을 위해 내버려 둔다.

'불쌍한 아이. 제 부모를 모두 교도소에 보내놓고 이모 집에 더부살

이하며 하루하루를 살아가는 아이에게 오늘 같은 외출은 막혔던 봇물이 터지듯 가슴 시원한 날이리라.'

강수는 자리에서 조용히 눈을 감고 낮잠을 청한다. 두 시간 걸리는 시간이다. 버스 바퀴가 아스팔트 도로와 마찰하며 일으키는 낮고 규칙적인 마찰음으로 스르륵 잠이 들고 만다. 얼마나 잤을까. 왁자지껄한 분위기에 살포시 눈꺼풀을 든다. 강남고속버스터미널에 도착했다. 옆에 있는 전일도 어느새 잠이 들었는지 곤하게 자고 있다. 강수는 전일의 왼쪽 어깨를 툭툭 치며 깨운다.

"전일아! 다 왔어. 일어나. 그리고 내려야지."

전일은 무거운 눈꺼풀을 들어 올리며 얼굴이 일그러진다. 강수는 시계를 본다. 10시 반이다. 3호선 지하철을 타고 교대역으로 가서 카페에 가려면 족히 20분은 걸릴 듯했다. 약속 시간 11시에 빠듯할 시간이다. 서둘러서 터미널을 빠져나와 지하철역으로 향했다. 교대역행 지하철은 삼 분이 넘지 않아 도착했다. 한 정거장이니 시간이 많이 들지는 않을 터 곧 내릴 것이기에 자리를 앉지 않고 잠깐 서있기로 했다. 전일도 아무 말 없이 강수의 몸을 잘 따라왔다. 많은 인파 속에서 혹 놓치지 않을까 해 손을 잡으려 했으나 전일은 마다했다. 자신도 어엿한 고2인데 염려 말라는 당당함이 보였다.

약속한 장소에는 정각에서 오 분 남겨두고 도착했다. 한산한 분위기에 오늘은 샹송이 잔잔하게 울려 퍼졌다.「돈데보이」를 부르는 여가수의 목소리가 기타 소리에 실려 카페 구석까지 스며들었다. 사위는 잔잔한 호숫가 같았다. 강수는 음악에 젖은 두 눈으로 느릿하게 좌에서 우로 살폈다. 아직 남 교수님이 도착하지는 않은 듯했다. 강수는 전일에게 맘에 드는 장소에 가서 앉으라고 권했다. 전일은 마치 여러 번 와 본 고객처럼 저벅저벅 걷더니 길 건너 공원이 잘 보이는 통창 옆에 당돌한 폼으로 자리를 잡았다. 강수도 전일을 따라 앉았다. 그리고 다시 한번 고객들을 살폈다. 혹 남 교수님이 계신가. 현관문 쪽에 놓여있는 탑형 에어컨은 시원한 냉기를 연기처럼 하얗게 내뿜으며 쉴 새 없이 돌아가고 있고, 듬성듬성 앉아있는 대여섯 명의 손님들은 한가롭게 찻잔을 앞에 두고 담소를 나누는 중이다. 잠시 후 현관문이 부드럽게 열리는 소리가 들렸다. 강수는 현관문을 쳐다보며 교수님인가 확인한다. 마침 오셨다. 얼른 자리에서 일어나 현관문 쪽으로 다가갔다. 전일은 이와 상관없이 아직도 바깥만 둘레둘레 내다보고 있다. 머리를 숙여 공손히 인사를 마친 강수는 맡아 놓은 자리로 이동하며 같이 온 전일이 지적 장애아임을 넌지시 알린다. 혹 아이의 돌발적인 행동에 당황하시지 않도록. 그 소리에 남 교수는 잠깐 놀란다. "아니, 그럼. 장애아가 이 글귀를 해석했다고?" 강수는 자리에 들어서며 전일에게 일어나 교수님께 인사하라 타이른다. 전일은 바로 자세 바르게 일어나 고개를 숙인다.

"안녕하세요?"

남 교수는 답례로 인사말을 전한다.

"자네가 그 큰일을 해낸 학생이구먼. 반가워요."

하며 오른손을 내민다. 전일은 쑥스러워하며 손을 맞잡고 악수를 한다. 남 교수가 먼저 자리에 앉고 이어 강수와 전일도 자리를 잡았다. 강수는 오른팔로 이마를 한 번 훑어내며,

"그간 더위에 어떻게 지내셨어요? 늦더위가 아주 기승을 부리네요."

남 교수도 동조의 뜻으로 고개를 끄덕이며,

"그러게, 말일세. 요즘처럼 에어컨이 있으니 다행이지. 옛날엔 어떻게 살았나 기억이 안 나. 그때는 선풍기 하나로도 그럭저럭 산 듯하지만. 그래, 자네는 이제 개학이 얼마 남지 않았지?"

강수는 아쉬운 표정을 지으며,

"네. 정말 후딱 지나갔습니다. 한 일주일 남았지요. 그래도 이번 여름방학은 뜻깊은 방학이었습니다. 백마도필률을 해명하고자 도서관도 들락날락하고 책도 뒤적이며 보냈으니, 정말 뿌듯하고 심지어 자랑스럽기까지 합니다."

남 교수도 긍정의 끄덕임을 보인다. 그 옆에서 아직도 창밖 경치에 정신을 쏟는 전일을 향해

"전일 군은 그래 방학 잘 보냈나?"

창밖을 보던 고개를 돌리며, "네."라고 아주 짧고 간단하게 답한다.

그리고 다시 고개는 원위치한다. 남 교수는 전일의 반응에 잠깐 의아해하다가 좀 전에 강수한테 들은 얘기 덕분에 더 이상 말을 붙이지는 않는다.

"일단 맛있는 음식부터 먹세. 여기 스테이크는 이 근방에서 유명하다네. 생선과 소고기 중 어떤 거로 할 건가?"

강수는 머리를 조아리며,

"아! 네. 저는 생선으로 하겠습니다."

그리고는 옆에 앉은 전일의 어깨를 툭툭 치며, 우리 점심 식사 메뉴로 생선과 소고기가 있는데 무엇으로 먹을지 의향을 묻는다. 전일은 곧바로 소고기라 답한다. 남 교수는 생선 스테이크 둘과 소고기 스테이크 하나를 주문한다. 이윽고 자리를 고쳐 앉고 이제 본격적인 이야기를 시작하려 한다.

"이제 본 내용으로 들어가세. 자네가 준 백마도필률은 내가 아는 권위 있는 학술원 회원 중 역사학자 두 분께 감정을 의뢰했었네. 그분들이 며칠 동안 검토하신 후 똑같은 답을 주셨다네. 보물 중에 보물급이 나왔다고. 그러시면서 이거의 출처와 소유자를 묻더구먼. 그래 제자가 부여에 사는데 그 친구가 가져왔다고 하니, 이런 귀물을 오랜만에 봤다며, 이 정도면 학계를 비롯해 방송계에도 알릴 만한 경축할 만한 일이라고 기뻐하셨다네. 그리고 덧붙여 말씀들 하시기를 이에 관한 내용을 자세히 정리해 발표하면 올 하반기에 있을 역사학회에서 수상할 정도라고 하셨다네. 축하하네. 자네가 이 어린 학생과 함께 우리 역사학계에 큰 획을 그었다네."

강수는 남 교수의 이야기를 듣고, '역시 그랬구나!' 했다. 자신의 추측이 얼추 맞아 돌아가니 기뻤을 뿐만 아니라, 그 감정을 위해 이곳저곳으로 바쁘게 움직이셨을 남 교수의 노고가 눈에 선해 감사할 따름이었다. 강수는 그 고마움을 어찌 전할까 잠시 머리를 굴려본다. 이내 준비한 식사가 나왔다.

"와! 고기다. 고기."

전일은 누구보다 먼저 음식을 발견하고 자랑스러운 식탐을 과시했다. 음식을 보자마자 소리를 동반하며 침이 입안에 고였다. 강수도 잠시 생각을 접고 일단 식사하면서 천천히 생각해 보기로 한다.

"그래. 고기가 나왔구나. 많이 먹어. 전일아. 교수님도 맛있게 드십시오."

남 교수도 기뻐하는 전일의 낯빛을 보면서 매우 흡족한 표정이다.

"그러게. 자네도 맛있게 먹고 우리 전일 군도 천천히 많이 먹어요?"

전일은 허겁지겁 스테이크를 썰다 말고, 잠깐 눈을 들어 남 교수의 얼굴을 본 후,

"네."

하는 단음절 응답을 한다. 남 교수는 전일의 대답이 귀엽기도 하고 천진난만함이 느껴지며 빙그레 웃음 꼬리가 들린다. 강수도 남 교수가 포크와 나이프를 드는 걸 본 뒤, 자신도 조야하지 않은 태도로 칼질을 한다. 남 교수는 한입 크기로 마침맞게 자른 생선 스테이크 한 조각을 입안에 넣으며,

"지금 백마도필률은 다시 한번 정확한 조사와 연대 추정을 위해 한국원자력연구소에 의뢰해 방사성 탄소 연대 측정 기계인 액체 섬광측정기에 연대 추정을 의뢰해 놓은 상태이네. 아마 99% 이상이 백제 시대의 것으로 판명되겠지만, 마지막으로 돌다리도 두드리며 건너라고 확인해 보는 중이지."

강수도 방사성 탄소 연대 측정법을 대학에서 배운 적이 있었다. 1949년 미국의 물리화학자 리비(Libby)가 대기 중에 존재하는 방사성 탄소의 생성체계를 밝혀내고 고고학에 시작된 방법으로, 유물에 남아있는 방사성 탄소의 농도를 측정해 그 연대를 산출한다. 적용할 수 있는 시료(試料)로는 목탄, 나뭇조각, 조가비, 인골 등이고 측정 가능 연대는 3만에서 4만 년 전까지이다.

한편 남 교수는 백마도필률에 관한 기록을 이두문으로 해석한 전일의 해석이 어떤 계기로 이루어졌는지 궁금해 물었다.

"전일 군. 어떻게 백마도필률의 기록이 한문이 아니라 이두문임을

알았어?"

전일은 숨 가쁘게 먹던 스테이크의 나이트를 잠시 내려놓고,

"그냥요. 전 한자 공부가 좋아서 많이 읽고 또 읽었어요. 근데 갑자기 전에 이모부가 갖다 준 삼국시대 문자에 대해 기록된 역사서를 읽다가 '그래, 아주 옛날 유물이니 삼국시대 쓰였다던 이두문일 수도 있겠구나!' 했어요. 그래서 이두문에 관해 알아봤더니 바로 해결할 수 있었어요."

남 교수는 고개를 끄덕이며 "그랬구나." 했다. 어쩌면 역사는 한 곳만 지속해서 파고든다고 해결되는 것만은 아니다. 우연한 기회에 대단한 발견을 한 역사가 얼마나 많던가. 공주의 무령왕릉도 1971년 수로 공사 중 우연히 발견했고, 신라의 청자 대접과 숟가락도 추수하려고 밭으로 가다가 농부의 우연한 발질에 걸려 발견되었고, 암각화도 한 시민이 산책하다가 발견하지 않았던가? 바로 전일의 해석도 그러한 결과의 소산이었다. 내로라하는 역사학자가 이 문장을 보면 그리 쉽게 이두문으로 단정하지 못할 수도 있었다. 그러나 많은 잡념을 버리고 아무 생각 없이 오롯이 그 문장에 매몰되다 보면 전일의 경우처럼 오히려 쉽게 난제가 풀어지는 경우가 있지 않던가? 세상사가 다 그렇기도 하다. 관심을 가질수록 그 본질을 파악할 수 있는 사건과 유물도 있지만, 스쳐 지나가듯 가볍게 객관화시켜 관조할 때 그 의미가 다가오는 경우가 많음을 새삼 이번에도 또 느끼게 되었다. 남 교수는 전일을 향해

"아주 잘했어요. 전일 군. 전일 군이 우리나라 역사에 큰일을 해냈어요. 참 잘했어요."

전일은 남 교수의 칭찬에 겸손한 눈빛으로 감사함을 표했다. 강수도 이렇게 장한 전일의 등을 다시 한번 토닥이며 다독거렸다.

"연대 추정 결과가 나오고, 진품임이 확정되면 올 하반기에 있을 전국역사학회에 논문을 발표하세. 자네와 내가 공저로 같이 발표하되, 그 기초는 자네가 얼거리를 잡고 그것을 내게 보내주면 깁고 더해 논문을 완성한 후 공동 저자로 당일 학회에 발표하기로 하세. 발표는 내가 할까, 자네가 할까?"

강수는 손사래를 치며,

"아닙니다. 감히 제가 어떻게…. 교수님께서 정리하셔서 발표까지 해주신다니, 저야 감지덕지하죠. 사실 이렇게 큰 성과로 판명된 게 모두 교수님 덕분인걸요. 당연히 교수님께서 발표하셔야죠. 그래도 될까요?"

남 교수는 학계에 제 이름을 드날린 기회를 마다하는 강수에게 다시 한번 기회를 주고자

"이번 학회 발표는 자네에게 학계에 이름을 드날릴 호기이네. 이런 기회를 놓치고 후회하지 않겠나?"

강수는 뒷머리를 극적이며,

"저는 숨겨진 보물이 세상에 빛을 본 것만 해도 영광입니다. 이렇게 우리 백제 시대에도 훌륭한 유물이 있었음에 그 후손으로 자랑스럽기도 하고요. 물론 저 혼자 이루어진 건 아니고 여기 있는 전일과 교수님의 덕이 컸습니다."

남 교수는 강수의 이야기를 다 듣고 생각에 잠시 잠기다가

"그럼, 자네 뜻대로 발표는 내가 함세. 그리고 역사학회 때 그해 역사학에 지대한 공헌이 있는 학자와 학생에게 포상금을 주는데, 자네와 전일 군을 그 대상자로 추천하겠네. 아마 역사학자에겐 천만 원, 학생에게는 오백만 원의 상금을 주지. 적지 않은 돈이지. 그동안의 노고에 격려 차원의 지원금이라고 생각하면 될 거야."

강수는 남 교수의 배려에 마음이 찡해진다. 그 그늘에서 배움을 터득할 때도 항시 너그럽게 배려하며 제자를 우선시하는 마음 씀씀이가 감동이었는데, 오늘 새삼 이를 재차 느낀다.

　　　　　　칠성은 영도경찰서 형사 1팀 취조 책상 앞에 앉아 있다. 그날 아침 안개 때문에 분간하지 못하고 툭 하던 소리가 고라니나 길고양이겠거니 했던 것이 사람을 친 뺑소니범으로 몰려버렸다. 그것도 고향의 먼 친척뻘인 희철 아재를 친 용의자로. 희철 아재는 현재 중환자실에서 의식 불명 상태로 누워있다. 찻길에 누워있는 희철을 지나가던 차가 발견해 신고한 후 경찰서에서 뺑소니 사건으로 조사해 찾은 용의자로 칠성을 구속해 조사 중이다. 당일 일반국도와 고속도로 CCTV에 칠성의 차가 선명히 찍혔고, 사건이 일어난 시간과 정확히 일치했다. 칠성도 요리조리 용의선상에 빠져나가려 했으나, 일단 차에 사람이나 짐승을 오른쪽 범퍼에서 친 흔적이 있고, 그 기간 때 지나갔기에 용의선상에서 벗어날 재간이 없었다. 그렇다면 그날 희끗희끗하게 안개 속에서 다가왔던 게 짐승이 아니라 희철 아재였다. 생짜로 모르는 사람이었으면 했지만, 그마저도 하느님은 용서하지 않고 예부터 할아버지끼리 친했던 십촌뻘 희철 아재를 치고 말았다. 그날 도희를 에멜무지로 만나러 갔던 칠성은 헛소통만 하고 바로 돌아왔다. 도희의 커피숍을 열고 들러선 순간 도희는 커피숍에 없었고, 후배에게 맡긴 채 코빼기도 보이지 않았다. 커피숍 안 내실을 알고 있던 칠성은 무턱대고 그 내실로 걸어 들어갔다. 물론 도희 후배가 누구시냐며 경찰을 부르겠다는 둥 너스레를 떨었지만 아랑곳하지 않고 칠성은 마치

내 집 내 마누라 보듯 내실로 돌진했다. 아니나 다를까. 내실 앞에 남정네 구두 하나가 턱 하니 놓여있고, 내실 문가에 귀를 대보니, 남녀 한 쌍이 시시덕거리며 콧노래를 부르고 있었다. 순간 등 밑 허리부터 화가 확 치밀어 올랐다. 그러더니 화증은 척추를 타고 뒷머리를 간파한 뒤 정수리를 기점으로 칠성의 눈알에 빨간 독기를 품게 열로 변했다. 칠성은 노크 없이 내실 문을 확 열어젖혔다. 갑작스러운 문 열림에 화들짝 놀란 도희와 남자. 도희는 칠성임을 확인하고,

"오! 오옵~빠 어쩐 일? 연락도 없이…."

칠성은 게거품을 입에 달고 치민 화를 뿜어내며,

"이 연놈들을 그냥…"

흥분해서 내뱉었지만, 속으로 자신이 남편도 아니고 어찌 보면 시쳇말로 남사친에 불과한데, 너무 오버하는 게 아닌가 하는 생각에

"잘 먹고 잘살아라."

하며 문을 세게 닫고 내실을 벗어났다. 쾅 하는 소리가 문이 박살 날 정도로. 새벽부터 바람 한번 건하게 쐬고 회포도 풀고자 했으나 수포로 돌아갔다. 다시 핸들을 잡고 끈 떨어진 뒤웅박처럼 집으로 향했다. 영도 시내에서 꿩 대신 닭이라고 둥지 다방 미스 김과 낮술이나 먹을 참이었다. 돌아오는 길에 삭인 분을 떨쳐내기 힘들었다. 씩씩대며 차를 몰았다. '이년을 내가…. 죽 쒀서 개 줬네. 내가 미친놈이지. 왜 그랬었

나.' 정신 나간 자신의 머리통을 두어 번 쥐어박는다. 오로지 칠성만 생각하며 살겠다던 그녀였다. 자기 어머니에게 굴욕적인 말을 듣고 그토록 괴로워했던 그녀에게 위로 겸 영원히 실낱같은 줄을 이어놓고자 보상과 격려 차원에서 그간 몰래 숨겨놓은 비자금까지 탈탈 털어 위로금 조로 주었었다. 그러나 도희는 역시 춘향이 아니었다. 어쩌면 춘향이 되어달라고 매달린 자신의 꼴이 우스웠다. 그렇지 않아도 도희의 마음이 조금씩 멀어짐을 직감했었다. 가끔 만날 때마다 "돈 쓰는 게 아까워?, 무슨 남자가 그래, 얼마나 바쁘면 연락도 없어, 항상 이런 식이야."라는 말을 자주 했고, 전화 통화 중에도 "뭘 잘못했는지 모르겠어, 지금 무슨 생각해? 안 오면 난 딴 남자 만난다."처럼 어르고 달래고 협박했다. '이제 도희, 이년은 끝이다. 내 다시는 보지 않으리.' 단단하게 다짐했다. 꿩 대신 만난 미스 김은 역시 칠성의 성에 차진 않았다. 이게 바로 공동의 소유와 개인 소유의 차이인가. 도희 년은 오롯이 나를 위해 갖은 요염을 떨건만 미스 김은 하는 둥 마는 둥 하는 척만 할 뿐이다. 만 원짜리 몇 장 쥐여줘야 헤헤거리며 바싹 다가앉을 뿐이었다.

  칠성은 안개가 짙어 사람을 쳤다고 생각하지 않아 그냥 갔다고 줄곧 주장했으나 그 길이 짐승들의 통행이 빈번하지 않을 뿐만 아니라 앞 범퍼의 충격으로 봐도 단순히 지나쳐버릴 것이 아니라 했다. 아울러 내려서 확인해 보지 않고 계속 주행했고, 나중에 범퍼 파손 상태를 확인했음에도 불구하고 이를 자진 신고를 하지 않은 점으로 미루어 뺑소니 처벌로 확정했고, 1차로 오천만 원의 벌금형을 선고받았다. 십촌뻘 되는 희철 가족과 합의를 잘 끌어낸 덕도 있었다. 가슴을 크게 쓸어내린 칠성. 돈 오천만 원이야 있으면 좋고 없으면 마는 금액이었다. 다행히 초범일 뿐만 아니라 자신의 소행을 깊이 반성한다는 면이 참작되어 지긋지긋한 징역형을 면했다. 3년 이하의 징역형보다 벌금형이 나온 것이 천만다행이라고 칠성 부모는 생각했다. 그러나 이것도 과하다 생각해 칠성 측에선 고등법원에 항소했다. 항소 후에 검사는 교통사고 뺑소니 외에도 그의 생활 습관이나 흥청망청 백수로 노는 일상, 일하지 않고 주위 사람들에게 헤살이나 놓는 행실까지 드러나면서 가중 처벌을 염두하는 분위기였다. 그래도 다행인 것은 병원에 입원한 희철 아재가 정신이 돌아와 엉덩관절과 갈비뼈 골절을 치료하면 시간이 좀 걸려서 그렇지, 일상생활에 큰 지장이 없다는 병원 주치의의 소견에 고등법원에서 최종 벌금 삼천만 원에 사회봉사 백이십시간을 판결했다. 차라리 1차 선고 결과인 벌금 오천만 원이 간단하고 홀가분했을지 몰랐다. 벌금만 이천만 원 감액되고 사회봉사 명령이 더해져 떨어진 것에 비하면. 그러나 이제 어쩌겠는가. 정류장을 떠난 버스요, 엎어진 물잔이었다. 칠성은 형을 확정하고 힘없이 고개를 떨구었다. '아! 이런 기분이구나. 나를 찔러 형을 받은 영수도 이런 마음이겠거니' 했다. 뜬금없이 자기 형 확정 순간에 영수가 생각남은 참 이해하기 어렵긴 했지만.

벌금 삼천만 원을 지불하고 나온 영도 시내의 공기는 맑고 시원했다. 칠성은 배꼽 아래까지 들숨으로 신선한 공기를 훅 빨아들인다. 그리곤 한참을 날숨으로 천천히 폐 속에서 이산화탄소를 내보냈다. 마치 이러면 원죄가 해결이라도 되듯 모든 것을 일소하고 정갈해지고 싶었다. 죄짓고는 못사는 게 사람 팔자인가 보다. 아직 사회봉사 기관이 정해지지 않았지만, 조만간 기간과 기관이 통보되면 하루에 여덟 시간씩 보름만 사회봉사를 하면 그만이었다. 괜한 계집년 한 번 보려다가 호되게 죄를 덤터기로 받았다. 사회봉사야 출근해서 그냥 눈치껏

끄지르면 하루가 가리라. 사회봉사 15일로 이천만 원을 절약했으니, 일당 백삼십여 만원꼴이다. 어떤 대기업 회장 아들놈은 하루 몇억 원에 해당하는 황제 노역을 했다지만, 그에 부족하더라도 그 금액이면 자신의 몸값을 쳐주는 듯도 해 쓴웃음이 인다. 형이 확정되고 달포가 지나서야 봉사 기관과 기간이 나왔다. 기관은 영도 외곽의 특수학교인 영도 빛나래학교였다. 어디 양로원이나 보육원으로 정해지길 은근히 바랐으나 이도 뜻대로 되진 않았다. 다음 주부터 시작이다. 법무부에서 준 사회봉사 조끼를 입고 아침 8시 30분에 출근해 오후 4시 30분에 퇴근하란다. 물론 출퇴근 시 파견된 법원 직원에게 출근 후 신고, 퇴근 전 일일 보고를 마치는 과정이 따랐다. 황제 노역은 아니어도 일당 백삼십여만 원의 대감 노역을 치르려면 이 정도의 절차가 있음을 당연한 일. 긍정적으로 받아들이기로 한다.

 월요일. 사회봉사 첫째 날이다. 법원 직원과 함께 행정실에 들러 인사 소개를 하고 늙수그레한 교장으로부터 이런저런 당부의 말도 들었다. 이윽고 기존 청소를 담당하는 교육공무직원으로부터 할 일을 차례차례 안내받았다. 환갑 즈음의 아줌마로 칠성을 보는 눈매가 서글서글하고 고왔다. "잘 왔어요. 죄가 미운 것이지, 사람이야 미울 수 있나?"라며. 층마다 분리된 교무실에 소개 인사를 했다. 선생님들은 하나같이 순한 양처럼 겸손하고 친절했다. 마치 한반도에서 동떨어진 외딴 섬의 수도원처럼. 교실마다 아이들이 초, 중, 고를 층으로 구별해 나누었는데, 적게는 서너 명에 많게는 예닐곱 명씩 교실에 있었다. 교실과 복도는 예상외로 깔끔하고 간결했다. 청소 직원의 억척스러운 부지런함이 자연스레 피부로 와닿았다. 이런 상태를 유지하기 위해 얼마나 쓸고 닦고 버려야 하나. 청소 봉사는 교실을 제외한 전 곳을 담당해야 했다. 복도부터 시작해 창틀, 부속실, 실험실, 체험실, 직업 탐구실 등. 청소를 태어나 제대로 해본 적이 없는 칠성은 난감했다. 청소 아줌마의 친절한 안내로 첫날은 인사 소개와 장소 안내로 시간 대부분을 그럭저럭 보냈다. 점심 식사는 첫날이라 행정실장이 대접했으나 내일부터는 도시락을 싸 오던지 사서 먹어야 한다고 안내했다. 사서 먹기 위해 외출은 삼가고 배달 음식으로 먹어야 한다고 했다.

 봉사를 마치고 귀가하는 길은 영 마음이 찹찹하지 않고 어수선했다. 몸을 빼빼 꼬는 아이, 한쪽 다리를 질질 끄는 아이, 온종일 소리를 고래고래 지르는 아이, 양손을 휘두르며 근접 못 하게 하는 아이, 이유 없이 헤죽헤죽 웃는 아이, 눈동자가 돌아가 흰자만 전체의 반인 아이, 침을 찔찔 흘리는 아이…. 지적 장애뿐만 아니라 신체적으로 중증 장애가 있는, 참으로 다양한 아이들. 보는 것만으로 속에서 구역질이 나오는 걸 억지로 참은 하루였다. 예전에 칠성은 그들을 벌레 취급했었다. 모자라도 한참 모자란 저 족속들이 시내에 활보하는 것 자체가 싫었었다. 어릴 적, 자기 반에 덜떨어진 소아마비 급우가 있었다. 그를 얼마나 멸시하고 놀렸었던가. 병신이라며 따돌리고 휴지 던지고, 일부러 다리 걸어 넘어뜨리고, 머저리 새O라고 노래 부르며 놀리고. 그때 행실에 관한 하늘의 징벌인가? 하고 많은 사회복지시설 중 특수학교에 배정받다니…. 게다가 자기와 철천지원수가 된 영수의 아들놈도 다니는 학교가 아니던가. 진실로 권선징악이란 있는 것인가. 그 옛날 철모르는 아이의 악행에 대한 엄징인가? 별의별 생각이 다 들었다. 피하지 못하면 즐기라는 말처럼 즐겨야 할 텐데, 마음이 시답게 당겨지지는 않았다. 앞으로 남은 14일. 아득하고 또 막연했다.

28

영수는 순희와 수감 기간 한 푼도 벌지 못하고 주섬주섬 써버린 가계를 정리하며 앞으로 살날이 아득했다. 산 입에 거미줄 칠까 했지만, 실제 그럴 수도 있을 듯했다. 전일의 학비로 남겨놓았던 최후의 보루마저 출소를 앞두고 야금야금 쓸 수밖에 없었다. 그곳에서 그리 생각했었다. 출소해 열심히 며칠만 일하면 돈 모으기는 어렵지 않으리라. 그러나 막상 사회는 그리 호락호락하지 않았다. 불과 일이 년간에 시장 흐름이 바뀌고 사고방식도 확 변했다. 십 년이면 강산도 변한다지만, 사회는 일이 년만에 바뀌었다. 아버지 그늘서 배우던 초짜 수산물 중개업자들이 어느새 자리를 꽉 움켜쥐었고, 수산 유통업에도 기웃거렸지만, 예전에 비해 맨몸으로 뛰어들 사업이 아니라 돈 없으면 감히 건들지 못하는 사업이 되었다. 순희도 식구들 입에 거미줄은 면할 욕심으로 발을 동동 구르며 지인들에게 몇 푼씩 빚을 내려 했으나 경기 탓인지 감방 별을 단 영수 내외를 미더워하지 않았다. 시내 헤어숍에서 시간제 미용 일 구하기도 녹록지 않았다. 시부모에게 손을 좀 벌리고자 했으나 영수는 다른 건 몰라도 그건 절대 안 된다고 막무가내로 쇠고집을 피웠다. 이웃에서 사업한다고 부모 돈 얻어 가문이 폭삭 망하는 경우를 한두 번 본 게 아니다. 사업 자금은 절대 혼자 짊어질 굴레이지, 가족들이 같이 짊어지려고 했다가는 모두 몰살함을 익히 터득했었다. 좀 더디 가도 오롯이 자기 돈으로 출발한다고 늘 다짐한 영수이다. 우선 시간이 걸리더라도 고깃배에서 날품을 팔아 입에 거미줄부터 제거하고, 숨 좀 돌렸다가 유통업에 뛰어들겠다는 계획이었다.

그러나 세상은 참 아름다웠다. 죽으란 법은 없었다. 절처봉생(絶処逢生)이요, 기사회생(起死回生)이었다. 하늘이 무너져도 솟아날 구멍이 생겼다. 몸이 불편해서 주위의 도움 없이는 힘든 전일이 절체절명의 난관을 뚫어주었다. 방학 때마다 이모와 살면서 역사 교사인 이모부와 해낸 이두문인가, 삼두문인가를 밝혀 역사학계에 엄청난 반향을 일으켰고, 그로 인해 역사학회에서 청소년 대상을 받으면서 상금으로 오백만 원이라는 거액을 받았다. 그들에게 이 돈은 씨앗 돈이었다. 통장에 남은 잔금 삼백여만 원과 합쳐 유통업에 달려들 정도의 종자로 삼았다. 응달에도 햇빛 드는 날이 있다더니, 영수 가족에게 따사로움이 보드랍게 내려앉았다. 행운은 겹친다고, 그렇게나 구해지지 않던 슈희의 시간제 미용일도 시내에서 연락이 왔다. 갑작스레 자리가 나는 바람에 생긴 횡재. 영수 내외는 희열과 행복감에 젖어 전일과 함께 서로를 깊이 안아주었고, 작지만 삼겹살로 축하 파티를 펼쳤다. 달빛에 빛나는 기쁨의 눈물 알갱이는 별이 되어 하늘로 올라갔다. 하늘은 준비되고 선량한 자들에게 기회를 한 번 더 준다고 여겼다.

영수는 일단 수산물 유통업자 등록비로 협회에 가진 돈 일부를 내고 받은 등록증을 군청 수산계에 제출해 사업 허가증을 얻었다. 작고 외지지만 사무실도 허름한 걸 구했다. 집기 몇 가지를 들여놓고 대청소를 마치면서 상위 이두박근이 단단히 조여지고, 대퇴 근육도 단련되며 줄이 섰다. 일주일이 후딱 지나갔다. 그렇다고 수산물 유통업이 말처럼 녹록하진 않았다. 군대 제대 후 몇 년을 아버지 그늘과 이웃 어르신의 지원으로 맛만 겉핥기로 했다면, 본인이 자기 사업으로 다가간 유통업은 만만치 않았다. 역시 자본주의 시대에 십 원 한 냥도 수월하게 쥐어 주는 법이 없었다. 수산물 유통 과정은 집하, 교환, 분산을 통해 이루어졌다. 전에는 집하, 교환 부문에 대해서만 알았지만, 제대로 된 유통은 분산까지 포함했다. 특히 수산물 유통의 난점은 수산물 자체가 부패성이 강해 상품성이 극히 낮고 등급화, 규격화, 표준화가 어려웠다. 게다가 계절과 지역의 특수성으로 수급 조절이 계획적으로 곤란하며 생산 규모 자체도 영세해 분산의 유통 활동이 낮았다. 따라서 가격과 소득에 대해 탄력성이 낮아 공급에 따른 가격을 매기는 게 불가능했다. 그래서 수산물 유통은 다단계를 거칠 수밖에 없으며, 그로 인해 소비자의 구매 가격이 상승함은 당연했다. 영수는 기존의 수산물 유통업에 주류를 이루는 보관과 처리 부문에는 이미 유통업자가 포화 상태임을 직감하고 앞으로 발전할 통신 판매 마케팅 분야로 심지를 잡았다. 그리고 영도수협에서 이루어지는 수산물 유통 통신 판매 교육을 석 달 동안 열심히 배웠다. 특히 기존의 유통업자들은 학력이 낮고 나이가 연로한 탓으로 이 분야에 관심이 없었지만, 영수는 수산물 전자상거래만이 앞으로 살길임을 깨닫고 교육원 강사에게 물어보고 조언도 받으며 하루하루 구슬땀을 닦아냈다.

횟집을 하는 죽마고우, 철우도 물심양면으로 영수의 홀로서기를 지지해 주고 응원했다. 수산물 유통업 시장은 WTO와 FTA 협정으로 개방된 수산물 시장을 광역화하고 품목을 다양화하며 무한 경쟁의 시대로 내몰고 있었으며, 전자상거래에 의한 유통으로 더 이상 경쟁력이 없다며 철우는 걱정과 응원의 소리를 보냈다. 따라서 기존에 주먹구구식으로 했던 유통도 현 상황에 앞서가는 훈련과 경험이 절대적이었다. 그동안 정부와 지자체에서는 이에 대한 전문 인력 양성에 무관심했다. 밀물처럼 다가오는 시장의 변혁을 감지한 수협중앙회에서 회원들을 중심으로 이에 대한 문제를 제기했고, 영수는 그 문제 제기로 탄생한 제1기 전자상거래 유통 과정에 입교했다. 영수는 교육받으며 수산물 유통을 위해서는 무엇보다 유통 구조를 개선해야 했고, 유통 전문 인력 양성도 체계화가 절실히 필요했다. 이에 대한 정부와 지자체의 적극적인 지원도 마찬가지였다. 최근 농촌은 스마트팜이 바람을 타며 들불처럼 일어나고 확장되는 추세였다. 그에 비해 수산물 유통은 불씨는커녕 관심마저 저조했다. 냉동 기술이 발달하고 기업들의 냉동 창고 회사가 만들어지며 대형 마트와 인터넷 쇼핑이 활성화되면서 변화의 소용돌이가 휘몰아치고 있었다. 영수는 수산물 전자상거래 유통업에 힘쓰며 유통업자 교육기관을 세워야 함을 지자체에 꾸준히 문을 두드리고 그 설립을 끈질기게 외쳤다.

지성이면 감천이랬던가. 서서히 지자체와 수협에서 팔을 걷어붙이고 힘을 더하기 시작했다. 십시일반이라고 철우와 동네 이장도 자기 일처럼 발 벗고 나섰다. 그러나 마음과 달리 진행은 더디기만 했다. 쫓아가고 뛰어가도 시원치 않을 판인데, 걸음은 느릿느릿 달팽이 걸음처럼 더뎠다. 절차와 과정, 도전에 대한 두려움으로 지자체와 수협은 매사에 결정 장애를 일으키며 주춤거렸다. 수산인들의 인식 개선이 가장 먼저임을 깨달은 영수는 우선 수협에 부탁해 빈 강의실 공간을 하나 무상 임대했다. 그리고 그들에게 유통 구조의 개선에 대해 무료 봉사로 며칠 밤낮을 설파하며 이해를 구했다. 그러던 중 획기적인 사건이 하나 터졌다. 가파른 수온 상승으로 가뜩이나 잡히거나 양식이 힘들던 우럭이 유통 구조상 문제로 가격이 대폭락해 버렸다. 그렇게 누차 이야기했건만 거들떠보지 않았던 지자체장들과 정부 기관에서도 심각성을 그때야 깨닫고 해결을 위해 우왕좌왕하던 차, 영수는 때는 이때다 싶어 영도 군수를 수산인 대표로서 만나 수산업 유통 구조 개선을 위한 긴급 예산과 교육시설 및 대책 협의 공간을 지원받았다. 본의 아니게 영도군 수산업 유통 구조 개선위원회 위원장을 맡으면서 영수의 횡보는 날로 더 빨라졌다. 도청 농수산업과, 수협 중앙회, 위판장 대표, 어촌계 대표 등을 만나면서 마케팅과 유통업의 구조 개선책에 대해 브리핑도 하고 개선책을 협의하면서 그들의 관심을 하나로 모았다. 그러나 이러다 보니 영수의 집안 꼴은 말이 아니었다. 한 달에 불과 십여만 원도 못 가지고 가는 일이 허다했다. 순희도 내색하진 않았지만, 자신이 버는 미용 날품으로 근근이 그날그날을 살아가며 힘들어했다. 샛별 보고 일어나 위판장에서 낙찰받은 수산물을 소매업 상인들에게 가장 신선하게 공급하고자 애썼다. 조식도 거르고 바지런히 시간을 보내면 열 시에 오전 일과가 끝났다. 위판장이 서는 날은 서둘러 경매장에 들어가 조금이라도 더 싱싱한 물건을 선점하기 위해 발버둥 쳤고, 이를 소매상에게 속히 전했다. 젊음의 열정으로 용감하게 도전하는 영수의 모습은 주위 사람들에게 큰 본보기가 되었고, 그러면서 오후에 잠깐 나는 짬을 이용해 유통 개선 위원장의 역할까지 톡톡히 해냈다.

수산물은 산지 위판장에서 보통 세 가지 통로로 유통되었다. 첫째는 중간 유통업자인 산지 도매상에게 들어가 대형 소매업체인 대형 마트와 백화점으로 들어가는 것, 둘째는 저장과 가공 업체에 들어가 수출하는 것, 마지막으로 소비자 도매시장에 들어가 도매상을 통해 소매상이나 대량 수요처인 급식업체나 식자재 업체로 들어가거나 일반 소비자에게 판매되는 것. 특히 가장 일반적인 것이 마지막 세 번째인데, 무려 서너 단계를 거치면서 신선도가 생명인 수산물의 유통기간이 짧아질 뿐만 아니라 소비자도 싱싱한 수산물을 맛보기 힘든 게 본질적 문제였다. 게다가 다단계를 거치면서 고등어 한 마리를 사면 그 반 가격이 바로 유통비였다. 또한 유통 과정에서 발생하는 위생과 안전은 큰 짐이었다. 영수는 유통 구조에서 한두 단계만 생략해도 신선도가 굉장히 올라갈 수 있다는 판단에, 산지 위판장에서 도매상을 거치기 전에 미리 전자상거래로 주문을 받아 직접 당일 택배 배송하는 방법을 선택했다. 장기적 관점에서 수산물 전용 냉장 보관 케이스를 제작해 보급해야 했고, 그동안 위판장이 개방형이라 더운 여름날의 고온을 견디기 어렵고 빗물 유입이나 상수도 관리 등의 위생 문제가 항시 문제가 되었다. 이를 위해 도청에서 선진형 위판장 건립을 위한 공사비 50%를 지원받아 곧 설계에 들어갔다. 이러한 영수의 노력을 주변인이 하나둘 따라주었다. 하루가 다르게 느는 1인 가구의 수요를 만족할 수 있는 소규모 포장과 밀키트를 개발해 직송하는 시스템도 구축했다. 아울러 산지에 수산물을 경매가 아니라 거점 유통센터를 만들어 불필요한 유통단계를 줄이고 소비자가 원하는 형태로 가공함으로써 누이 좋고 매부 좋듯 공급자와 소비자 모두에게 혜택을 주었다. 택배의 허브라 할 수 있는 소비자 분산 물류센터도 함께 설치해 배송 효율을 극대화했다. 하루가 다르게 쏟아지는 수입 수산물에는 유통이력제를 권장 단계에서 강제 이행 절차로 법제함으로써 안전하고 신선한 수산물을 맛볼 수 있도록 최선을 다했다.

먹물도 투명한 물속에선 조용히 손사래를 치며 번지듯 사람들의 인식도 조금씩 아주 천천히 변했다. 하나둘 영수의 추진력에 힘을 보태고 이구동성으로 입에 침이 마르도록 영수를 칭찬하고 격려했다. 그간 쳐다보지도 않던 관공서나 수협 간부들도 돌린 등을 제대로 가다듬으며 다가왔다. 지칠 줄 모르는 영수의 불도저 정신에 모두의 힘으로 결집함으로써 한 걸음씩 앞으로 나가는 모습은 개선장군 나폴레옹의 승리 팡파르보다 의기양양하고 호기로웠다.

칠성은 특수학교에서 사흘간 봉사활동을 고통스레 치렀다. 도무지 이 세상은 지옥이요, 나락이요, 아오지 탄광이었다. 넌덜머리가 났다. 그 이상한 눈동자와 사지들, 어눌하고 불편한 몸 추임새. 도저히 납득되지 않는 언행. 하루가 여삼추라는 말처럼, 정말 지루하고 긴긴 여정이었다. 칠성은 봉사 후 귀가한 방안에서 이를 모면할 방법이 없을까 고민에 고민을 거듭했다. 다음 날 결국 칠성은 법원 보호 관찰관에게 신고하지 않고 무단으로 긴 여행을 떠나기로 했다. 말이 여행이지 도망이다. 영도 시외 버스터미널까지 자가용을 타고 가서 차를 주차장에 세우고 가장 먼저 탈 수 있는 시외버스 하나를 목적지도 보지 않고 올라 탔다. 버스는 곧 떠날 채비로 엔진을 부르릉거렸다. 잡다한 생각을 쑤셔 넣고 번개처럼 버스에 올랐다. 버스는 곧바로 출발했다. 늘 보았던 영도 시내를 마지막이라며 벗어났다. 영도를 일 초라도 빨리 벗어나 어디론가 홀홀 날아가고 싶었다. 아무도 알아보지 않는 먼 곳으로. 버스는 너른 호남 벌판을 싸리비로 마당 쓸 듯 흩날리며 자발없이 달렸다. 어느덧 잦아드는 가슴을 쓸어내리며 모든 것을 잊고 벗어나고자 힘주어 눈을 감았다. 모든 게 귀찮고 신경 쓰기 싫었다. 그냥 자버리고 나면 모든 것이 잘 마무리되리라. 인생은 어차피 일장춘몽이고 한단지몽 아니던가. 억지로 감은 눈이었건만 지난밤 잠자리를 설친 탓인지 이내 진흙 속으로 빠져들었다. 시간이 얼마간 흘렀을까. 한참 만에 눈 뜬 칠성. 이곳이 어딘가 궁금하여 옆자리 중년 남성에게 물어본다. 여수 근처란다. 아! 여수. 대체 그 많은 곳 중에서 왜 하필 여수인가. 이 모양 이 꼴이 되도록 만든 도희 년을 만나러 갈 때 스친 곳. 도희 그년은 말 그대로 여수, 아니 여시 중에도 아주 상여우인 백여시였다. 교활하며 간사하고 남자 여럿 잡아먹을 년. 내 그런 년을 보고파 가던 중, 그만 희철 아재를 뺑소니친 바람에 지금 이 꼬락서니가 되었으니. 도착하자마자 어디 행 버스를 타야 할까 생각에 잠긴다. 제주로 가는 배를 타기 위해 완도행을 탈까, 갈매기를 쳐다보며 대마도를 굽어보는 부산으로 갈까, 이도 저도 아닌, 사람 우글대고 번잡한 서울로 갈까. 모르긴 몰라도 만약 형사들이나 법원 직원들에게 잡히면 괘씸죄로 사회봉사 기간이 곱빼기로 늘거나 재심을 통해 실형이 선고될 가능성이 크리라. 절대 아무도 찾지 못할 먼 곳에 들어가 머리카락 한 올도 보이지 않도록 꼭꼭 숨으리라. 영도에서 출발한 버스에서 성큼 발을 내렸다. 누가 허리띠를 잡아끄는 것 같아 뒤를 돌아보았으나 아무도 없었다. 그래서 죄 짓고는 못 사나 보다. 양심의 가책 때문인지 뒤가 자꾸 오싹하고 눈앞은 묘연했다. 모골이 송연했다. 마침 여수 시외버스터미널에서 자리가 나고 곧 출발할 버스가 있어 주저 없이 냉큼 그 차로 골랐다. 서울행이다. 그래. 어디를 못 가겠는가? 이왕 가려면 사람 북적대는 서울로 가 꼭꼭 숨어보리라. 칠성은 머뭇거리지 않고 매표소에서 차표를 받아 서울행 시외버스에 올랐다. 주위를 둘러봤다. 그리고 혹여 핸드폰을 통해 위치 추적이 가능할까 싶어 핸드폰 전원도 꺼버렸다. 자신을 주목해 쳐다보는 사람은 없었다. 고개를 이리 돌리고 저리 돌렸다. 모두 무엇에 그리 바쁜지 자기 일에 몰두 중이다. 안도의 한숨을 쉬면서 자리를 잡았다. 긴장된 마음이 서서히 누그러지며 가라앉는다. 아마 네 시간가량은 가야 할 것이다. 도망자에게 시간과 배고픔은 당연히 짊어질 멍에였다. 헛헛한 배는 쪼그라들고 시간은 자신 편이 아니었다. 에라 모르겠다 하는 흥분에서 비롯된 일이지만, 이젠 엎질러진 물이요, 깨진 달걀이었다. 앞으로 이왕 이렇게 된 거, 어찌 질질 끌며 도피자의 삶을 무탈하게 지속함이 당면한 일일 뿐이다. 영도에서 오면서 아침 녘에 잔 선잠에도 불구하고 배고프지만 잠은 살뜰히도 눈꺼풀에 찾아왔다. 넉넉한 하차 시간을 고려해 굳이 찾아온 잠을 마다할 필요는 없었다. 오히려 깨어있으면 이것저것 상상과 고민, 조바심과 두려움으로 더 고통스러울 뿐이리라. 창가 안쪽 자리를 잡고 양손을 겨드랑이에 쑤셔 넣으며 팔짱을 끼고 눈을 지그시 감았다. 잠시 후 버스에 시동이 커지고 기사는 은근히 터미널을 벗어났다. 눈을 뜨지는 않았지만, 어지간히 좌석이 찬 듯, 소곤거리는 소리가 앞뒤로 들렸다. 그에 아랑곳하지 않고 칠성은 눈을 한 번 더 힘주어 질끈 감았다.

얼마나 잤던가? 노곤하고 건조했던 세포가 물기를 촉촉하게 머금은 듯 생기발랄하고 파닥거리며 싱싱했다. 기지개를 있는 힘껏 켜고 사지를 고무줄처럼 쭉쭉 늘려본다. 종착점에서 줄지어 약속이나 한 듯 하차하는 사람들을 따라 머리를 숙이고 잠잠이 내렸다. 자주 오가는 서울이지만 역시 수도답게 이름값을 제대로 했다. 오가는 사람으로 지천이다. 큰비 오기 전 바삐 오가는 집 담벼락 밑 개미들의 행렬처럼. 숨기엔 안성맞춤이다. 이렇게 수많은 사람 중에 나를 잡아내기란 불가능에 가깝지 않을까? 흡족한 마음으로 입꼬리가 반원을 남긴 채 실줄을 그으며 히죽거리고 만다. 궁하면 통하고, 뜻이 있는 곳에 길이 있었다. 그냥 무명의 부평초처럼 살면 어떠하랴. 어차피 영도도 싫증이 날 정도로 지겹고 답답했다. 어릴 적부터 그 울타리를 벗어나면 마치 큰일이나 당할 것처럼 내리 살다가 고등학교와 대학 그리고 군대 시절에만 잠시 떠났을 뿐 불혹 즈음에 그곳을 떠난 외지 삶은 없었다. 여기서 새 인생을 개척하리라. 일단 입에 풀칠하기 위해 날품이라도 구해야 했다. 사람이 많으니 일자리도 많겠지. 우선 주머니에 챙겨온 비상금 오십여만 원으로 달방이라도 여관 하나를 아지트 삼아 일자리를 잡을 성싶었다. 어머니에게 전화할까 했으나 무소식이 희소식이고, 연락해서 오히려 행적이 들킬 염려에 마음을 접었다. 종착 터미널의 큰길을 한 블록 지나니, 식당가 골목이 눈에 들었다. 큰창자는 쪼그라든 몸을 뒤틀며 얼른 곡기를 집어넣으라고 아우성이 심한지, 오래되었다. 간판을 죽 훑다 생선구이 백반집이 눈에 띄자 머뭇거리지 않고 그 집으로 들어섰다. 육고기도 좋지만 어릴 적부터 먹던 습관 탓인지 바다향 나는 비린내가 더 친근하고 맞난 습성이다. 식당 안은 한산했다. 좀 이른 점심시간이라 그런지 아직 제때를 맞춰 나온 사람들이 많지 않은 듯했다. 주인으로 보이는 아주머니에게 슬쩍 한적한 틈을 보아 물어본다. 근처 단기 임대식으로 달방 놓을 숙박업소가 어디 없는지를. 주인 아낙은 정신없이 왔다 갔다 하다 말고, 칠성의 갑작스러운 질문에 발걸음을 멈추고 위아래를 훑더니 한심한 표정으로, 터미널 주변은 개발 바람이 불어 없고, 영등포역 철공소 골목으로 아직 몇 집이 있을 거라는 힌트만 주었다. 잘 알겠다는 수인사를 표하고 막 나온 고등어구이 백반을 입안에 주섬주섬 챙겼다. 비린내가 진하고 눈깔도 진 고동색이며 등 푸른 비늘도 묽은 회색빛에 염장이 제대로 되지 않은 간고등어 구이다. 한 입 맛보고 바로 내뱉고 싶었다. 도통 짜기만 하지 향긋한 비린 맛도 전혀 없었다. 그러나 주인장 체면을 고려해 억지로 우격다짐하듯 짓이겨 넣었다. '서울 사람들은 이렇게 하질의 생선도 맛 좋다고들 먹는구나!'. 역시 생선은 날 것이 최고이다. 다음으로 홍어처럼 발효가 둘째이다. 가장 신선도나 맛이 떨어지는 것이 염장한 생선이다. 물론 건조 생선도 있으나, 건조된 것은 아예 생선 취급조차 하지 않는다. 잘 모르는 육지 사람들은 굴비나 간고등어처럼 염장한 것이 보관 기간도 오래고 간이 속속들이 잘 들어 가장 맛난다고 하지만, 그건 어불성설이다. 갯가 사람들은 그래서 염장한 생선은 생선으로도 치지 않는 것이 다반사다. 시장기가 반찬이란 심정으로 소태 같은 식사를 마쳤다. 그나마 깔깔한 혀를 달래고자 물을 말아 먹어 겨우 목 넘김을 했으니 망정이지, 그마저도 없었으면 그림 속 떡처럼 쳐다만 보고 주림을 해결 못 할 뻔했다. 값을 치르고 바지를 탁탁 털며 자리를 나섰다. 가까운 역으로 가서 영등포역으로 가는 지하철을 탈 요량으로.

  한가롭기만 한 서울의 오후. 덜컥거리는 지하철을 내려 영등포역사로 나왔다. 아까 내린 버스 종착점보다 사람은 한산했어도 매한가지였다. 두 팔을 앞뒤로 근근자자히 움직이는 사람들. 부지런한 물방아는 얼 새도 없다더니. 서울 사람은 모두 바쁘고 바지런하다. 이 험한 서울 하늘 아래 살아남으려는 그들의 몸짓에 동정과 연민과 가련함만 남았다. 오히려 백수인 자신이 그들보다 더 넉넉하고 복되었다. 해가 어스름이 지는 철공소 골목을 물어물어 찾아 들어섰다. 초입부터 훅하고 들어오는 쇳내와 윤활유 냄새가 코를 뒤집어 놓는다. 쇠 가는 소리, 두드리는 소리, 윙윙대며 벨트 돌아가는 소리가 뒤엉켜 귀청을 성가시게 끄질렀다. 마침 털이 엉겨 붙은 개 한 마리마저 낯선 이방인의 출현에 경계하며 컹컹 짖어대니 온통 어수선했다. 옛날 로마 제국의 흥망성쇠처럼 철공소 군집은 황량하기만 했다. 최근 첨단 기계화 속에서 살아남은 십여 평 남짓한 점포들. 살아남은 건지 종말을 맞이하기 직전인지, 수작업이 태반인 제조업의 말로는 어쩌면 당연한 귀결이었다. 골목에 들어서 반 시간을 걸었다. 중간에 흩날리는 휴지 조각과 쇳가루들을 등지고 앞발을 내디딜 때 오른편으로 좁다란 골목에 XX 여관으로 가는 길이라는 안내판이 붙어있다. 고개를 기웃거리며 골목 안을 들여다보았다. 여관 골목이다. 그래 여기가 바로 달방을 놓은 그곳이로구나. 가던 발을 우향우로 성큼성큼 뻗는다. 즐비하게 늘어선 여관들. 단기 임대, 장기 투숙 대환영이라는 문구가 입구마다 괴발개발 써놓은 채 나부낀다. 겉치레가 하얀 함박눈을 쌓아 놓은 듯 명명하게 단장된 여관 하나가 눈에 들어온다. 순백색으로 칠했을 텐데, 세월의 흔적인지 회색빛이 구석구석 감돈다. 여닫이문 입구를 열고 칠성은 기웃거리며 들어섰다. 대낮에 남자 혼자 여관방을 가는 사람은 나밖에 없을 거라는 사념에 순간 사로잡힌다. 그러면서 한편으론 엉뚱하고 부질없는 마음도 든다. 큰 태풍이 와서 한 번 바닷속을 뒤집어 놓아야 고기도 잡히는 게 어촌의 삶이었다. 그래야 청정한 바다가 존재하고 잔잔한 파도가 일렁이기 때문에 바다가 아름다울 것이리라. 자신도 큰 태풍 후에 맞이하는 서울 맞이를 푸근히 안아보려 한다. 헛헛한 마음을 추스르며 걷는 서울의 거리는 을씨년스럽고 차가웠다. 그러나 성마른 성격에 칠성은 자세를 고쳐잡고 옷매무새를 가다듬는다. 여관방 주인은 환갑을 막 지난 듯한 뚱뚱한 아주머니. 나중에 안 사실이지만 주위에서 이 주인을 '뚱이모'라 일컬었다. 풍채가 좋고 덩치가 우람한 게 그릇까지 커서 풍덩 풍덩 남에게 잘 퍼주고 넉넉한 사람이었다. 달방을 구해 찾아온 칠성의 입성을 훑어보고 막일꾼은 아닐 텐데 어쩌다 이곳까지 기어들어 왔다 싶었다. 곱상한 얼굴에 피부도 뽀얀 것이 어릴 적에는 미소년 소리도 꽤 들었을 성싶었다. 일단 한 달만 쓰자며 달방세를 흥정할 때는 옹골찬 깍쟁이였다. 뚱이모는 어려운 사람 또 한 번 돕는다는 심사로 그가 제시하는 가격에 조금 덧붙여서 한 달간 방을 내주었다. 칠성은 수중에 있는 돈의 반절을 쓰고 나니, 나머지 돈을 한번 세고 두 번 세면서 살 궁리를 모색하지만 막막하기만 했다. 전라도 사투리를 최대한 억제하며 뚱이모에게 어디 마땅한 날품이나 막노동이라도 할 수 있을까 물었더니, 반사적으로 미리 준비해 둔 것처럼 흔쾌히 대림역 인력시장에 가보란다. 칠성은 죽으란 법은 없다며 연신 고맙다고 고개를 조아렸다. 일단 이삼일은 달방 주변을 조용히 둘러보며 생활 편의시설과 주위 사람들을 살피기로 했다. 물론 대림역 인력시장도 가서 정보를 알아볼 계획도 가졌다. 그리고 수건, 양말, 간이용 버너를 비롯해 간단한 생필품도 갖춰야 했다. 생필품을 구하는 건 서울에서 너무 쉬운 일이었다. 몇 걸음만 가면 편의점이요, 백여 미터 안에도 대형 마트 서너 곳이 자리 잡고 있으니 돈만 있으면 부족함 없이 살 수 있는 세상이었다. 말은 낳아서 제주도로, 사람은 낳아서 서울이란 말이 괜히 생긴 말은 아니었다. 개인용 수건 두 장과 양말 다섯 켤레를 고르고 대형 마트에서 간이용 버너를 구매했다. 가격도 영도군 마트보다 비할 수 없이 저렴했다. 달방에서 입을 막옷 한 벌도 샀다. 감색 트레이닝복. 이왕이면 젊어 보이고 싶어 팔과 다리에 세 개의 흰 줄이 늘어진 디자인이었다. 흔한 독일의 아디다스 상표를 흉내 낸 모조품이다. 영도에서는 유명 상표 진품이 아니면 절대 입지 않았건만 낯선 서울의 이방인인 칠성은 모조품마저 감지덕지였다. 역시 가짜는 진짜를 대신하지 못했다. 어깨 봉제선이나 안쪽 박음질의 실밥이 너덜너덜하게 남아있고, 끝마무리도 깔끔하지 못했다. 진짜의 삼십 퍼센트도 안 되는 금액으로 진짜를 대신하는 인간의 물욕과 허영. 소유하지 못하는 대리 욕구로 비슷한 걸 소유함으로써 상쇄하려는 욕구. 이를 집요하게 파고드는 상

술과 유통망. 인간의 과시욕에서 비롯한 사행심이지만 이는 영원히 사그라지지 않을 성정임을 깨달으며 다시 한번 산 트레이닝복을 내려본다. 그리고는 더 이상 쓸 돈도 없음을 깨달으며 여관방으로 향했다.

그 누군가가 그랬었다. 인생은 어쩌면 여관과 같다고. 매일 새 사람이 찾아오는데, 그들 중에는 기쁨만 있는 것이 아니라 절망과 슬픔도 있다는 것. 예기치 않게 방문한 그 새 사람을 존중하고 환영하며 맞아들이라 했다. 그리고 감사하라는 것. 그들은 저 멀리에서 보낸 안내자들이기 때문이란다. 피식 헛웃음이 일지만, 그 또한 쓸데없는 짓. 칠성은 눈을 지그시 감고 심호흡을 깊이 들이쉰다. 고통과 시련의 물방울들이 목젖을 지나 목 밀대를 밀고 하염없이 허파 속으로 빠져들어 간다. 어디서부터 언제부터 잘못되어 지금 이 모냥 이 꼴이 되었던가. 넉넉하고 기죽지 않도록 키운 부모님 때문인가, 어릴 적 죽마고우로 지낸 친구들 탓이가, 워체 잘못된 디엔에이 때문인가, 결혼을 서두르지 않아 그런가, 직장을 잡지 않고 내 멋대로 살았기 때문인가, 계집년들을 아무 생각 없이 만나서 그런 건가, 일하기 싫고 게으른 천성 탓인가, 끊임없이 생기는 시기 질투가 있어서인가, 남 잘되는 꼴을 보지 못하는 심술 탓인가. 삶이란 짐작건대 내가 소유하는 것이 아니라, 누가 내 주위에 있느냐에 달린 것인가. 부모님은 좋은 분들이다. 그들은 자신을 위해 뭐든지 다 들어주고 내 편이다. 옳고 그름에 상관없이 무조건 내 편이다. 그게 과연 내게 어떤 삶을 안겨주었는가? 영수와 철우는 둘도 없는 친구들이다. 한시도 떨어져 살아본 적 없다. 삼위일체, 일심동체. 그런데 그들이 언제나 좋지는 않았다. 정말 싫을 때도 수도 없다. 애증의 관계란 바로 이런 관계를 일컫는 것이리라. 세상일이 내 뜻대로 되질 않았다. 도통 내 뜻과는 오히려 정반대였던 것 같다. 해보고자 가까이 가면 등을 돌리고, 하기 싫어 멀리 도피하려면 어느새 내 옆에 와 있었다. 칠성이란 이름도 늘 시답지 않았다. 칠(七)은 일주일의 숫자요, 서양인들이 그렇게 좋아하는 럭키세븐이고 큰곰자리의 꼬리와 엉덩이 부분의 일곱 개 빛나는 별 개수이다. 가슴에서 배로 내려가면서 뚜렷이 찍힌 일곱 점들은 국자 모양으로 줄지어 있다. 성스러운 그 모습에 아버지는 주저함이 없이 칠성이란 이름을 덜컥 쥐여줬다. 과연 이름 값하느라 신성하게 자라긴 한 듯하다. 그러나 그 신성함으로 인해 인생의 탄탄대로는 청년기가 지나면서 질곡의 길이었다. 술과 여자, 그리고 도박만이 그에게 기쁨을 주는 유일한 도구요 수단이었다. 쾌락과 정신 분열 그리고 가슴 졸임에서 비롯되는 카타르시스. 그러나 이제 그게 다 뭔 소용이 있겠는가. 엎어진 인생이고 안갯길 속 여정이다.

영등포역에서 두 정거장을 더 간 대림역. 칠성은 주위를 두리번거리며 인력시장을 찾아본다. 언제부터인지 이곳은 조선족들이 거리를 활보하며 지역의 큰 세력으로 성장한 지 오래되었다고 했다. 그래서인지 여기저기서 울려 퍼지는 중국어 성조 체계는 칠성의 귀에 생소함을 안겨주었다. 건너편 대림역 시장은 중국 식료품과 공산품만 나열된 차이나마켓이었다. 왁자지껄한 중국어 소리에 여기가 한국이 맞는가 의아할 정도로. 그 근방에 인력시장이 아침 6시부터 선다고 했다. 6시가 되려면 한 이십 분이 남았다. 하나둘 중로(中老)의 남자들이 저벅저벅 어느 한 곳을 향해 걸어간다. 칠성은 그들이 인력시장을 향하고 있음을 예민한 눈치와 촉으로 느끼고 그들을 조용히 따른다. 십여 미터 갔을까. 그들은 그 자리에 서서 잠바 주머니에서 담뱃갑을 꺼내 담배 한 개비를 엄지와 검지 사이에 끼워 넣고 불을 붙였다. 칠성은 자연스

럽게 그들 앞에 섰다. 그리고

"여기가 일일 공사 현장으로 가는 인력시장이 맞나요?"

담배를 피우는 남자 앞에 막 다다른 한 중년의 남자가 손을 바지에 넣은 채 말을 받는다.

"오늘 처음이시구려. 맞아요. 여기서 기다리면 봉고차가 오죠. 단 초짜는 일 나는 대로 고르지 말고 따라가요. 찬밥 더운밥 가릴 처지가 아니니까."

막노동 현장에서 초짜는 C-3(초보자 중 신입)로 불렸다. 칠성은 용케 첫날 봉고차를 탔다. 행운이었다. 공사 현장으로 가기에 앞서 공사장 앞 함바집에서 한식으로 뷔페식 식사를 걸판지게 먹었다. 끼니를 제때 풍성하게 먹는 것은 정말 사소함이 아님을 절실히 느끼며 감사하는 마음이 든다. 이윽고 얼굴 지문인식기에 먼저 등록했다. 이제 세상은 기계를 만들었지만, 기계에 예속되며 확인하는 삶이다. 얼굴을 한번 쓸어버리고 환한 낯빛으로 등록을 하지만 어째 그 낯이 참따랗고 애틋한 감은 약하다. 그런 후 안전교육을 받았다. 필수의무교육이라 받는 과정이지만 그날 참석한 인부들은 반 이상이 조용히 눈을 감고 쉰다. 모든 행동은 책임자의 지시에 따르고 개인행동을 하지 말라. 작업장 내에서는 음주와 장난을 금지하고 뛰어다니지 말라. 지정된 통로를 이용하고 통제구역은 허가 없이 출입을 금한다. 화기 엄금 및 금연 수칙을 지켜라. 안전모는 턱 끈을 완전하게 매고, 안전화와 개인보호구를 착용하라. 고층 및 추락위험구역을 작업할 때 안전띠를 착용하라 등. 다 옳고 좋은 말이지만 '글쎄' 하는 얄미움과 빈정거림이 일렁인다. 대형 건설사에서 밑도급을 받아 일하는 중소 건설업체였다. 첫날 무엇을 할지 몰라 멀뚱거리며 서성이는데, 현장 노가다 십장이 땅에 떨어진 철재, 목재, 벽돌 등을 정리하란다. 그냥 한마디만 툭 던지고 가버리니, 어떻게 어디에다가 어떤 방식으로 하라는 지시도 없이. 칠성은 제 깜냥껏 정리했다. 하루가 정말 길게 늘어지며 흘렀다. 동년배 나이 또래가 힐끗거리더니 한두 사람이 스쳐 지나가며 말을 걸지만, 이건 이렇게 하고 저건 저렇게 하는 식의 지시조 말투가 태반이다. 모두 제 일을 처리하느라 오락가락할 뿐 남의 일에 그다지 관여하고 싶지 않다는. 세월에 인생이 지친 육신들이 들락날락하며 매정하게 지내는 족적들의 애잔함마저 감도는 하루. 그러는 새, 일당을 주는 저녁 초입. 노가다 십장은 내일부터 나오지 말란다. 어디 가서 일이나 눈치 좀 더 배우고 오란다. 어리바리하게 나다니니 또래인 듯한 남자가 칠성을 잠깐 불러냈다. 댁도 사정이 좀 딱한 듯하고 옛날 자기 생각나서 그런다며 내일부터 자신은 오늘 아침의 그 인력시장이 아닌, OO 인력으로 갈 건데 같이 가겠느냐고 넌지시 묻는다. 칠성은 지금 똥오줌 가릴 처지가 아니라 머뭇거리지 않고 그리하겠다며 혹 비상시를 위해 그 사람의 연락처를 받았다. 초짜인 칠성은 일당으로 인력사무소에서 십 퍼센트를 떼고 십일만 칠천 원을 받았다. 오만 원권 두 장에 만 원권 한 장, 그리고 천 원권 일곱 장. 천 원권 일곱 장이구나. 칠성은 일곱 장에 눈물이 와락 쏟아질 뻔했다. 도리질을 치며 애써 눈물을 머금었다. 그리고 내일 보기로 한 또래 남자에게 고맙다며 허리 굽혀 인사를 연신한 후 역으로 향했다.

영등포역에 도착한 칠성. 오늘 쥐여 준 일당을 오른쪽 주머니에서 주물럭거리며, 쓴 소주 생각에 바로 숙소로 가지 않고 근처 실내 포장마차에 들렀다. 일당 중 자투리 돈, 만칠천 원을 주머니에서 꺼내 물끄러미 내려본다. 세종대왕의 익선관이 짓눌리고 구겨져 각진 모서리를 만들었다. 그래서인지 배춧잎 빛깔의 만 원권이 오늘따라 유달리 도드라져 보인다. 만칠천 원을 탁자 위에 꺼내놓는다. 초라하기 이를 데 없다. 풋 하는 실소가 나온다. 느릿하게 무람없이 벽에 걸린 메뉴판을 올려본다. 돈 백도 찰나에 흥청망청 쓰던 옛 시절에 비해 너무 초라한 자기 모습. 소주 한 병에 별스럽지 않은 안주 하나 값. 소주 한 병으로 간에 기별조차 가지 않으리란 생각에 소주 두 병에 기본으로 주는 단무지와 김치를 받아둔다. 주인장은 시답지 않은 실비꾼이 왔다는 낯으로 양미간에 힘을 주며 탁자에 소주와 기본 반찬을 툭 던져놓는다. 인도의 정신적 지도자 간디가 "미래는 당신이 무엇을 하느냐에 달려 있다."라고 했던 말이 되살아난다. 대학 시절 리포트로 썼던 과제에서 우연히 알게 된 문구인데, 지금까지 뇌리에 박혀있음이 신기하고, 또 왜 이 순간에 그 글귀가 되새겨지는지. 실내포차 안 벽에 걸린 캘린더를 본다. 오늘이 2015년 10월 7일이구나. 세상은 온통 세월호 침몰 사고로 심란한 즈음. 영도 앞바다에서 멀지 않은 팽목항이 자주 텔레비전 화면에 등장한다. 다시금 고향 생각에 눈 사위가 핑 돌며 아롱진다. 소주 한잔을 입에 들이붓는다. 서울의 소주 맛은 영 밍밍한 것이 전라도 소주 맛에 비해 진한 풍미와 깊은 맛이 없다. 그러나 서울서 전라도 소주는 보이지 않을뿐더러 대중의 입맛을 고려한 탓인지 부드럽고 낭창낭창한 참이슬 소주만 나뒹군다. 누가 쫓아오는 것도 아닌데, 서둘러 병째 소주를 입안에 쏟는다. 그때야 입안에 소주의 단맛과 쓴맛이 어울리며 알싸한 알코올 성분이 입천장과 혀를 맴돈다. 355 밀리터의 양이 속절없이 사그라짐에 섭섭함이 잦아든다. 그럭저럭 지낸 하루가 불안하고 심장이 쿵쾅거린다. 그러나 이내 들어간 알코올이 이를 무마시키며 잔잔하게 달랜다. 지금 영도는 난리가 났겠지. 법원 직원들도 경찰서 직원들도. 아버지와 엄마는 실성한 사람처럼 찾아보고 연락해 보고. 칠성과 영수 놈도 돕는답시고 여기저기 왔다 갔다 하며 어수선할 테고. 도망자로 상경한 지 이제 닷새가 지났다. 도망자. 빚에 쪼들린 사람보다 범법자의 도망은 세상의 눈빛이 더 두렵고 무섭기만 했다. 누가 자신을 이 초 이상만 쳐다봐도 저 사람 뭐지? 경찰인가, 나를 아는 사람인가? 갖은 잡념과 사념 속에 얼른 자리를 피한다. 눌러쓴 갈색 벙거지에 오른손을 들어 한 번 더 꾹 눌러줬다. 내일은 선글라스 하나도 구매해야겠다. 지하철 입구 노점에 오천 원 하는 값싼 거라도 귀에 걸어야겠다. 본래 어릴 때부터 자신은 선글라스 끼는 게 그토록 싫었다. 세상이 어두워지고 캄캄해지는 게 두렵고 무서웠다. 그냥 자연이나 모습을 있는 그대로 보는 것에 익숙하고 다정했다. 선글라스 빛깔을 녹색으로 바꾸어 써봐도 품었던 공포와 위구심은 그대로다. 어릴 적 길 건너 사는 맹인도 선글라스를 늘 꼈는데, 그 트라우마에 일조한 탓일까? 지팡이 하나를 타닥거리며 걷는 검정 선글라스의 위용은 늘 경외와 두려움의 대상이었다. 그런 사람을 아버지는 존재 자체를 무시했지만, 엄마는 자신처럼 그 맹인이 나타나면 자리를 피했다. 그런 엄마의 모습을 곁에서 보고 자란 칠성은 자연스레 회피의 감정이 스며들었던 것이 아닐까 했다. 그러나 지금의 상황에서 찬물 더운물 가리거나 이것저것 고를 처지가 아니었다. 하는 수 없이 얼굴 가리개용으로 선글라스를 낄 수밖에.

곁의 와글거림이 잠잠해지더니, 어느덧 시간이 꽤 지났다. 메뉴판 위에 붙어있는 벽시계를 올려본다. 9시 30분. 왼편 한쪽 구석에 놓여있는 원탁에 앉은 남녀는 뭐가 그리 심각한지 고개를 푹 숙이고 무언의 한숨으로 소주잔을 줄곧 부딪치고, 자신의 뒤편에 자리 잡은 중년 신사 네 명은 불콰하게 취해 씨부랄 개부랄 하며 웃음기 있는 얼굴로 마지막 잔을 기울이던 참이다. 포장마차 입구로 중년의 남성 두 쌍이 어깨동무하며 막 입장을 하기도 한다. 주인장의 날 선 눈치를 뒤로하고 소줏값 두 병을 치르고 칠성은 일어선다. 잠시 몸이 흔들린다. 이제 소주 두 병에도 흔들리는구나. 서너 병은 거뜬했는데. 안주발 없이 막소주라 그런지 쉬 취했나, 아니면 피곤한 몸에 내성과 면역력이 떨어진 탓일까. 고개를 도리도리 젓는다. 나오면서 마지막으로 눈칫밥을 준 주인장의 눈을 한번 대차게 꼬나본다. 주인장이 못마땅한 칠성의 눈빛을 의식했는지 눈을 마주치자, 곧바로 눈알을 떨군다. 신경질적인 발걸음으로 포장마차 입구를 나선 칠성은 감지자로 신발을 질질 끌며 숙소로 향한다. 갑자기 어디서 들려오는지 노랫가락이 고막을 두드린다. 70년대 흔한 트로트 곡조에 몸을 맡기고 터벅터벅 걷는 칠성의 발바닥은 벌겋게 상기되었다.

  두 달이 흘렀다. 한 해의 세밑이다. 거리는 차디찬 바람이 송곳처럼 피부를 짓누른다. 지치고 힘들고 어지러웠다. 이제 자신이 도망자임을 망각까지 했다. 가끔 자신의 이름이나 고향을 묻는 말에 정직하게 말했다가 "아이쿠! 잘못 말했네요." 하면서 즉시 수정하는 사례가 생길 정도였다. 누적된 육체적 노곤함을 그래도 견딜 수 있었다. 자아 정체성을 잃어버린 자신이 무척 혼란스러웠다. 나는 누구이고, 나는 누구와 관계 맺으며, 나를 둘러싼 사람들은 어떤 사람이며, 나를 지켜보는 자들 또한 누구인가. 내 가치관과 삶의 목표는 무엇인가. 도대체 무엇을 나는 원하는가. 나는 지금 왜 외로운가. 괴롭고 긴긴 나날들이 흘렀다. 겨울밤이 깊어지면 더 괴로웠다. 나를 아끼고 사랑해 보라는 작업장 김 씨의 이야기를 들어봤으나 그게 말처럼 쉽지는 않았다. 이 모냥 이 꼴. 극도로 추레하고 너덜거리는 행실도 그렇지만 농무가 깊은 미래는 더 참기 힘들었다. 무너진 희망과 잿빛 절망. 더 이상 이를 견디지 못한 칠성은 월세방을 청산하고 과감하게 나섰다. 그리고 그간 쥐꼬리를 모아놓은 돈 전부를 갖고 바다로 둘러싸인 섬으로 향했다.

서울에서 가까운 강화도. 강화도행 버스를 타기 위해 걷는 서울 새벽길은 찬기가 피부 표피를 오물이게 했고, 물기를 머금은 공기는 매캐한 매연과 섞여 칠성의 폐부를 옥죄었다. 두 달 넘게 작업장을 전전하며 온몸은 만신창이 되어버렸고, 그새 거칠어진 손에는 굳은살이 노르스름하게 올라왔다. 영도군에서 백잣빛 피부라고 부러움을 샀던 얼굴도 햇볕에 그을려 어느덧 연한 커피색을 띠었다. 언제부터인지 어깨선도 고단함의 축적인지 활시위처럼 에스 자형의 곡선을 그렸다. 고교 시절 『초한지』에서 읽었던 '소하'의 말이 생각났다. "물고기는 항상 움직여야 한다. 한곳에 머무르면 어부의 손에 잡히기 때문이다." 너무 한곳에 정착하다 보면 익숙함에서 오는 단조로움과 도망자의 신분을 망각할 우려가 있다. 어부에게 잡히지 않기 위해서도 이곳을 떠나고 싶었다. 역시 어릴 적부터 갯놈으로 자란 탓인지 서울 근교의 바닷가가 당긴다. 그렇다면 강화도가 가장 가깝지 않던가. 행선지를 정하니 마음이 편해지고 너그러워졌다.

두 달간 막일을 하면서 수중에 움켜쥔 돈은 이백만 원. 물론 이보다야 많이 벌었지만, 생활비, 방세 등을 제하고 남은 돈이다. 벌어도 어디로 갔는지 모르는 게 돈이고, 있다가도 없는 게 돈이었다. 강화도

행 버스는 살뜰히도 강화 시내 한복판에 내려주었다. 터미널 앞은 육 차선의 아스팔트 길이 쭉 뻗어있다. 터미널 맞은편은 덩그러니 연립주택 한 동이 서있고, 그 옆은 콩을 심은 밭이 넓게 펼쳐있다. 왼편을 보니, 강화풍물시장으로 가는 이정표가 크게 전봇대에 매달려 대롱거리고, 오른편으로 눈을 돌리니 길상면으로 가는 강화 남부행 이정표가 너른 패널에 파란 페인트로 선명하게 그려져 있다. 우선 바다 내음을 실컷 맡고자 택시 정류장에 대기 중인 택시 하나를 잡고 가장 가까운 바닷가를 가자고 했다. 기사는 그럼 더리미 포구로 모시겠다고 하며 요금계 스위치를 누른다. 십 분이 족히 흘렀을까. 포구에 다 도착했다며 기사가 한마디 한다. 여기는 포구라 하지만 제대로 된 그런 곳은 아니니, 참고하시라는 말을 덧붙인다. 택시비를 지불하고 내린 칠성은 불과 삼백여 평도 안 되는 휑한 포구 모습에 실망한다. 각종 어구가 야적장에 쌓여있고, 한가한 갈매기 십여 마리가 끼룩대며 오르락내리락했다. 자그마한 외끌이 저인망 어선 두어 척, 통발 어선 한두 척, 채낚기 어선 두어 척이 전부다. 영도 해역에 비하면 십 분의 일도 되지 않는 규모와 선박 수이다. 영도 항구는 그래도 제법 성해 각종 어선 이삼 십여 척이 즐비하게 정박해 있고, 왕래하는 사람들 발소리에 지나가는 개도 귀를 항시 쫑긋거리는 곳이었다. 칠성은 바닷바람을 맞으며 내심 흡족한 미소를 띤다. 낙락장송도 근본은 종자라고 하더니, 역시 갯가 사람의 근본은 속이지 못하는 게 세상인가 보다. 몇 걸음을 옮겨 포구를 향해 가지런히 창이 열 지어 서 있는 커피숍에 들렀다. 따듯한 아메리카노를 한 잔 주문하고 창가에 기대어 물명을 해본다. 커피숍은 조그만 포구에 위치한 것치고는 산뜻한 유화 몇 점과 인조화 몇 송이로 아기자기하게 꾸며 놓았다. 창가 옆 벽에는 누가 써서 기증하였는지, 류시화 시인의 「옹이」라는 시 한 편이 궁서체로 써 붙어

있지만 궁색하기 이를 데 없다.

옹이라고 부르지 말라.
가장 단단한 부분이라고
한때는 이것도 여리디여렸으니.
다만 열정이 지나쳐 단 한 번 상처로
다시는 피어나지 못했으니.

마지막 시구가 가슴 언저리를 아리게 한다. 커피숍 서빙을 보는 아가씨에게 펜과 메모지를 갖다 달라고 부탁한다. 그리고 지난날을 되새기며 조용히 몇 자를 정리해 본다. 주위에 다른 사람은 거의 없다. 오륙 미터 떨어진 티테이블에 선원으로 보이는 중년의 남자 셋이 시간을 죽이며 노닥거리기만 할 뿐이다. 그사이 해는 중천을 건너뛰고 서녘 바다를 향해 달음질쳤다. 조용히 손짓으로 종업원을 부른다. 이 근처 맛있는 음식을 하는 식당을 묻는다. 강화하면 밴댕이라면서 너스레를 떤다. 그리곤 밴댕이 정식으로 유명한 맛집이라면서 한 집을 소개한다. 칠성은 바닥까지 닿게 남은 커피를 입에 톡 쓸어 넣고 커피맛이 향에 비해 형편없다며 커피숍을 나선다. 논둔덕을 치고 들어오는 날카로운 햇살에 눈언저리가 움찔거린다. 머뭇거리다 살며시 치뜨며 바깥을 내닫는다. 이윽고 안내받은 밴댕이 집으로 망설이지 않고 발길을 돌렸다. 한차례의 쓰나미 같은 손님이 휩쓸고 지나간 후인지 식당 안이 어지럽고 난잡하다. 절정기를 넘어선 식당의 광경은 마치 백 미터 결승점을 도착한 육상선수의 지침과 헐떡거림만 남아있다. 메뉴판 맨 상단에 적혀있는 밴댕이 정식을 주문했다. 이 집의 주메뉴이고 자랑할 만한 메뉴를 올려놨으리라. 종업원들은 잠시 지친 몸과 맘을 추스르고 칠성의 주문을 억지웃음으로 환하게 맞이한다. 잠시 후 줄줄이 회, 무침, 구이, 찌개까지 해서 십이 첩 반상을 받았다. 이런 호사를 누린 게 얼마 만인가. 잘 나가던 과거를 곱씹으며 흐뭇한 만족감에 입꼬리가 들린다. 물론 소주도 곁들인다. 잔은 이백 밀리 큰 컵을 달라고 했다. 쓰던 메모지에 글씨가 채워진다. 한 장의 끝자락이 보인다. 한 장을 마치고, 다음 장을 넘겨 또 쓴다. 소주병을 기울여 두 컵을 연거푸 들이붓는다. 쓴맛은 어디 가고 다디달 뿐이다. 밴댕이 회무침을 입안에 한 젓가락을 크게 집어넣었다. 알싸한 식초산이 입천장을 자극하더니, 이내 달달대고 매콤한 맛이 혓바닥의 후면을 강타한다. 이윽고 두 번째 장의 메모지에 또 뭔가를 끄적인다. 얼추 반 남짓을 쓰고 한숨을 깊게 푸 내뱉으며 소주 한 컵을 털고, 무엇이 맘에 차지 않은지 컵에 나머지 소주를 붓는다. 이번엔 밴댕이회를 한 움큼 집어 입에 넣는다. 그저 밍밍한 것이 별맛이 없다. 영도 앞바다에서 잡히는 감성돔에 비하면 밴댕이를 회라 칭하기가 부끄럽다. 감성돔 중 낚시로 잡은 것 말고, 죽방에서 바닷물을 따라 들어와 잡혀 상처 나지 않은 놈은 살결이 묵직한 게 혀를 알뜰하고 자상하게 감싸며 그 탄탄함을 자랑한다. 거기에 깨소금만큼의 생겨자 한 톨을 얹혀 초장을 살짝 묻히면 매콤함에 단맛이 더해지며 혀와 신나게 무도회장을 만든다. 특히 뱃살 근처의 얇은 회 한 조각은 지방까지 합세하여 디바처럼 구강을 종횡무진 움직인다. 다시 펜을 들어 마저 나머지를 이어 쓴다. 하, 이제 마지막 한 장만 더 쓰면 되겠다며 잠시 주위를 둘러본다. 좀 전에 있었던 손님들은 어디 갔고, 새로 들어온 젊은 남녀들이 악다구니를 치며 소란스럽다. 칠성의 눈길을 의식했는지 잠깐 멈추듯 하다가, 짬을 두고 소리를 지르며 난리다. 이를 가만히 보던 주인장은 눈치껏 그 젊은 남녀들에게 다가가 너무 소란하다고 경고를 한다.

두 번째 메모지를 완성하고, 차가운 바닥을 내려본다. 자신의 어두운 과거를 꼭 닮은 듯 얼룩덜룩한 흔적들이 낭자하다. 대체 어디부터 언제부터 꼬이기 시작했는지. 마침 밖에서는 119구급차가 삐오삐오를 내지르며 앵앵거린다. 강화 앞바다 거리는 이 불청객에게 아낌없이 자리를 비워준다. 활주하는 구급차 소리는 큰 포물선을 그리고 잠잠히 사그라진다. 또 누가 위급한 모양이구나. 참으로 한가하고 조용한 거리를 날 선 채 가르는 앵앵거림에 짜증과 동시에 안쓰러움이 인다. 다시 탁자로 눈을 돌려 컵에 소주를 채운다. 후회와 고통의 삶이었다. 늘 냉가슴은 잔재해 있었다. 승리욕과 자신감, 극도의 흥분도 같이 다녔었다. 부모님은 자신의 든든한 뒷배이며 척추였다. 그분들의 노리갯감이며 등불이고 전부였다. 그 속에서 안하무인과 고집불통은 살금살금 머리를 갉아먹었다. 죽마고우인 영수와 철우는 늘 지지대이고 받침대였다. 살아온 인생이 그들 없이 그려지지 않을 정도다. 그런데 왜 애증은 커가면서 더 깊어갔을까. 자신의 이기심이 그들에게 얼마나 큰 상처를 주었을까. 청장년을 거치면서 스쳐 간 몇몇 여자들은 그림 속의 존재였고, 일회용품에 불과했다. 억눌리기 싫은 해방감과 황홀했던 자유분방함은 독버섯처럼 심장에 움을 틔웠다. 이제야 이 모든 이에게 용서를 구하는 것이 무슨 소용일까. 이기적 사치에서 비롯된 과거가 그들에게 합리화를 시킬 수 있는 정당성이 있을까. 펜에 힘을 다시 가한다. 이제 마지막 참회록을 써야겠다. 메모지 세 장이면 긴 사연은 못 적어도 알토란은 전할 수 있으리라. 칠성은 묵직한 바위를 안고 써본다. 그러는 사이 그냥 눈시울이 저렁거렸다.

　　　　　　영도군 지자체와 수산협동조합, 유통업계 대표들의 추천으로 영도군수산유통협회를 법인으로 설립하고 당당히 그 회장 자리를 꿰찬 영수. 실질적 업무를 봐야 하는 사무처장에 철우를 심어 놓고 두 사람은 자전거 앞뒤 바퀴처럼 달리고 또 달렸다. 바야흐로 해를 넘기면서 연초의 늦겨울 여유를 부렸다가 새봄에 식생들의 움이 틔워지면서 바다 빛깔도 더 청명해졌다. 주꾸미가 올라오고 도다리도 숨가쁘게 끌려 들어왔다. 들녘엔 꽃다지, 냉이, 쑥, 망초가 서로 앞다투면서 용솟음을 쳤다. 철우네 횟집에서 이른 봄 약쑥에 된장을 풀어 푹하게 끓인 도다리쑥국을 점심 식사로 같이한 영수는 그동안 너무 과도한 활동과 반복된 고역으로 어깨충돌증후군이 생겨 손을 들기가 힘들기도 했으나 묵묵히 드러내지 않고 이겨내는 중이다. 아침저녁으로 짬을 내서 하는 스트레칭을 곁에서 지켜보는 순희는 가슴 졸이며 안타까울 뿐이었다. 뒷바퀴 철우도 쉬엄쉬엄하자고 영수를 달래보지만, 영수의 급하고 밀어붙이는 성격 탓인지 말 들을 때만 '그려' 할 뿐, 매일반이다.

　한편 순희는 시부모를 잘 봉양하며 전일이 등하교 뒷바라지까지 빈틈없는 일상을 치러냈고, 전일 또한 안정된 가정 속에서 무럭무럭 영글어갔다. 초중등을 전부 아우르는 특수학교인 영도 빛나래학교에 다니던 전일은 유독 한자에 집착이 강해 학교 일과 후 특수교육실무원의 도움을 받아 방과 후 활동으로 유림서당에 다녔다. 전일은 고1 때 벌써 실용한자 1,800자를 모두 섭렵하고 한자능력검정시험도 응시해 국한 혼용 고전을 불편 없이 읽을 수 있는 단계인 1급까지 땄다. 목마른 낙타처럼 습득하고 암기하는 능력이 탁월한 덕이었으나 이를 활용할 기회가 없어 순희는 진진긍긍했다. 아이가 비록 지적 장애로 인해 어리숙한 면이 있지만, 한자 방면에는 그만한 또래들의 추종을 불허했다. 그러던 중 어느 날 고려말에 나온 능엄경과 화엄경 인쇄본을 우연히 순희가 버려진 책더미에서 주워, 한번 읽어보라고 주었던 것이 계기가 되어, 최근에는 한문으로 된 불경에 쏙 빠졌다. 참으로 남다른 아이였다. 먹고 자는 생리작용은 천생 열 살 아이였고 하는 짓이 천진난만한 게 천둥벌거숭이였지만 한자나 한문을 대하면 양미간에 브이 자형 힘을 주며, 번뜩이는 초롱초롱한 정기를 내쏟았다. 능엄경은 불교의 이치와 수행의 방법을 구체적으로 10권으로 나누어 기술한 입문 교재라 하지만, 칠처징심(七處懲心), 오음(五陰), 여래장(如來藏), 관음수행문(觀音修行門) 등 용어 자체가 전문적이고 낯선 어휘라 이해가 어려울 텐데, 그 뜻이야 아는지 모르겠으나 무조건 읽어보고 뜻도 대충만 이해하는 듯했다. 공자가 이야기한 독서백편의자현(讀書百遍義自見)이라더니 꼭 그 짝이었다. 석가모니가 성도한 깨달음의 내용을 그대로 설법했다는 화엄경 또한 능엄경 못지않게 어려운 교리를 담은 책인데도 불구하고 떠듬떠듬하며 완독해 내는 모습이 한편으론 장하지만 무섭기까지 하였다. 전일의 집중력은 자신이 필요하다고 생각한 정보라면 몇 시간은 물론이고 며칠까지도 갔다. 어릴 때부터 영수와 순희는 주의를 분산시키는 요소를 최소화하고 조용하고 안정적인 분위기를 자기 방에 만들어 주었다. 한자 카드를 통해 게임을 하는 마법한자놀이를 시도했더니, 시각적 자료와 구조화된 일정을 활용하여 게임을 명확하게 받아들였다. 너무 지루하지 않도록 활동 시간을 짧게 여러 번으로 나누고 커가면서 그 시간을 점점 늘렸다. 그리고 한자 게임과 한문책을 완독했을 때 과할 정도로 칭찬과 격려를 아끼지 않았더니, 전일은 점점 자신감이 커졌다. 특수교육 전문기관에 들러 주의력, 기억력, 문제 해결 능력 등 인지 기능을 향상하는 훈련도 병행했다. 또한 체력을 강화하고자 꾸준히 수영장도 다녔다.

중학생이 된 어느 날은 영수가 전일을 데리고 대중목욕탕에 갔다. 갓 초등학교를 졸업했으나 덩치가 영수 못지않게 영글었다. 어린 시절 전일은 아빠의 거웃을 보며 난 왜 없냐고 칭얼댔었다. 그러나 그날은 전일의 굵직한 검정 거웃이 몇 가닥 올라온 걸 확인한 날이었다. 자신의 그것을 전일은 그렇게 신나게 자랑했고, 펄펄 날뛰면서 행복해했다. 이제 자신도 아빠랑 닮고, 어른이 다 되었다는 말을 여러 번 반복해 지껄였다. 그랬던 아이가 이제는 고등학생이 되었다. 키는 벌써 영수를 뛰어넘은 지 오래되었고, 몸무게도 마찬가지였다. 먹성이 누구를 닮았는지, 뒤돌아서면 또 먹고 싶어 하는 식탐까지 심해 순희는 밥양을 줄이려는 중이다. 그러나 전일은 밥양이 석나고 괴성을 지르며 불만을 토로했다. 전일의 과체중이 의심되어 병원에서 상담해 본 결과, 전일의 과식은 스트레스와 불안, 지루함 등의 감정을 해소하기 위한 현상이며, 지적 장애 장애아에게 먹이는 특정 약물 복용도 그 원인 중에 하나라는 진단을 받았다. 따라서 과체중을 방치할 경우, 소아당뇨와 심혈관 질환, 고혈압 등 만성 질환 위험이 증가하고 짜증과 과잉 행동이 빈번할 수 있으니, 고칼로리, 고지방, 고당분 음식을 제한하고 균형 잡힌 식단을 구성해 규칙적인 식습관을 형성해야 한다고 신신당부했다. 그래도 천만다행인 것은 한문책을 읽을 때는 거기에 쏙 빠져 식탐을 부리거나 신경질을 내지 않고 묵묵히 책에 몰두하는 것. 지난번 백제 고분에서 이두문을 발견해 해석한 후 큰 상까지 받으니 더더욱 한문 읽는 데 정신이 팔렸다. 어지간한 책은 다 독파했고, 이제 전문 서적을 갈구했다. 그러던 중 어느 절에서 버린 듯한 능엄경과 화엄경을 한

글로 토를 단, 언해가 된 복사본을 구해 주었으니, 신바람이 났다. 전일은 능엄경 언해본을 읽다 이두문이 아닌, 새로운 글자까지 발견했다. 바로 구결이었다. 구결은 예전에 한문 문장의 이해를 돕고 읽기 편하게 하고자 한문 구절 아래에 한자의 일부분을 차용해 만든 문자로 토를 단 것이나. 한문 해석에 구결이 새롭게 등장하자 전일은 아버지에게 서점에서 구결에 관한 모든 책을 구해달라고 요구했다. 영수는 영도서점에서 이에 대한 책을 알아보았더니, 전문 서적이라 현재는 없고, 굳이 꼭 필요하면 신청하고 일주일가량 기다리면 갖춰 놓겠다고 해. 그래서 구결 전문서적 몇 권을 구해 주었다. 단국대 남OO 교수의 『구결의 이해』라는 책과 천안대 김OO 교수의 『여말선초 구결 문헌 연구』. 서점 주인은 이 책이 그나마 구결에 대해 널리 알려진 책인데, 대학이나 대학원에서 읽는 전문 교재라 그 애가 이해할 수 있을지 의문을 자아냈다. 영수는 주인장의 말은 무시하고 그러거나 말거나 우선 책이나 꼭 구해달라고 부탁해서 구했다.

전일은 이 책을 읽고 그날 저녁 꼬박 밤을 새웠다. 얼마나 신나는지 큰 소리로 즐거운 괴성까지 지르면서. 능엄경 언해본 곳곳에 보이는 ' ᄼ ㅣ, ᄼ ㄱ, ㅁᆞ, ᄼ ㅣ' 등이 '하다, 하여, 고라, 하시다'를 뜻하는 구결임을 알아낸 쾌감 때문이었다. 마치 일본어의 가타카나와 비슷하면서 자세히 들여다보면 전혀 다른 음운체계와 발음 구조를 가졌다. 일본의 가타카나도 한자의 자획 일부를 따서 만든 것은 우리의 구결과 비슷하지만, 따온 위치가 다르고 자형이 달랐으며, 소리 또한 전혀 달랐다. 이 구결의 역사가 한자가 우리나라에 들어온 4세기경과 비슷하다고 학자들은 추정했다. 전일은 이제 한자뿐만 아니라 이 구결의 매력에 홀딱 빠졌다. 구결이 크게 석독구결과 음독구결이 있었으며, 초창기는 구결의 형태도 한자 원형에 가깝던 게 시대가 흐르면서 간단명료해짐도 깨달았다. 예를 들어 '하' 자가 '爲, 爲, ㆍ,'의 순으로 단순화가 된 식이다. 비록 한자에서 빌려 온 차자 형태이지만 이 또한 온순한 한글 창제 이전의 우리 문자 체계임을 인식하고 우리 조상들의 놀라운 문자 생활 능력에 다시 한번 놀랐다. 이 구결에 대해 심취하면서 몇몇 학교 선생님께 자문해 보았으나, 오히려 전일의 지식이 더 뛰어났고, 한문깨나 안다고 면 단위에서 마을 훈장 노릇하시는 노인네들도 그 자세한 뜻이나 이치는 모르고 구결이라는 것이 토씨 정도로만 알 뿐이었다. 이 구결의 역사는 4세기부터 비롯하여 한글이 일반화되기 전인 18세기부터 서서히 자취를 감추었다. 그러니 무려 한반도에서 천사백 년가량을 풍미했던 문자 체계였다. 전일은 구결에 대한 끊임없는 의문과 궁금증을 해결해 줄 선생님을 간절히 원했다. 이를 순희가 먼저 알아채고 남편 영수에게 달리 방법이 없을까 상의까지 했다. 영도 근방을 수소문해 구결에 대해 아는 분을 학교 한문 선생님이나 한자학원 원장에게 물어봤지만, 시원한 답을 얻지 못해 고민에 빠진 영수에게 먼 친척뻘 되는 형님이며 영도고등학교 역사 선생님인 상엽에게 월출산 천황사에 가면 능우 스님이라는 방장이 계시는데, 불경에 조회가 깊을 뿐만 아니라 한문 독해력이 탁월해 근동은 물론이고 남도에서는 아마 최고일 거란 말을 들었다. 그렇지, 뜻이 있으면 길은 열렸다.

　이튿날, 전일을 차에 태우고 영수는 월출산 천황사로 향했다. 벌써 날씨는 초겨울을 들어서며 가로수는 남은 잎 몇 개를 겨우 잡아당겼다. 가을걷이가 다 된 들녘은 황량했지만 쓸리는 바람이 거칠 것 없이 속도를 내며 내질렀다. 백 리가 좀 못 되는 거리를 반 시간에 도착한 영수와 전일. 전일은 기대에 부풀어 건드리면 바로 터질 것처럼 가슴이 부풀어 있었다. 신라 말 원효대사가 창건했다는 절은 고즈넉한 숲속에 양 나래를 활짝 핀 학 모양으로 처마를 들춰내며 보무도 당당했다. 마침 마당을 싸리비로 쓸고 있던 행자에게 여쭤 방문한 사정을 낱낱이 아뢰니, 잠시 기다리라는 전갈을 넣고 쫄쫄쫄 사라졌다. 산사를 오르며 밟았던 돌계단이 조약돌을 모아 닦아놓은 모습이 정겹고 흐뭇했다. 산사 뒤에 떡 하니 자리를 잡은 주상절리는 층층이 쌓아놓은 누부 모양으로 든든하고 반듯했다. 산사 아래에는 사하촌을 이루는 몇 호의 집들이 옹기종기 모여 아지작거렸다. 십여 분이 흘렀을까. 방장 능우 스님은 두루마기에 바둑판 모양의 격자무늬를 넣은 주황 두루마기를 황토 승복 위에 걸치고 오른팔은 뚝 떨어뜨린 채 대웅전 계단을 살포시 내려왔다. 왼팔에 받친 두루마기가 신령스럽고 위엄을 갖추었다. 영수는 곧바로 합장한 후 고개를 공손스레 숙였다. 전일도 아버지의 예의 차림을 곁눈질로 보며 엉거주춤 따라 했다. 왼쪽 어깨에 걸친 옷 고리는 주먹만 하게 단조로운 승복을 한번 여미는 역할을 톡톡히 해냈다. 황토 승복 안에 목부터 동그랗게 내려온 염주는 한알 한알 햇빛을 반사하며 반짝거렸다. 영수의 예에 맞춰 능우도 겸손한 묵례를 치렀다. 이윽고 방문한 연유를 자세히 물었다. 영수는 떨리는 목울대를 진정시키며 전일과 구결에 관한 이야기를 소상하게 아뢨다. 받쳐 입은 장삼 뒤에 비친 돌계단 옆의 한 떨기 노란 갯국도 부끄러운 듯 고개를 같이 숙였다.

 영수의 말이 마치자 능우는 옆에 두리번거리며 앉아있는 전일을 그윽한 눈으로 훑는다. 그리곤 조용히 선방으로 들자고 안내했다. 선방에 들어 자리를 고쳐 앉은 세 사람. 선방 안은 정갈하고 단출했다. 한쪽 구석에 놓인 지필묵을 능우는 끌어당기고, 거기에 한자 중 벽자 한 글자를 썼다. 跢. 한자능력검정 1급이라도 맞추기 어려운 벽자였다. 전일은 눈을 동그랗게 뜨고, 그 음은 곧바로 '다'라 일컫지만, 그 훈은 약간 머뭇거리더니, 아! 하는 신음과 함께 '어린아이 걸음'이라 똑똑히 밝힌다. 능우는 고개를 끄덕였다. 이윽고 翩. 이 한자는 익히 아는 자인지 주저 없이 '훨훨 날아갈 흅'이라 내뱉는다. 그 정도를 가늠한 능우는 긍정의 미소를 엷게 띠운다. 능우는 전일의 두 눈을 마주 보며, 진지하게 물었다.

"구결이 무엇인가?"

전일은 두어 번 눈을 깜짝거리더니, 곧장

"한문을 쉽게 읽을 수 있게 토를 달아놓은 거."

대답을 마치고 고개를 두리번거린다. 입가엔 타원이 그려진다. 능우는 등 뒤편에 놓인 책상 위에서 표지가 반들반들하게 윤을 내는『화엄경 언해』고문헌을 꺼내, 손바닥으로 탁탁 먼지를 털어낸다. 그리고 중간 부분의 무작위로 어느 곳을 대문 열듯 열어젖힌다.

"이 부분을 한 번 읽고 해석해 보거라."

전일은 망설이지 않고 책자를 가슴으로 끌어안고 뚫어지게 열린 쪽을 내려본다. 이를 지켜보는 영수의 이마에는 잔잔하게 땀이 이마에 송골송골 맺힌다.

心如工畫師丶ㅣヒ 能畫諸世間丶ㅣ

전일은 검지로 짚어진 문장을 똑바로 보다가 이내

"심여공화사하니 능화제세간이다. 마음은 화공과 같으니 모든 세계를 그려낼 수 있다."

능우는 아까보다 더 고개를 앞뒤로 크게 흔들었다. '어허~'. 그리곤 옆에 물끄러미 앉아 있는 영수를 보며,

"이 아이가 언제부터 한자를 배우기 시작했소?"

영수는 목덜미를 긁적였다.

"잘 기억이 안 나지만, 아마 한글을 깨치면서 게임 놀이 카드로 한자 카드를 사 주었더니, 그 이후 줄창 한자에만 빠졌지라. 그러더니 시간이 지나도 계속혀서 단계를 높여 한문책을 구해달라고 떼를 무지하게 썼지라. 어릴 때는 서점에서 구해 주었는데, 중·고등학생이 되면서부터는 더 어려운 한문책을 바랬고, 마침 어느 절 근처 언저리를 지나다가보니께 집사람이 주운 능엄경언핸가 뭔가를 구해 주었더니, 이제는 한문 말고 구결인가 뭔가에까지 빠져버리고 말았어라."

"좀 더 시험해 봐야겠지만, 흔치 않은 아이입니다. 달포가 지나면 겨울방학이겠죠? 그때 우리 절에 잠깐 놔두시면 안 되겠습니까? 제가 곁에 두고 이것저것 살펴보고, 이 아이의 지식 샘을 찾아주고 싶은데…."

영수는 방장 스님의 간곡하고 예의 갖춘 제안에 잠시 머뭇거린다.

"지야 그케만 해주시면야 괜찮기는 헌디, 집사람과 상의해보고 연락

드리겠습니다."

능우는 당연지사의 말끝을 따르며, 선방 앞에 대기한 행자에게 이른다.

"이분에게 조그마한 사찰 기념품 하나와 내 서재에 있는 『법구경』을 가져와 전해주시게나."

행자는 문밖에서 "네. 스님."이라는 외마디와 함께 총총거리는 발소리를 내고 사라졌다.

"불경 중 법구경은 부처님의 말씀을 짧은 시로 담아낸 경전입니다. 삶의 지혜와 교훈을 많이 함축하고 있어 굳이 불교 신자가 아니라도 쉽게 이해할 수 있는 경전이죠. 마침 제가 갖고 있는 책으로 고려말의 인쇄본을 복사한 게 있는데, 거기에는 읽기 편하도록 토로 구결을 달아놓았습니다. 이 학생이 갈구하는 한자와 구결을 모두 섭렵할 수 있는 책입니다. 제가 방학 전까지 내어 드릴 테니, 학생이 읽은 후, 다시 우리 절에 들어올 때 반납하시거나 택배로 보내주시면 됩니다."

능우는 너그러운 안색으로 모든 것을 감싸듯 넉넉하게 미소를 지으며 말을 마쳤다. 영수는 깊은 배려에 감동과 감사의 뜻으로 제자리에서 일어나 머리를 조아렸다. 쭈뼛거리는 전일도 아버지를 따라 엉거주춤 일어나 수인사를 했다. 그러는 사이 선방 앞문 창호지에 행자의 실루엣이 가녀리게 잡힌다.

"방장 스님, 말씀하신 것들을 가져왔습니다."

능우는 문 앞을 향해

"게 섬돌 위에 놓고 가시게."

행자는 짧은 대답과 함께 가지런히 천황사가 인쇄된 차 바구니와 법구경 책자를 가지런히 놓았다.

"아! 그리고 저희 절에서 스님들이 수확한 각종 잎을 덖어놓은 차 바구니를 드려볼 테니, 한번 시음해 보시구려. 올봄 어린 감잎을 수확해 덖은 것인데, 그 그윽함이 일품입니다."

영수는 몸 둘 바를 모르겠다는 표정으로,

"우리 애 답답함을 풀어주신 것도 감개무량헌디, 게다가 선물꺼정 주시니, 차마 어째야 헐지 죄송할 따름이여라."

능우는 죄송스러워하는 영수와 전일의 얼굴을 다시 한번 훑어보며,

"세상만사 다 내 것이 어디 있겠습니까? 나누면 기쁘고 감사할 따름이지요. 죽으면 다 가지고 가지 못하는 것을."

선방을 나서며 영수 부자는 몇 번이고 머리를 조아렸다. 천황사 일주문을 벗어나는 길은 한 짐이나 되었던 무거운 어깨짐을 말끔히 해소시키며 가뿐하고 상쾌했다.

칠성은 강화도의 해안가 언덕에 올랐다. 동쪽 해안이다. 이곳을 주민들은 실낙원 언덕이라 했다. 깎아지른 낭떠러지가 발아래 펼쳐지고 낭떠러지 밑에 일렁이는 파도는 마치 뱀의 혓바닥처럼 날름거렸다. 언덕 위는 얕은 잔풀들이 한 자 크기로 올망졸망하게 나부꼈다. 옆으로 길게 뻗은 뿌리가 모래 위에 듬성듬성 나있는 갯그령과 모래를 단단히 잡아주는 통보리사초가 무리로 아귀다툼하듯 서 있다. 습기 먹은 눈을 들어 밤하늘을 몽롱하게 쳐다본다. 소주 세 병을 먹었으나, 정신은 말똥하다. 아버지는 자신을 북두칠성처럼 많은 이들의 우러름을 사라고 이름을 지어주셨다. 물론 그 이름의 일차적 동기는 배와 가슴에 난 일곱 개의 검은 점으로부터 비롯되었지만, 꼭 그 일곱 개의 별 때문은 아니었다. 항상 북극성을 찾는 길도우미 역할로 국자 모양의 북두칠성은 모든 것을 담아내고 내어줄 수 있으며, 다른 사람들의 길을 열어주는 훌륭한 사람이 되라고 지어준 이름이었다. 아버지는 칠성이 어려서부터 늘 북두칠성 이야기를 되뇌셨다.

"북녘 하늘에 빛나는 저 일곱 개를 하나하나 선으로 연결해 번지면 조갈치 맹키로 되야. 조갈치 바깥의 두 점을 이은 거리를 댓 칸 가면 보이는 허벌나게 반짝이는 별이 있어야. 그거이 바로 북극성이랑께. 그 북극성은 째깐곰자리의 꼬랑지지. 그라고 그 꼬랑지를 향해 따블유 모냥의 카시오페아 자리가 있어야. 그리스 신화에 등장하는 에티오피아의 왕비 카시오페아를 상징헌다는디, 카시오페아는 지자신의 아름다움을 자랑허다가 바다의 신 포세이돈의 노여움을 사게 됐당께. 포세이돈은 카시오페아를 벌헐려구 딸 안드로메다를 바다 괴물에게 제물로 바치도록 혔고, 후에 페르세우스가 안드로메다를 구출했제."

어린 칠성은 아버지의 해박한 별자리 지식에 늘 놀라웠다.

"아빠는 어찌 그러키 별 야그를 잘 아시당가?"

하며 아버지의 별 지식 세계를 궁금해하면,

"다 니를 위해 이 애비도 공부 좀 해놓았제. 공부는 지긋지긋해 혀는 내가 이러코롬 벨자리 야그를 안다는 건 다 새끼를 위헌다고 허는 풍신잉께. 자식이 웬수지. 허허."

그리곤 마저 별자리 이야기를 잇는다.

"카시오페아자리 바로 옆댕이에 한 칸 집 모냥으로 있는 벨이 있어야. 그거이 바로 케페우스자리랑께. 그리스 신화의 에티오피아 왕 케페우스를 상징허지. 자신의 왕국을 지키기 위해 딸 안드로메다를 괴물에 바쳐야만 혔던 비운의 왕이제. 벨자리 신화야 어쩔거나 말거나 니는 말이제. 째깐곰자리도 아닌 큰곰자리에 위치허고, 그 모냥이 조갈치라 살 때 굶지 말고 넉넉키 살라고, 또 뭐이랑가 쪼매 남들헌티 베풀고 살라고 칠성이라 지었제. 그 벨처럼 그러키 살거라. 알았제? 칠성아!"

칠성은 자동으로 턱을 왔다 갔다 했다. 카시오페아니 케페우스니 다 관심이 없었다. 그저 돈 많고 맘 편히 살면 장땡이라는 마음뿐이었다.

오늘 밤에 보는 북두칠성은 애잔하기만 하다. 아버지의 그 옛날 말들이 조금 전 들은 것마냥 새록새록 하다. 아버지의 뜻대로 살지 못한 인생. 한량으로 먹고 놀며 흘려보낸 세월. 그나마 곁에 남아있는 친구들과도 성인이 되고부터는 소원하게 지낸 청춘 시절. 버스 떠난 뒤에 손 흔드는 격이요, 플랫폼 지난 기차 뒤꽁무니를 향해 소리치는 격이리라. 게다가 지금은 도망자 신세까지 되어 버린 막가는 인생. 국자 대가리가 부러져 우주 천지를 이리저리 떠도는 인생. 민들레 홀씨처럼 흩날리어 어디에 뿌리를 내려야 할지 어느 땅에 기대야 할지 바람결에 실려 날아다니는 인생. 그리운 부모와 친구와 이웃들은 늘 그림자처럼 자신을 감돌지만 외로움은 깊어가고 향해 갈 이정표 없는 발자국. 반대편 하늘의 달과 별빛은 잔산하게 갯빛으로 스러지고 그리운 사람들의 얼굴을 하나하나 다시 그려본다. 주머니에 넣어둔 마지막 소주 한 병의 뚜껑을 딴다. 그리고 벌컥벌컥 들이붓는다. 이렇게 살아온 인생이 꿈도 없고, 길도 없는 부평초 삶이었지만, 후회하면 어쩌겠는가. 다 내 업보인 것을. 이제 십육 점 오도의 알코올이 중추신경과 뇌 신경을 스멀스멀 잠재운다. 그리고 터벅터벅 뱀의 입속으로 들어간다. 혓바닥의 날름거림이 따스하다. 허공으로 몸을 휘 던진다. 깃털처럼 몸이 가벼워진다. 그리고 곧 뱀 혓바닥으로 쓸려간다. 저 멀리 비추는 등대 빛이 바다 표면에 비늘로 부서지며 조용히 그를 맞이하고 있었다.

전일의 졸업식. 교문 앞엔 꽃다발을 파는 화원 아주머니들의 호객 행위로 시끌벅적하다. 세밑의 칼바람은 어젯밤 내린 새하얀 눈꽃을 뽀얀 숨결로 대지를 얼어붙게 하였고, 교정 둘레에 심어놓은 나무들은 앙상한 나목으로 남아 가지들만 을씨년스럽게 늘어뜨렸다. 세상은 눈 속으로 소리를 흡수했지만 교문 앞은 축하객의 소란스러움으로 어수선하기만 했다. 영수네 가족은 전 가족이 출동했다. 저것이 어찌 세상을 헤쳐 나갈지 늘 노심초사했건만, 쓸데없는 기우였다. 전일은 틈틈이 천황사 방장스님으로부터 한자 공부에 심혈을 기울이며 빠져들었고, 어느 정도 궤도에 오르자 방장 스님의 강력한 추천과 후원으로 우리나라 한자 연구의 메카라는 한국한문학연구소에 연구 요원으로 취직까지 하게 되었다. 그곳에서 지금도 해석 중인 해인사 팔만대장경의 해석과 정리 정돈 업무를 하기로 했다.

특수학교의 졸업생 대표는 "우리는 비록 몸이 좀 불편했지만, 마음만은 누구보다 뜨겁고 성실했습니다. 이렇게 학창 시절을 마치고 이젠 사회에 첫걸음을 내딛지만, 절대 두려워하지 않으렵니다. 어떤 어려움이 닥치더라도 용기를 잃지 않고 버틸 힘을 만들어 주셨거든요. 친구들아! 우리 당당하게 살자. 이 사회는 바로 우리들의 것이다. 파이팅!"이라며 소감을 발표하자, 참석한 축하객은 모두 눈시울을 붉혔다. 전일은 졸업생 중 자랑스러운 교육감상을 수상했다. 단 한 번 지각이나 조퇴 없이 성실하게 학교를 등교해서 자신보다 더 아프고 힘든 친구들의 지원자로서 솔선수범을 보였고, 개별맞춤식 교육과정도 충실하게 수행하여 많은 이들의 모범이었다. 게다가 한국한문학연구소라는 대한민국 최고의 한문연구소 연구원으로 턱 하니 취직까지 했으니 학교 선생님들과 친구들의 추천으로 수상하게 되었다. 그곳에 참석한 사람 중 전일의 후배 부모님들은 어떻게 키워 이렇게 장한 아이를 만들었냐고 영수 내외를 붙들고 물어보기 일쑤였다. 영수 내외는 한자 마법 카드에서 비롯된 어느 특정 분야의 관심을 집중적으로 개발하고 파고들 수 있도록 지원한 게 다라고 했지만, 그거 말고 무슨 비법이 따로 있으면 가르쳐 달라고 아우성까지 쳤다. 여기저기서 그 비법 좀 공개해 달란 요청이 쇄도하자 급기야 영수는 정 궁금하면 전일에게 직접 들어봐라, 오늘 저녁 수협공판장 회관 안에서 전일의 소감을 듣고, 궁금한 것을 묻는 자리를 만들겠다고 선포했다.

그날 저녁. 특수장애아를 키우는 근동의 보호자들 약 백 명이 회관에 모였다. 영도 군내만이 아니라 이웃 지역에서도 소문에 소문을 듣고 차를 타고 멀리서 달려왔다. 순희는 전일에게 하고 싶은 말은 어떠한 것도 좋으니 실컷 하고, 혹 사람들이 질문하면 있는 그대로 솔직히 답해 주라고 주문했다. 전일은 그리하겠다고 눈을 깜박였다. 전일은 엄마 아빠가 도와주고 자신이 간단히 정리한 소감문을 찬찬히 읽었다.

안녕하세요. 바쁘실 텐데 별스럽지 않은 제 이야기를 듣기 위해 모이신 여러분! 이 자리에 서게 되어 영광입니다. 오늘 제가 이 자리에 설 수 있었던 것은 결코 저 혼자만의 힘이 아닙니다. 사실 전 선천적으로 지적 장애를 지니고 태어난 아이입니다. 그렇다고 해서 제 부모님을 탓하는 건 아닙니다. 그렇게 태어나 어려움을 참 많이 겪었습니다. 보통의 아이들처럼 놀고 생각하고 싶었지만, 결코 그들을 흉내조차 내기도 힘들었습니다. 잘 기억할 수 없었고, 듣는 즉시 금방 까먹고. 그런데 초등학생 일 학년 어느 날, 엄마가 문방구에서 제 또래들이 갖고 논다는 한자 마법 카드를 사 오신 겁니다. 만화 그림과 한자가 어울려 있으면서 게임을 하는 그런 카드였습니다. 근데 그 그림이 눈에 쏙 들어오고 한자라는 글자로 맞추는 게임이 너무 재밌었어요. 정말 신기했습니다. 다른 것들은 보고 또 보고 해도 그렇게나 외워지지 않던 게 이건 한번 보고 나서도 늘 제 머릿속에 남았고. 그래서 그걸 오래 보관하고자 노트에 적었습니다. 그것을 반복하다 보니, 이제 한자는 딱 한 번만 봐도 눈에 익혀지고, 머릿속에서 지워지지 않았습니다. 저도 왜 그런지는 모르겠습니다. 그러고 나서 한자 카드를 다 외우고 났더니, 이제 한자만 전문적으로 실려 있는 책을 보고 싶어 아빠한테 구해 달라고 했고, 실용한자 천팔백 자부터 익히기 시작해 한자능력검정 1급 한자까지 알게 되었습니다. 특히 부모님이 멀리 일이 년간 없어 방학 때 역사 선생님인 이모부 집에서 지냈는데, 우연히 더 어려운 한자와 이두까지 접하면서 큰 관심이 생겼습니다. 전 한자가 그냥 좋고, 보기만 해도 신나고 읽자마자 머리에 쏙쏙 잘 들어와요. 그래서 자꾸자꾸 보고 익히다가 이렇게 취직까지 했네요. 근데 그런 생각이 들어요. 그냥 뭐 관심 있는 거 우리 친구들이 있으면 계속 관심 가지고 봐주시고 도와주세요. 그러면 저처럼 될 수 있습니다. 감사합니다.

정확하지 않은 발음과 버벅거리는 연설이었지만, 좌중에서 하나둘 박수 소리가 나더니 점점 커지면서 유명 연예인 공연장처럼 환호와 함께 회관의 지붕이 들썩였다. 전일이 연단을 내려오자, 맨 앞에 있는 어느 참가자가 부모님도 여쭐 게 좀 있는데, 나오셔서 얘기해 주십사 하는 부탁이 들어왔다. 영수 내외는 서로 얼굴을 맞보다 굳이 사양할 필요는 없을 듯하여, 나란히 손을 잡고 연단에 올랐다. 무척이나 기다렸다는 듯 어느 참가자가 손을 번쩍 들고 큰 소리로 물었다.

"아이의 장애 검사를 어디서 받았고, 증상은 어떤가요?"

늘 되새기고 싶지 않지만, 동병상련이라는 마음으로 전일의 과거 이야기를 할 수밖에 없는 상황에 순희가 무겁게 입술을 뗐다.

"어릴 때 뇌전증이 나타나더니 점점 크면서 공간 지각 능력이 부족하고 소근육과 대근육이 약하며 경도 지적 장애가 있었습니다. 특수 지적 장애 진단은 영도 정신병원과 영도 특수교육지원센터에서 웩슬러 지능검사와 스탠버드-비네 지능검사를 같이해 봤고, 검사 결과에 따라 특수학교에서 개별화 교육 계획에 따른 맞춤형 교육을 잘 받았습니다. 유독 한자에 관심이 있어, 초등학교 3학년 때 도립병원 정신의학과에서 상담한 결과, '서번트증후군'이란 판정도 받았습니다. 한자 부문에 대한 능력이 탁월하다고 하더군요. 저는 부모가 길을 앞서가는 게 아니라 길을 안내하면 된다고 생각했습니다. 그냥 그렇게 아이를 키웠지요. 그러면 혹 태교나 가정교육이 궁금하실 텐데, 전 뭐 특별히 해준 것은 없고, 아까 전일이가 얘기한 것처럼 초등학교 1학년 때 마법 한자 카드 사 준 게 다입니다. 그때부터 애가 한자에 빠져들었고요. 유전적으로도 혹 궁금하실 텐데, 제가 알기로 남편의 증조할아버지가 마을 훈장을 하신 귀향 학자라고 들은 바는 있습니다. 저도 학창 시절 한문을 그렇게 싫어하진 않았고요."

청중의 뒤편에 있는 젊은 엄마로 보이는 여자가 대답이 끝나기가 무섭게 손을 들고 외치듯 질문한다.

"서번트증후군을 알고부터 어떻게 교육하셨나요?"

이번에는 먼저 대답하느라 지쳤을 순희 생각에 영수가 한 발 나서며 응했다.

"다 아시는 바같이 서번트증후군은 자폐 스펙트럼이나 여타 발달장애가 있는 아그가 특정 분야에서 뛰어난 재능을 보이는 것잉께, 그라니께 우리 전일이는 그 특정 분야가 한자인 거죠. 아그가 한자 능력이 허벌나게 좋다 혀서 일상생활이나 사회적 기능을 솔찬히 허진 못해라우. 거 뭐시기, 옛날 「말아톤」이란 영화의 조승우인가 조성우인가도 바로 서번트증후군을 지닌 자폐 청년이었제. 전 아그 증세를 확인헌 후 그 능력을 키울 수 있도록 아주 싹싹하게 도와줬어라. 수시로 한자나 한문책을 책방서 구해 주고, 심지어는 고서적을 파는 책방꺼정 가서 옛날 고리 쩍 책 중 한문책을 구해 주기도 혔어라. 중간중간 아그가 곁다리로 배운 이두나 구결에 관한 책자도 구해 줬구먼이라. 이두와 구결은 지두 낭중에 알게 되얐는디, 우리나라 한글을 세종대왕이 만드시기 그 발써 전에 한자에서 뜻이나 음을 빌려 사용혔던 '차자표기'라고 허더군요. 여하튼지 간에 전일이 개는 한자 부문은 지두 놀랄 정도로 확장해 갔어라. 암껏두 몰르는 무식한 지는 그냥 잘 헌다, 잘 헌다 격려만 허고, 책이나 좀 구해 줬을 뿐인디. 예. 그렇습니다요."

참석자 무리 속에서 어느 한 분의 목소리가 송곳처럼 튀며 울려 퍼졌다.

"긍께요잉! 참말로 잘 혔구만이라!"

많은 박수와 갈채가 울려 퍼졌다. 부러워하는 모습, 고개를 끄덕이며 수긍하는 모습, 환하게 웃는 모습들이 겹치면서 영수네 가족의 낯빛도 황홀경을 맞이하듯 밝고 환했다.

무사히 발표회를 마치고 회관을 벗어난 영수네 가족은 영도 해변에 차를 몰았다. 어제의 그 파도처럼 오늘도 파도는 늘 그렇게 철렁거렸다. 바다가 아름다운 건 파도가 있기 때문이다. 물론 큰 파도가 바닷속을 헤집고 뒤흔들어 놓으면 바다는 또 정갈해지고 영롱한 옥빛을 띠게 된다. 붉게 물들었던 수평선의 노을도 어느덧 시꺼면 칠흑으로 바뀌었다. 영수 내외 사이에 폭 안긴 전일은 따스한 그 속에서 바다 저 끝을 쳐다보고 있다. 철렁대는 파도는 백사장을 오롯이 감싸며 넘실댔다. 어디를 가는지 수평선 근처의 컨테이너 선적선은 느린 거북이걸음으로 영도 해변을 서서히 벗어나고 있었다. 거기서 나오는 불빛이 황금처럼 해수면에 부서지며 하얀 편린들을 만들어냈다. 을씨년스러운 바람이 가족 사이에 휭하니 에스 자 곡선을 누비며 지나가자 세 사람은 자연스럽게 손을 맞잡는다. 발아래 지근거리는 이름 모를 조개껍데기는 사각거리기만 할 뿐 조용히 침잠하며 스며든다.

"여보! 참 좋은 날이여. 거시기. 거 뭐여. 우리 아들래미가 취직도 허고 훌륭히 커서 사람들 앞에서 발표도 허고 말여."

영수의 내러보는 눈빛을 고스란히 받은 순희는 촉촉하게 눈가가 아롱진다.

"그러게요. 고맙죠. 잘 커 준 전일이가. 다 당신이 보살피고 억척같이 살아준 덕분이지요."

전일도 두 사람의 대화에 구성원으로 한번 끼겠다며 몇 마디 내뱉는다.

"히히. 아빠, 엄마 좋지? 다 내 덕여. 히힛."

순희는 전일의 엉덩이를 토닥거리며,

"그래. 맞아. 다 니 덕이지. 울 아들 잘 커서 우리가 호강하네. … 앞으로도 지금처럼 씩씩하고 더 건강하게 쑥쑥 자라거라. 알았지?"

전일은 신이 나서 몸을 흔들며 대답했다.

"아빠, 엄마! 몸 건강히 오래오래 살아야 해. 그래야 내가 효도도 하고 돈 많이 벌어서 맛난 거 사 주고, 뱅기 타고 저 멀리 여행도 가고. 알았지?"

영수 내외는 두 눈을 마주치며 흐뭇하게 미소를 짓는다. 저 멀리 바다 끝 위로 선박이 남기고 간 빛살은 살랑살랑 일렁이고, 주황빛으로 스러지는 노을빛은 하얗게 알갱이로 부딪쳤다. 내일을 약속하며 잔잔한 수평선에 성호를 그었고, 그 위에 솟은 밤별들은 영수 가족의 온기를 시기할 것처럼 시퍼런 빛의 날을 세웠다. 파도 소리는 자장가처럼 잔잔하게 울렸고 그들 주위에 떠도는 괭이갈매기는 '끼룩끼룩' 쪼아대고 있었다.

작가의 변

　2003년 『여말선초의 서법 연구(한국문화사)』를 시작으로 책을 쓰기 시작해 올해로 22년이 지났다. 첫 책을 내면서 겁도 없이 흔한 꿈 목록(버킷리스트)으로 매년 한 권의 책을 쓰겠다는 버거운 자기 약속을 해버렸다. 그 이후 줄곧 매년 책을 내고자 고군분투했다. 이번 책은 스물한 번째이다. 초창기 국어학 관련 전문 서적을 쓰다가 점점 국어학 일반서적, 수필, 소설 순으로 집필 장르는 바뀌었다. 써가면서 배짱 있게 도전한 돈키호테는 차분해지고 무서워지기 시작했다.

　자식을 하나씩 낳는 산고를 치렀다. 그간 배출한 스무 명의 자식이 다 잘되지는 않았다. 그중 서너 놈만 겨우 이름깨나 알리고 결혼해서 손자도 낳았지만, 대부분은 그냥 그 대에서 머물다가 조용히 사라졌다. 늘 서민들의 진솔하고 정다운 삶을 그리고 싶었다. 그리고 소외받는 특수아에 대한 안타까움이 잔존했다. 부족한 필력으로 땅을 일구기가 영 어렵고 힘들다. 그 자식들이 세상에서 빛을 보지 못하고 사그라짐은 다 내 탓이다. 많이 부족한 아이를 또 세상에 내보내는구나. 허허벌판에서 어떠한 냉대가 있더라도 이번 자식이 끈질기게 살아나 친구도 사귀고 좋은 여자를 만나 결혼해 아이도 낳길 간절히 바란다. 이번 자식과 함께하며 동병상련의 감정이 터럭만큼이라도 생긴다면 감개무량할 뿐이다. 잘 가라. 내 자식!